文庫

〈トニ・モリスン・セレクション〉

ジャズ

トニ・モリスン
大社淑子訳

epi

早川書房

6632

JAZZ

by

Toni Morrison

Translated by
Yoshiko Okoso
Published 2010 in Japan by
HAYAKAWA PUBLISHING, INC.
This book is published in Japan by
arrangement with
INTERNATIONAL CREATIVE MANAGEMENT, INC.
through TUTTLE-MORI AGENCY, INC., TOKYO.

RWとジョージに捧ぐ

私は声の名前にして、名前の声。
私は文字の徴にして、分離の顕示。

「雷・全きヌース」
ナグ・ハマディ文書（荒井献訳）

ジャズ

ふん、わたしは、あの女《ひと》を知ってるわ。レノックス街で、かつては小鳥の群れと暮らしていた。あの人の連れあいも知っている。彼は十八歳の女の子が好きになり、心底から深い薄気味悪い愛し方をしたので、幸せのあまり悲しくなって、その気持ちを忘れまいと相手を射殺した。あの女の名はヴァイオレット。彼女が小娘の顔を見ようと葬式に行って、死んだ娘の顔に切りつけたとき、みんなが女を床にねじ伏せ、教会の外へ放り出したの。すると、女はあの雪のなかを駆け通しで家に帰って、アパートに着くが早いか、小鳥をみんな鳥かごから出して、凍え死にするか、飛んでいくかは運まかせ、一羽残らず窓から放してやった。「愛してるよ」と言うオウムまで。

女が走っていった雪の上には強い風が吹いていたので、足跡は全然残らなかった。だからしばらくの間、レノックス街のどこに彼女が住んでいたのか、だれも正確には知らなかった。でも、わたしと同じように、あの女がだれか、だれでなければならないか、みんなにはわかっていた。彼女の夫のジョー・トレイスが、例の小娘を射殺した張本人だと知っていたんですもの。でも、彼を訴える人は一人もいなかった。彼が撃ち殺す現場を見た人はいなかったし、死んだ娘の伯母さんは、不甲斐ない弁護士や笑うばかりのおまわりにお金をばらまくのはいやだったから。そんな費用をかけたって何がどうなるってわけでもないと承知していたからよ。おまけに、姪を殺した男は一日中泣きぬれていて、それは彼にとってもヴァイオレットにとっても、監獄と同じほどつらいことだとわかっていたから。

ヴァイオレットが引き起こした悲しみとは関係なく、セイレム・バプティスト教会女性クラブの一月の集会のとき、援助が必要な人として彼女の名前があがったけど、投票の結果、援助はしないことに決まったらしい。いま彼女を助けることができるのは、お金じゃなくて、お祈りだけだから。彼女には多少とも役に立つ夫がいるし（彼は自分のやったことを後悔して嘆くのはやめなきゃいけないけど）、百三十四丁目のある男とその家族が、火事で家財全部を焼いたっていうんですもの。そこで、クラブは焼けだされた家族の援助をする体制を取り、問題をつきつめてどういうふうに解決するかは、ヴァイオレット一人の才覚にまかせることにしたの。

ヴァイオレットは五十歳で、とてもやせているけど、お葬式を台無しにしたときは、まだきれいだった。教会から放り出されたら、すべては終わりだと思うでしょうが――恥だとか、そういうことよ――実は、終わりにはならなかった。ヴァイオレットはまだ見目形がよかったし性悪だったので、腰の張りはなく、若くなくても、ボーイフレンドを作って訪ねて来させれば、ジョーを罰することができるって考えたの。そうすれば、ジョーの涙は乾くだろうし、自分もある程度満足できるって考えた。ふつうならうまく行くかもしれないって、わたしも思うけど、自殺者の子供は人に気に入られにくいし、だれも愛してくれないって、すぐ思いこんでしまうでしょ。本当の意味で恋に打ちこんでいるわけじゃないんですもの。

とにかくジョーは、ヴァイオレットにもその友達にも、なんの注意も払わなかった。ヴァイオレットがボーイフレンドを追い払ったのか、向こうが彼女を捨てたのかはわからない。彼は、隣の部屋で悲嘆にくれている男のほうに同情して、この気持ちにくらべたらヴァイオレットの贈り物なんて目じゃないって感じるようになったのかもしれない。でも、この混乱は二週間とは続かなかった、とだけはわかっている。夫の愛に戻りたいヴァイオレットの次の計画は、堅固な基礎ができないうちから、彼女を駆り立てた。夫のハンカチを洗い、料理を夫の前のテーブルに並べるのが、彼女には精一杯。陰鬱な沈黙が、大きな漁網のようにアパートの部屋部屋に漂い、ヴァイオレットだけが、大声の責め言葉でこの網を切り裂いた。そわそわと落ち着きのないジョーの昼間の振る舞い、二人して苦悩する夜が、彼女の神経をすりへらしたにちがいない。それで彼女は、例の十八歳の娘を愛そうと、つまり事情を探り出そうと、心を決めた。何の役にも立たないとわかっていながら、娘のクリーム色の小さな顔を切り裂こうとしたくせに。

ヴァイオレットは最初、その娘については名前と、年齢と、営業許可証のある美容院ではとても評判がよかったということ以外、何も知らなかった。それで、残りの情報を集めはじめた。ひょっとしたら、こうすれば愛の謎を解くことができると考えたのかもしれない。幸運を祈るわ。ヴァイオレットがうまく解いたら、結果を教えてね。

彼女はマルヴォンヌからはじめて、すべての人に聞き込みをした。マルヴォンヌというのは二階の住人で、最初にジョーの卑劣な行為を彼女に告げ口した人だけど、彼とその娘が愛の巣に使っていたのは、その人のアパートだった。彼女はマルヴォンヌから、女の子の住所と、だれの娘かってことを教えてもらった。営業許可証のある美容師からは、その娘が塗っていた口紅のこと、セットにはマルセル・ウエーヴを出す髪ごてを使っていたこと（その子は髪をまっすぐにする必要なんかないと思うけど）、彼女がいちばん好きなバンドのこと（スリム・ベイツのエボニィ・キーズで、女性歌手を除けばかなりいいバンドだ。歌手は彼の恋人にちがいない。でなきゃ、どうして彼女に自分のバンドをだめにさせておくの）を訊きだした。それから、ヴァイオレットは死んだ娘がよく踊っていたダンスのやり方を教えられると、実際に踊ってみたそうな。本当よ。ダンスのステップをすっかり――ひざをこんなにして――おぼえこんだとき、昔のボーイフレンドを含む全員が、彼女にうんざりしたけど、わたしにはそのわけがわかる。なんとなく猫の食べ残しのいわしのサンドイッチの皮を、鳩がついているのを見ているような感じだから。でも、ヴァイオレットはただもう一心不乱で、皮肉を言われようが、しかめ面をされようが、思いとどまる気配はなかった。それから、その娘を知っていた教師と話そうと、第89小学校の周りをうろつき、第139中学校にもよく行っていた。ウォドリまでとぼとぼ歩いていく前は、娘がそこへ通ってたからよ。娘が住んでたところでは、黒人の女の子が通えるハイスクールはなかったから。そして長い間、ヴァイオレットは娘の伯母さんを悩ませた。伯母さんというのは、ガーメント・ディストリクト（女性の衣類の生産と卸売りにたずさわる工場やショールームがあるミッドタウンの地区）でときどき立派な仕事をしていた威厳のある婦人だったけど、ついに折れて、若さや不品行についておしゃべりしようと、ヴァイオレットの訪問を心待ちにするようになった。伯母さんはその娘のありったけの持ち物をヴァイオレットに見せたの。すると、この姪はずるくて頑固だったことが、彼女にも（わたしにも）はっきりしてきたわ。

伯母さんが彼女に見せた特別なもの、最後にはヴァイオレットに数週間貸すことになったのは、娘の肖像写真だった。微笑してはいないけど、少なくともいきいきしてて、とても挑発的だった。ヴァイオレットは勇敢にもその写真を、自宅の客間のマントルピースの上においた。そして彼女とジョーは、二人とも混乱した気持ちでそれを眺めていた。

小鳥はみんないなくなったし、二人とも一日中ほおの涙を拭いている有様なので、かなりわびしい家庭になりそうだった。でも、シティに春がめぐってきたとき、ヴァイオレットは、頭の両側に四つのマルセル・ウエーヴをつけた別の女の子の姿を見た。娘はオケ社のレコードを片腕に抱え、肉屋の紙で包んだシチュー肉を下げて建物に入ってきた。ヴァイオレットはレコードを聴いてみようと、彼女を家に招き、こうしてレノックス街の醜聞となったあの三人組が生まれたの。結果的にちがってきたのは、だれがだれを撃ったか、ってことよ。

わたしは、このシティに夢中。

陽射しは建物を半分に切り裂き、剃刀の刃のように斜めに射しこむ。建物の上半分に、わたしは見物人の顔を見るが、どれが本当の人間で、どれが石工の仕事か、見分けるのはむずかしい。下半分は影になり、そこではあらゆる人生に倦《う》んだ事柄が行なわれている。クラリネットの演奏や、愛の交歓、拳骨の殴り合いや、悲しげな女の話し声。この街のような都市にいると、わたしは大きな夢を見たくなり、いろんなものに感情移入してしまう。わかってる。わたしをこういう気持ちにさせるのは、下の影の上で揺れてる、まぶしい鋼鉄だ。川を縁どる緑色の細長い草地、教会の尖塔を眺め、アパートの建物のクリーム色がかった銅《あかがね》色のホールをのぞきこむと、わたしは強くなる。そう、独りだけど、最高に強くて、何物にも負けない。一九二六年のシティのように。あのとき、戦争はみんな終わり、別の戦争が起こるとは夢にも思わなかった。下の影のなかにいる人々は、それを喜んでいる。ついに、ついに、すべてに手が届く。かしこい人たちはそう言い、彼らの言うことを聞いたり、書くものを読んだりしていた人々は、それに賛成する。さあ、新しいものが来た。ごらん。悲しいことや、悪いこと、だれにもどうにもできないことは過ぎ去った。そのとき、そこでの、みんなのありさま。忘れておしまい。歴史は終わった。あなた方みんなも。ついに、すべてがよくなるさ。ホールや事務所では、人々が、計画や、橋や、下を猛スピードで走る汽車など将来のことを考えながら、すわっている。スーパーのA&Pの店が黒人の事務員を雇うらしい。猫みたいなピンクの舌をした大足の女たちが、将来のために、お金を丸めて緑色の丸い缶に入れ、それから笑い、相手の体に腕をまわしあう。まともな人は、すばやく罰しようと泥棒を小路に追いつめるが、もし彼のほうがばかで、奪い方をまちがえたら、泥棒のほうが彼を追いつめる。不逞の輩がキャンディーを配り、歓心を買おうと最善をつくす。興奮ほしさに見つめられているので、服装に注意を払い、侮辱の仕方を工夫する。救急車でハーレム病院へ運びこまれる急患になりたい人はいないだろうが、ニグロの外科医が来ていたら、誇らしくて痛みが軽くなる。そして、黒人の一級看護婦の髪はベルヴュー病院の看護婦の制帽には似合わないと言われてはいるものの、いまではそういう看護婦が三十五人いる——みんな献身的で、仕事にかけては実に優秀だ。だれも、ここはきれいだとは言わないし、気楽に行くとも言いはしない。そこにあるのは決定的で、すべてきちんと設計された都市計画に注意を払えば、シティが人を傷つけることはない。

　わたしの体は筋肉がなく、自衛するのは無理な話。でも、用心はお手のもの。まず、確実にわたしのことをだれも知らないようにする。次に、あらゆるもの、あらゆる人を注意深く見守り、彼らよりずっと前に、その計画や理由を予測する。大きな都市で暮らすとなれば、そこがどういうところか、わかってなくてはならないだろう。わたしは、あらゆる種類の無知や犯罪にさらされている。それでも、これがたった一つのわたしの生き方。わたしはシティが、やりたいことをして、ずらかる方法を人々に考えさせるところが好き。いたるところで白人が目につく。金持ちの白人や、そうでない白人も、彼らより裕福な黒人女性が室内装飾をし、さらに模様がえをしたマンションにわれ勝ちに入り、両者とも、黒人の眺めが気に入っている。わたしは、自分以外の世の人々への憐憫の情にあふれるユダヤ系黒人の目が、屋台の食べ物屋や放埓な女たちの足首を、のんびり眺めているのを見た。その間微風が全米黒人向上会議《UNIA》の男たちのヘルメットの白い羽をそよがせている。一人の黒人の男が、トランペットを吹きながら、空から漂い降りてくる。彼の下の二つのビルのはざまには、一人の女の子が熱心に麦藁帽子の男に話している。彼は彼女の唇に触れ、そこについていた何かのかけらを取ってやる。突然、女は黙りこむ。男が彼女のあごの先を上向かせる。二人はそこに立ったままだ。ハンドバッグを摑んでいた女の手がゆるみ、その首がきれいな曲線を描く。男は、彼女の頭の上の石壁に手をつく。あごの動き方、頭のめぐらし方から察すると、男は絶妙な舌の使い手だとわかる。二人の背後から、陽射しがそっと小路に入りこむ。陽が射して、一幅の絵ができあがる。

シティでは、人が何をしようとシティが支え、何をしようと、シティが背景になる。そこのブロックや空き地や脇道で行なわれていることは、すべて強者が考え、弱者が感心するものだ。人はただその構想――いかに人の行きたいところ、将来必要になるものに心を配り、考慮して設計されているか――に注意するだけでいい。

わたしは長いこと、たぶん長すぎるくらい、自分の心のなかに住んでいた。もっと人中に出なきゃ、と人は言う。他人と混じりあわなきゃ、と。わたしがところどころで心を閉ざすことは認めるけど、わたしのように、相手が他の約束の場所で長居してしまい、その間立ちんぼさせられるとか、夕食のあとならもっぱらききみの聞き役になるよ、と約束したのに、こちらが話しはじめたら、相手はたちまち眠りこむなんて目にあわされたら――そうね、よっぽど注意していなければ、無愛想にもなるでしょう。でも、無愛想になることだけは避けたいわ。

シティじゃ、愛想のよさがいちばん高く評価される。人を歓迎すると同時に身を守る方法を考えだすには、賢くなければならない。何かをいつ愛して、いつやめるか。そのやり方がわからなければ、おしまいには収拾がつかなくなるか、去年の冬のあのつらい事件のように、何か外部のものから支配されてしまう。ことわざに、好事魔多し、悪銭身につかず、安全なものは何もない、ってよく言うじゃないの。死者だって安全じゃない。その証拠に、葬儀の対象にいきなりヴァイオレットが切りつけたじゃないの。一九二六年になってからまだ三日も経たないというのに。思慮深い人々は、いろんな徴候を認め（天候、数字、自分たちの夢）、その事件があらゆる破滅のはじまりだと信じこんだ。そのスキャンダルは、善人たちに警告し、無信仰な人々を引き裂くために送られたメッセージだ、と。わたしは、この運命論者たちとヴァイオレットのどちらが野心的なのかわからないけど、将来への期待の大きさにかけては、迷信家と競いあうのはむずかしい。

ヴァイオレットがお葬式を台無しにしたのは、休戦から七年目の冬だった。七番街の退役軍人たちはまだ軍隊から支給された厚手の大外套を着ていた。なぜって、自分の金で買えるものは、その外套ほど丈夫ではなかったし、一九一九年の自慢の服のなれの果てをそれほどうまく隠してくれるものはなかったから。八年後の、ヴァイオレットの狼藉の前日に降りはじめた雪は、レキシントンとパーク街では降ったところに積もって、地下室で冷たくなりかけた暖炉にくべる石炭を配達するとき、馬車が突き固めてくれるのを待っていた。例の大きな五階建てのアパートや、その間にはさまれた幅の狭い木造家屋のなかでは、人々がお互いのドアをノックしあい、何か必要なものはないか、もらえるものはないか、尋ねあっていた。石鹸は？　灯油は？　スープをもう一回食べるため味を整えるラードや、鶏肉や、豚肉は？　開いている店が見つかるかどうか見にいく準備ができているのは、だれのご亭主かしら？　妻が書いて夫に手渡したリストに、テレピン油を付け加える時間があるかしら？

それほど冷たい天候のときは、息をするのも苦しくなる。だが、シティで冬ごもりするときは問題が何であれ、人々はそれを我慢した。小妖精や妄想の産物から逃れて、安全にレノックス街にいることは、何物にもかえがたい価値があるからだ。レノックス街では、雪に覆われていようがいまいが、歩道は彼らが生まれた町の大通りより幅が広いし、完全でまともに見える人々が停留所に立っていて、路面電車に乗り、車掌に五セント白銅貨を渡し、どこにでも好きなところまで乗っていくことができる。本当は、あんまりあちこち行きたくはないのだけれど。ほしいものはみんな、本人がいるところにあるからよ。教会、商店、パーティ、女たち、男たち、ポスト（だが、ハイスクールはない）、家具店、街頭新聞の売り子、密造酒の店（だが、銀行はない）、美容院、床屋、ジュークボックスのある飲食店、氷売りの屋台車、ぼろ屋、玉突き場、露天の食料品市場、ナンバー賭博の集金人、あらゆるクラブ、組織、グループ、結社、労働組合、社交界、同業組合、婦人社交団体、または想像できるかぎりの協会。もちろん、車の通る道はすり減っていて、あるグループの成員たちが、おもしろいもの、スリルにみちたものがありそうな別のグループの領域をたびたび侵略したため、なめらかになった小道もある。きらっと光ってカチリと鳴る、怖いもの。ポンとコルクを抜いて、冷たいグラスの口を自分の口へ当てられるところ。危険を見つけたり、危険になったりできるところ。ナイフの切っ先が外れるときも、外れないときも、倒れて、にっこりほほえむまで、戦えるところ。そのさまが見られるだけで、すばらしい。自分の家のある建物のなかでは、開いている店を探しにいく夫のために妻が書いたリストがあり、雪が降ったため、外に干せなくなったシーツが、アビシニア・バプテスト教会の日曜学校の劇のなかのように、台所をおおっていると知ることも、すばらしい。

若い人々はここではさほど若いとは思われず、中年というものはない。六十歳は、だれもが注意を払わなくなるほどの年寄りだ。四十歳さえもそうだ。その年になるか、または、それ以上の年寄りになると、彼らはすわって、土曜に見る五セントの三本立ての映画のように、あたりのたたずまいを眺めて暮らす。でなければ、名前もよくおぼえていないし、何の関わりもない仕事をしている人たちのあれやこれやにくちばしを突っ込む。話している自分の声を聞き、それを聞く人々のがっかりした顔を見るのが楽しいから。わたしの知ってるところでは、例外は少しある。平手打ちができるからといって、子供たちに平手打ちをしなかった老人たち。まさかのときに備えて、その力を貯えておこうというのだ。たとえば、プレゼントはわずかだけど微笑はいっぱいの最後の求愛。または、彼らがいなければ死んだはずの旧友にたいする献身的な看護。ときどき彼らは、長い生涯をともに過ごした連れあいに陽気な仲間がいて、夜を過ごすのに必要なものが揃っているように、一生懸命心を砕く。

しかし、レノックス街のヴァイオレットとジョー・トレイスのアパートでは、どの部屋も布をかぶせた空の鳥かごさながらで、二人が夜を過ごすのに死んだ女の子の顔は欠かせない。二人は代わる代わるベッドおおいをはねのけ、中くぼみになったマットレスから起き上がり、冷たいリノリュームの上を忍び足で客間へ行き、家のなかで唯一の生きている存在に見えるもの、マントルピースの上から見つめかえす大胆な、ほほえんでいない小娘の写真、をじっと見る。忍び足をしているのが、さびしさに耐えきれず妻のかたわらから出てきたジョー・トレイスだとしたら、その顔は希望も後悔もなく彼を見つめかえす。そばにいたい切望に身を灼かれて、夜の眠りから彼を目覚めさせるのは、この非難のない表情だ。指を突きつけはしないし、彼女の唇は非難のへの字に曲がることもない。顔はおだやかで、寛大で、やさしい。だが、忍び足をしているのがヴァイオレットだとしたら、写真は全然ちがう顔を見せる。娘の顔は貪欲で、傲慢で、とても怠惰に見える。牛乳桶の上ずみのクリームのような顔は、どんな仕事にせよ働くのはまっぴらな人間、他人の化粧テーブルの上においてあるものを盗んで、見つかっても平気の平左の人間の顔だ。自分の皿の脇に並べられたフォークを洗い直そうと、並べてくれた当人の流しまでこっそりやってくる者の顔。内を向いた顔——その顔が見るものは何であれ、自分自身だ。あなたがそこにいるのは、わたしが見ているからよ、とその顔は言う。

一晩に二度か三度、代わるがわる写真を見にいくとき、どちらかが彼女の名前を呼ぶ。ドーカス？　ドーカス。すると、暗い部屋部屋はいっそう暗くなり、客間ではマッチをすらなければその顔が見えなくなる。客間の向こうには食堂と、二つの寝室と、台所がある——みんな建物の真ん中にある。だから、アパートの窓を開けても、月も見えないし、街灯の明かりも見えない。いちばん明るいのは浴室だ——台所を突き抜けて張り出し、午後の陽光を捉えるから。ヴァイオレットとジョーは、《モダーン・ホームメイカー》に載るような部屋とはまったく違う家具の配置をしたが、それが体の習慣に合っている。どんなものにもぶつからないで一つの部屋から次の部屋へ歩いていけたし、腰をおろすと、したいことができる。椅子やテーブルが映えるようにコーナーへおく人々もいるけれど、世界中だれ一人すわることはもちろん、そこへ行こうともしないことを知ってるかしら？　ヴァイオレットは、自分の家でそんなことはしなかった。すべてが、人がそれをおきたい、使いたいところ、または必要とするところに、おいてある。だから、食堂には葬儀場みたいな椅子つきのテーブルなどはおいてない。何脚かの大きな深々とした椅子とトランプ用のテーブルが、翡翠細工や、ドラセナや、アロエ（「医者いらず」とも言う）の鉢が並んだ窓際においてあって、だれもがトランプをやったり、安っぽいジャズの一節を奏でたりしたくなる。台所は四人が食事できるほどの広さがある。または、ヴァイオレットがお客の髪のセットをしている間、客が足をゆったり伸ばすだけの空間がある。表側の部屋、つまり客間もむだになっているわけではなく、そこにふさわしい結婚披露宴を待っている。そこには鳥かごがあり、鳥が自分の姿を見るための鏡があるが、もちろん、いま鳥はいない。ヴァイオレットがナイフをもってドーカスの葬儀に出かけた日、鳥を放してやったから。いまでは、からっぽの鳥かごと、それを見つめ返すわびしい鏡しかない。あとは、ソファが一つ、小さなテーブルつきの木彫の椅子がいくつかあるだけ。だから、コーヒーカップやアイスクリームの皿を自分の前におくことができるし、また新聞を読みたければ、折り目をくしゃくしゃにしないでもたやすく読むことができる。暖炉の上のマントルピースにはかつて貝殻やきれいな色の石がおいてあったけど、いまではすべてなくなり、夜っぴて二人を目ざめさせる銀縁のドーカス・マンフレッドの写真だけがおいてある。

このような落ち着きのない夜の翌朝は、二人は遅くまで眠るので、ヴァイオレットは出張美容師の仕事に出かける前、急いで食事の支度をしなければならない。髪結いの技術はあっても正規の訓練を受けたことはなく、したがって美容師の資格のないヴァイオレットが請求できるのは、わずか二十五セントか五十セントだった。それも、例のドーカスの葬式事件以来、多くの常客たちは自分で髪を結う理由を見つけたり、娘に髪ごてを温めさせたりするようになった。ヴァイオレットとジョー・トレイスは、以前は美容で得る小金が要ったわけではないけれど、ジョーが仕事に行く日をサボリはじめたので、ヴァイオレットは暖房が利きすぎた囲い女のアパートに道具を持ちこみ、美容の仕事をすることが多くなった。そこの女たちは、午後になって起きだし、紅茶にジンを注ぎ、彼女が仕出かしたことは全然気にしない。この種の女たちはいつも髪をきれいにしておかねばならず、ときにはきらきら光る眼を憐憫でくもらせ、まるまる一ドルのチップを払うことさえある。

「あんた、何か食べなくちゃ」と一人が彼女に言う。「髪ごてより大きくなりたかないの？」

「そんなこと言わないでくださいな」とヴァイオレットは言う。

「本気よ」と女は言う。女はまだ眠くて、左の手でほおを支え、右手で耳を摑んでいる。「男に好きなことさせておけば、尖った軟骨になるまであんたをすりへらしちゃうよ」

「女ですよ。わたしをすりへらすのは女なんです。男は一度だってわたしをすりへらしたりはしません。悪いのは、女みたいに振る舞うあの小さな飢えた小娘たちですよ。同年輩の男の子じゃもの足りず、そう、父親ほど年取った男をほしがるから。口紅の色を変え、シースルーの靴下をはき、めかしたてて、ほらあそこまで……」

「あんた、そこは耳よ！　耳にもこてを当てようって言うの？」

「すみません。ごめんなさい。本当に、申しわけありません」それで、ヴァイオレットは手を止め、鼻をかみ、手の甲で涙をふく。

「やれやれ」女はため息をつき、この合間を利用して紙煙草に火をつける。「さあ、これからあんたは、うらみつらみのこもった話をしてくれるんだろうね。ある若い娘がどんなにあんたをメチャクチャにしてしまったか、彼のほうは仕事のことを考えながら通りをただ歩いていたのに、この小さなアマッ子が彼の背中に跳び乗って、ベッドへ引きずって行ったのだから、彼のほうに罪は全然ないって話をね。無駄口はたたかなくてもいいわ。死ぬときまで取っておかなくちゃならないからね」

「いま無駄口をたたきたいんですよ」ヴァイオレットは熱いこてを試してみる。こては、新聞紙の上に指のような長い茶色の焦げ痕をつける。

「彼は家を出たの？　彼女といっしょにいるの？」

「いいえ。わたしたちは、まだいっしょにいるんです。女は死にました」

「死んだって？　じゃあ、いったいどうしたっていうの？」

「彼は四六時中、女のことを考えているんです。彼の心には女のことしかないんです。仕事もしませんし、眠ることもできないんです。一日中、一晩中悲しんで……」

「ああ」と女は言う。彼女は煙草から灰をたたき落とし、火をもみ消してから、注意深く吸い殻を灰皿に入れる。それから椅子の背によりかかり、二本の指で耳の縁を押さえる。

「あんたは困った立場にいるのね」と、彼女はあくびをしながら言う。「とても、とても困った状況なのね。死んだ者と愛を競いあっても死者にはかなわないってことなんでしょ。

いつも負けってわけね」

ヴァイオレットは、その通りにちがいないと同意する。彼女は死んだ娘にジョーを奪われたばかりか、自分も彼女を恋しているんじゃないかと思う、と言う。ジョーをへこまそうとしていないとき、彼女は死んだ娘の髪に感嘆している。ジョーを新手の罵り言葉で罵っていないときは、頭のなかの屍とささやき声で話しあう。夫の食欲のなさ、不眠症を心配してないときは、ドーカスの眼は何色だったのだろうと考える。彼女の伯母さんは茶色だと言い、美容師は黒だと言うが、ヴァイオレットはこれまで肌の色の薄い人が、石炭のように黒い眼をしているのを見たことがない。一つだけ確かなことは、髪を少しカットする必要があったことだ。写真を見ても、ヴァイオレットの記憶では柩のなかの顔からしても、娘の髪はカットが要った。あのくらいの長さの髪はすぐばらばらになってしまう。四分の一インチ切りさえすれば、すばらしい。ドーカス、ドーカス。

ヴァイオレットは、眠たげな女の家を出る。道の縁石のそばのぬかるみは、再び凍っている。これから氷のように冷たい道を七ブロック歩かねばならないが、彼女の家の台所に来る予約のお客は三時まで来ないし、その前少しばかり家事ができることがありがたい。何もすることがない、あれこれの用足しも、することのリストもない、という状態には耐えられない。いまやってる仕事がすみしだい、そばに控えている雑用に取りかかることができなければ、両手を空中で振りまわすか、震えてしまう。台所を暖めようと、彼女はオーヴンに火をつける。それから、白いワイシャツの衿に霧吹きしている間、心はベッドの足元に飛んでいる。ベッドの足が枠からぽっきり折れて、釘を打とうにも割れすぎているからだ。お客が来て、ヴァイオレットは、老婦人の打ち明け話の流れの合間に「おや、まあ」と適当に合いづちを打ちながら、薄くなった灰色の髪を洗う。そのかたわら、ストーヴのドアを蝶番に結びつけている紐の位置を決めようとし、家賃の集金人にたいして今月分をもう三日待ってほしいという言い訳のおさらいをしている。彼女は休みがほしい、と思う。突然映画を見に行こうと決めたり、鳥かごといっしょにただすわって、雪のなかで子供たちが遊んでいる声を聞いたりする、のんびりした午後がほしい。

この休みたいという願いは魅力的だが、彼女は本気で休みをほしがってはいない、とわたしは思う。こういう女たちは、みんなこうなのだから。彼女たちは安逸を待っている。つまり、ふらふら漂うもの思い以外のもので満たす必要のない暇を待っている。だが、実は、それがほしいわけではない。彼女たちは忙しいのに、もっと忙しくなる方法を考える。何も急いでする必要のないそんな暇があったら、まいってしまうだろう。その暇には、キバナノクリンザクラの咲く野原は入ってこないし、暑くもなく、ハエもいない、はにかんだ光の射す朝も、入ってこないだろう。いいえ。全然。彼女たちは心も両手も、石鹸や、繕《つくろ》いや、危険な対決でいっぱいにする。なぜって、突然無為になった瞬間、彼女たちを待ち受けているのは、じわじわ沁みこんでくる怒りだから。溶けて。どろりとして、ゆっくり動く怒り。途中でわざわざ埋めてしまったものを気にして、こだわっている。さもなければ、時の鼓動のなかに、そして胸の横のほうに、どこから来たかもわからぬ悲しみが入りこむ。隣人が借りた糸巻きを返しにくる。糸だけではなく、特別に長い針までつけて。彼女たち二人は、しばらくドアの枠の下に立つ。その間、借り手が貸し手に、一階下の女と交わしたおかしな話を繰り返す。本当におかしい話で、二人は笑う——一人は、ひたいを押さえて大声で、もう一人は、お腹が痛くなるほどはげしく。貸し手はドアを閉め、そのあと、まだ笑いながら、セーターの衿を眼に当て、笑いのあとを拭く。それから、ソファの腕に腰をかけると、どっと涙があふれて、涙をおさえるのに両手が要る。

そういうわけで、ヴァイオレットは衿とカフスに霧吹きをする。それから、心をこめて三、四オンスの灰色の髪、赤ん坊の髪の毛のように柔らかくて、おもしろい髪を洗う。

祖母が石鹸をつけて、もてあそび、四十年間覚えていた赤ん坊の髪の類ではない。その髪に因んだ名がついた少年の髪。おそらく、ヴァイオレットが美容師になったのは、そのためかもしれぬ——これらの長い歳月の間、救いの神の祖母、トルーベルがボルティモアの話をするのを聞いたためだろう。エディソン通りのみごとな砂岩の家のなかで、ミス・ヴェラ・ルイーズと過ごした歳月のことを。その家では、シーツ類はみんな青い糸で刺繍がしてあり、金髪の少年を育て、賛嘆するより他にすることはなかった。少年は彼女たちから逃げだし、大事にいとおしまれた髪をみんなから奪ってしまった。

ヴァイオレットが葬儀を台無しにしたとき、人々は激怒したけど、驚いたとは思わない。それよりずっとずっと前、ジョーがその女の子に目をつける前、ヴァイオレットは道路の真ん中にすわりこんだことがある。ころんだわけでも、押されたわけでもない。ただすわりこんだのだ。数分してから二人の男と一人の女が来たが、彼女はなぜ彼らがきたのか、何を言っているのか、わからなかった。だれかが飲み水をやろうとしたが、彼女はそれをたたき落とした。警官が彼女の前にひざをつくと、彼女は目をおおって、横向きに寝た。そこに集まって「ああ、疲れてるのよ。休ませておやり」とつぶやく群衆がいなかったら、警官は彼女を警察に連行しただろう。一同は、彼女をいちばん近い入り口の踏み段まで運んでいった。すると、彼女はゆっくりと意識を取り戻し、服のちりを払い、一時間遅れて約束した客の家に行った。行ったので、のろのろした娼婦たちは喜んだ。彼女たちは、愛のとき以外何も急がないからだ。

わたしの知るかぎりでは、道路にすわりこむようなことは二度と起こらなかった。しかし、秘密にしてあったけれど、彼女はたしかにあの赤ん坊を盗もうとしたのだ。でも、それを証明する方法はない。わかっているのは、こういうことだ。ヴァイオレットが着いたとき、ダンフリー家の女たち――母親と娘――は家にいなかった。彼女たちは約束の日をまちがえたのか、営業許可証のある美容院に行こうと決めたのか、どちらかだった。おそらくシャンプーだけのことだろう。浴室の流しでは底の深いシャンプー台での洗い方はできなかったから。髪洗いのことになると、美容院のほうが一枚上手だ。客は前にかがむ代わりに、仰向けに寝る。そうすれば、石鹼水が入らないようタオルを目に押しつけなくてもいい。ちゃんとした美容院なら、水は頭の後から流しのなかに流れこむからだ。そういうわけで、営業許可証のある美容師がヴァイオレットほど上手でなくても、常客はときどき快適なシャンプーをしてもらいたくて、そっと美容院へ行く。

一カ所で二人の頭をやれるのは幸運だったので、ヴァイオレットは十一時の約束を楽しみにしていた。ベルを押してもだれも答えなかったとき、彼女は、たぶん市場で遅くなっているのだろう、と考えながら、待った。しばらくして、もう一度ベルを鳴らしてみた。それから、コンクリートの手摺りに寄りかかって、隣の建物から出てきた女にダンフリー家の女性《ひと》たちはどこへ行ったか知りませんか、と尋ねた。その女は首を横に振ったが、ヴァイオレットのほうにやって来て、窓を見てごらんと言った。

「あの人たちは、家にいるときはブラインドを上げているんですよ」と彼女は言った。

「出かけるときには、下げるの。その反対でなくちゃいけないのに」

「たぶん、家にいるときには外を見たいんでしょう」とヴァイオレットは言った。

「何を見るの？」と女は訊く。女はたちまち腹を立てた。

「陽の光よ」とヴァイオレットは言った。「陽の光が射し込むからじゃない」

「陽の光がほしいのなら、故郷のメンフィスへ帰らなくちゃいけないわ」

「メンフィスですって？　わたし、あの人たちはここで生まれたんだと思ってたわ」

「そう人に信じさせたいのよ。でも、そうじゃないの。メンフィスでもないわ。コットタウンなの。だれも聞いたことのないところよ」

「まあ、ショックだわ」とヴァイオレットは言った。彼女はひどく驚いた。ダンフリー家の女性たちは優雅で、いかにも都会的な婦人たちだったから。一家の父親は百三十六丁目に店をもっていて、彼女たち自身は書類を扱うすてきな仕事をしていた。一人は、ラファイエット劇場の入場係で、もう一人は会計事務所で働いていた。

「あの人たち、それを知られたくないのよ」女は言葉を続けた。

「どうして？」とヴァイオレットが訊く。

「お高くとまってるの。そのせいよ。一日中お金を扱ってるからでしょうね。あんた、それに気がついた？　生計のためにお金を扱ってる人たちが、いかに高慢ちきになるか。他人のものなのに、まるで自分のもののような顔をするのを？」女は、ブラインドを降ろした窓を見て、歯を吸った。「陽の光なんてとんでもないわ」

「さて、わたし、一週おきの火曜日にあの人たちの髪の手入れをしてるの。今日は火曜日でしょ？」

「一日中そうよ」

「じゃあ、どこへ行ったんでしょうね？」

女はスカートの下に手を入れて、ストッキングの上を留め直した。「どっかへ行って、コットタウンの出身じゃないふりをしてるんでしょうね」

「あんたは、どこから来たの？」ヴァイオレットは、片手でストッキングをしっかり留める女の手際のよさに感心した。

「コットタウンよ。ずっと昔からあの二人を知ってるの。ここに来てからっていうもの、家族中が以前わたしなんか見たこともないっていう態度なの。ほうきの代わりにお金を扱うせいね。いまのしがない仕事を失わないうちに、わたしはほうきに慣れておいたほうがよさそうね。ああ、なんてこった」彼女は大きなため息をついた。「メモを残したらいいじゃないの。あんたが来たことを知らせたいのなら、わたしを当てにしないで。必要なこと以外、口はきかないんだから」彼女はコートのボタンをかけ、ヴァイオレットがもう少し待ってみる、と言ったとき、じゃあ好きにすれば、というふうに手を振った。

ヴァイオレットは、こてや、オイルや、シャンプーの入ったバッグをふくらはぎの後ろの空間に押し込んで、広い階段の上にすわった。

両腕に赤ん坊を抱いたとき、彼女は蜂蜜のように甘くバター色をした赤ん坊の顔に冷たすぎる風が当たらないよう、ほおのまわりに毛布を少しずつ引き上げた。赤ん坊の大きな目をした、あいまいな見つめ方を見ていると、微笑が浮かぶ。胃に快感が集まって、なんとなくスキップして、走っているような光が血管をめぐった。
ジョーはこの子が好きになるわ、と彼女は考えた。愛するわ。それから、頭はすばやく寝室に飛んで、本物の小寝台を手に入れるまで、そこにあるものを寝台代わりに使えるだろう、と考えた。すでにサンプルケースのなかに、肌にやさしい石鹼が入っている。だから、すぐ台所で坊やを洗ってやることができるだろう。坊や？　この赤ん坊は男の子だろうか？　彼女は家に帰ってそれを確かめるときの興奮を思い、頭をのけぞらせて大笑いした。ある人たちが盗みを確信し、他の人々がそれを信じなかったのは、そのあけっぴろげで大声の笑いのせいだった。赤ん坊を盗んだ泥棒女が、赤ん坊をさらってきた籐の乳母車から百ヤードも離れていない街角で、そんなふうに笑って自分に注意を引くだろうか。親切で無実の女なら、赤ん坊の姉に当たる女の子がちょっと家に走りこんだ間、見ていてくれと頼まれた幼児を抱いて散歩しながら、そのような笑い方をするだろうか。

姉娘は家の前で大声をあげ、歩道を、右も左も入念に眺めながら、「フィリー！　フィリーがいない！　あの女《ひと》がフィリーを連れてった！」と叫んで、隣人や通行人の注意を自分に引きつけていた。女の子は、視線が向いたどちらの方向にも走っていくのがいやらしく、赤ん坊の乳母車の手押し用の把手を放さなかった。乳母車は彼女が落としこんだレコード——家のなかに走りこんで取ってきたもので、それはいま、赤ん坊の弟がいつも寝ていた枕の上にある——の他は、からっぽだったが、もし乳母車のそばを離れたら、たぶん、それもまた消えてしまうというかのように。

「あの女《ひと》ってだれだ?」とだれかが訊いた。「だれが連れていったのか?」

「女の人よ! わたし、一分だけここを離れたの。一分にもならなかったわ! その人に頼んだのよ……わたしが言ったの……すると、その女《ひと》はオーケーと言って……!」

「きみはレコードを取ってくるために、生きてる赤ん坊をまるごと知らない人に託したって言うのかね?」男の声には嫌悪感がこもっていたので、少女は涙を浮かべた。「お母さんは、きみを八つ裂きにするだろうな」

マッチを擦ったように、群衆のなかから意見や決議がどっと跳びだしてきた。

「ブヨほどの分別もないのかい」

「だれが、あんたを育てそこなったの?」

「警察を呼べ」

「何のために?」

「少なくとも調べることはできるさ」

「その子が赤ん坊を置き去りにして取りに行ったものを、ちょっと見てよ」

「何なの?」

「『トロンボーン・ブルース』よ」

「なんてこった」

「ママが帰ってきたら、どんなトロンボーンよりもブルースを知ることになりそうね」

小さな人々の集団は、おろかで無責任な姉と、警察と、赤ん坊がいるべきところに置いてあるレコードにたいし、ますます怒り狂って、誘拐者のことを忘れかけていた。そのとき、縁石のところにいた男が「あれが、その人かね？」と言った。彼は街角にいたヴァイオレットを指差している。そして、みんなが彼の指差すほうを向いたとき、ヴァイオレットは、赤ん坊の性別を発見するときの喜びにくすぐられて、頭をのけぞらせて大声で笑った。

彼女の無実の証明は、美容の道具が入ったバッグだった。それはまだ、ヴァイオレットが待っていた階段の上にあったからだ。

「わたしがあんたの赤ん坊を盗んだのなら、商売道具の入ったバッグを残しておくと思う？　あんたは、わたしを気が触れてると思ってるんだね？」ヴァイオレットは目を細め、湯気が出るほど怒って、姉娘の顔をにらみつけた。「本気で盗むつもりなら、みんな根こそぎもってくわ。乳母車もね。もし、それがわたしのやってたことだって言うのなら」

この言い分は、群衆の大部分の人たちには真実で、もっともらしく思われた。とくに、おろかな姉の失策を非難した人たちには。その女はバッグをおいて、姉娘が――とにかく、おろかで、赤ん坊に気をつけなかった――友達にかけてあげようとレコードを取りに家に走り帰った間、ただ赤ん坊を散歩させていたにすぎない。そして、眠っている赤ん坊のお守りさえできないばかな少女の頭のなかで、他のどんな考えが進んでいたのか、いったいだれが知ろう？

少数者のグループには、その言い分はいかにもうそらしく、はなはだ疑わしく響いた。もし赤ん坊を揺すり、遊んでやっていただけなら、どうしてそんなに遠くまで行ったのか。どうしてふつうの場合のように、家の前を行ったり来たりしなかったのか。それにあの笑いは、いったいどういうものか。どんなたぐいのもの？　あんなふうに笑えるのなら、彼女はバッグだけでなく、全世界でも忘れられるだろう。

姉娘はみんなから怒られて、赤ん坊と、乳母車と、『トロンボーン・ブルース』をもって、踏み段をのぼって、帰っていった。

ヴァイオレットは怒って、高飛車にバッグをひったくり、「ここの近所の人に親切にしてあげるのは、これが最後にするわ。いまいましい自分の赤ん坊を見張っているがいい！」と言った。そして、それ以後、この件については、そういうふうに考えるようになり、この出来事を自分の人格にたいする侮辱として記憶に留めた。間に合わせの小寝台や、肌にやさしい石鹸のことなどは忘れた。しかし、血管のなかを跳ね回っていた光は、ときどき記憶によみがえった。そして、ときたま、曇った日など、部屋のどこかの隅にランプの光が届かなかったり、鍋の小豆が永久に柔らかくならないように思われたりするとき、彼女は両腕に抱いて持ち運びができる明るさを想像した。必要なら、井戸の底のような暗い場所にも配られる明るさ。

ヴァイオレットが公共の場で気の触れたまねをしたことを、ジョーは全然知らなかった。スタックや、ジスタンや、その他の男の友達は、事件についての噂をお互いに知らせあったが、ジョー自身にたいしては、次のように言うのがせいぜいだった。「ヴァイオレットはどうしてる？　彼女は元気かい？」しかし彼は、妻のひそかな心のひび割れについては知っていた。

わたしはそれを心のひび割れと呼んだが、本当にその通りだった。ぱっくり開いた傷や破れではなく、昼間の丸い光のなかの暗い裂け目なのだ。彼女は、朝目覚めて、完全にはっきりと、明るく照らされた小さな情景の連なりを見る。ひとつひとつの情景のなかで、なにか特定の事柄が行なわれている。食べ物や、仕事のこと、お客や知人は出会い、人々がいろんな場所に入っていく。しかし、彼女は自分がこういうことを行なっているさまは見ない。こういうことが行なわれているさまだけを見る。丸い光が、それぞれの情景を捉えて浸していく。光の境目のカーヴのところに、固い基礎があるように思われる。だが、実際は何の基礎もなく、小路や、人が四六時中跳びこしていく裂け目があるだけだ。しかし、丸い光も不完全だ。仔細に見ると、そこには縫い目や、にかわで変なふうにくっついた割れ目や、弱さが見える。その彼方ではどんなことでも起こり得る。どんなことでも。ときどき注意がおろそかになったとき、ヴァイオレットはこれらの裂け目につまずく。左のかかとを前に出す代わりに、あとずさって、通りにすわろうと両足を折り曲げたときのように。

彼女は、前はそんなふうではなかった。てきぱき、きびきびした、よく働く若い女性で、美容師によくあるゴシップの断片を上手に話す舌をもっていた。彼女は自分なりのやり方をするのが好きで、いつもそうしてきた。ジョーを選び、ひとたび夜明けの光のなかで徐々に彼の姿がはっきりしてくるのを見たときから、家には帰らなかった。彼女はなんとかテンダーロイン地区から抜け出して、広々としたアップタウンのアパートに入りこんだ。家主を訪ねて長居をし、家主の戸口につきまとって、他の家族に貸すはずだったアパートを手に入れたのだ。それから、積極的にこちらから訪ねて行って、業務の内容を説明して(「美容院よりやすく、上手に髪のセットをしてあげられます。そして、いつでも、お望みの場所でいたします」)、お客を集めた。また、肉屋や、屋台の商人たちと口論して、最上の品や余分な品を手に入れた(「その端の分を入れてちょうだい。あんたは茎もはかってるじゃないの。わたしは葉っぱを買ってるんだからね」)。ジョーがドラッグストアに立って、一人の女の子がキャンディーを買うのを眺めるよりずっと前に、ヴァイオレットは一、二回、つまずいて心の裂け目に落ちたことがある。「あらゆるもの」が口のなかではじまるのを感じた。ひとりよがりの言葉が、それさえなければふつうの会話を貫いていた。

「今月八の数字は、まだ出てないと思うわ」と彼女は言う。毎日のナンバー賭博の数字の組み合わせを考えながら。「一つも。だから、まもなく出てくるにちがいない。それで、わたしは、すべてに八をつけとくわ」

「そんな風に賭けるもんじゃない」とジョーは言う。「コンビネーションを買って、その組み合わせに賭け続けるといい」

「いいえ。八にしなくては。わかってるの。八月には、いたるところ八ばかりだったわ——本当に、夏中よ。いま、隠れ場所から出てくるところなの」

「好きにしろ」ジョーは、クレオパトラ化粧品の発送品を調べていた。

「八を二つにして、○をつけ、他に二つか三つ賭けてみようかと思ったの。ひょっとして……あんたの隣に立っているあのかわいい女の子はだれなの？」彼女は、返事を期待してジョーを見上げた。

「なんだって？」彼はしかめつらをした。「いま何て言った？」

「ああ」ヴァイオレットは急いで瞬きをした。「何でもない、ただ……何でもないわ」

「かわいい女の子？」

「何でもないのよ、ジョー。何でもないの」

彼女は、何も打つべき手はない、と言うつもりだったが、何でもなくはなかった。小さなことだったが、厄介だった。ミス・ヘイウッドがいつ孫娘の髪をやってくれるかと訊いたところ、ヴァイオレットが「柩がおりてなければ、二時にしましょう」と答えたときのように。

彼女がこのような崩壊状態を脱するのはむずかしくはない。やいやい言う人はいないからだ。みんな同じようなことをしてきたのだろうか。たぶん。たぶん、だれもが、自分勝手にしたがる裏切り者の舌をもっているのだろう。ヴァイオレットは沈黙する。だんだん口数が少なくなり、やがて「ああ」とか、「やれやれ」としか言わなくなった。気まぐれな口より許しがたいのは、何週間も見つからなかったナイフをオウムの鳥かごのなかに見いだすことのできる独立した手だった。ヴァイオレットは黙っているだけでなく、静かだった。やがて、彼女の沈黙は夫をいら立たせ、それから当惑させ、ついには意気消沈させた。彼は、主に小鳥としか話さない女と結婚してしまったのだから。鳥たちのうちの一羽は、「愛してるよ」と答える。

かつてはそう答えた、と言ったほうがいいかもしれない。ヴァイオレットが小鳥をみんな放したので、カナリアとのつきあいがなくなり、オウムの告白が聞けなくなったばかりか、鳥かごを布でおおうという毎日の習慣もなくなった。これは、夜寝る前の必要な手続きの一つになっていた。夜安らかに眠るのを助けてくれる事柄。背中が折れそうなほど働いたあともよく眠れるし、酒を飲むのもいい。たしかに、かたわらに寝ている体――親しくなくてもやさしい体――もそうだ。触れられても、侮辱や邪魔とは感じず、安心感を与えてくれる人。重々しい寝息が怒りや嫌悪ではなく、かわいいペットのように愉しさを呼び起こすひと。それに、儀式も役に立つ。ドアに鍵をかけたり、あたりを片付けたり、歯をみがいたり、髪を梳かしたり。だが、これは本当に必要なものの前準備にすぎない。たいていの人はたちまち眠りに落ちたがる。騒々しい沈黙の夜、布でおおう必要のない空の鳥かご、マントルピースの上から見つめる大胆な顔をした笑わない少女を避けようとして、疲労のこぶしで殴られてノックアウトされたいのだ。

ヴァイオレットは、その写真と、念入りな調査をもとに自分で作り上げた彼女の性格以外、まったく何も知らなかったが、その娘の記憶がこの家の病になっている。いたるところにあって、どこにもないのだ。ヴァイオレットがたたいたり、殴ったりできるものは何もなく、どうしても殴りたいとき、なんとしても殴らなければ気がすまないとき、セピア色の写真以外大したものは何もない。

しかし、ジョーにとっては事情がちがう。その娘は、三カ月の夜の間、彼にとって必要なものになっていた。彼女の記憶は頭に残っているし、ベッドのヴァイオレットのそばに横たわって、いろいろ彼女のことを考えるのが、眠りに入るときの彼の儀式だった。彼は、彼女の死を悲しみ、ひどく悔やんでいるが、記憶が薄れていとしさを呼び起こせなくなるほうが、もっと怖かった。記憶というものが薄れていくことはわかっている。彼がドーカスを追いつめていた午後、記憶はすでに薄れかけていたからだ。彼女がレントパーティ（家賃をかせぐためにする有料パーティ）や、コニー・アイランドやナイトクラブの〈メキシコ〉へもっと行きたいと言ったあとのことだ。そのときでさえ、彼は甘いもので傷んだ肌、ベッドの枕で藪のようにくしゃくしゃになった髪、嚙んだ爪、足指を内側に向けた胸をしめつける立ち姿に執着していた。そのときですら、彼女の話、彼女が口にする恐ろしい事柄に耳を傾けながら、その声の音質や、愛を交わしたときのまぶたの表情などを忘れかけているような感じがした。

いま彼はベッドに横たわり、最初に彼女に会ったあの十月の午後の詳細をすべて、はじめから終わりまで、何度も何度も思い返す。それが楽しいからというだけでなく、彼女の姿を心に灼きつけ、将来色褪せていかないよう心に刻みつけておこうと思うからだ。彼女自身も、彼女にたいする生きた愛のいずれも、ヴァイオレットの場合のように色褪せ、剝がれ落ちていかないように。ジョーとヴァイオレットの若いとき、結婚して、ヴェスパー・カウンティを出て、北のシティに引っ越そうと決めたときの様子を思い出そうとすると、ほとんど何も心に浮かんではこない。もちろん、日付や、出来事や、買物や、行動や、情景さえ思い出すことはできる。しかし、それがどんな感じだったかを思い出そうとすると、なかなかうまくいかないのだ。

彼は長い間その喪失に苦しみ、自分としてはその件をあきらめたと思い、年を取ってくると物事の感覚は忘れてしまうという事実を受け入れた。人は「死ぬほど怖かった」と言うことはできるが、その恐怖を思い出すことはできない。また、陶酔、殺人、やさしさの情景を頭のなかで再演することはできても、それを表現する言葉のほかは、みんな涸れはててしまう。彼は自分がそれと折り合いをつけたと思っていたが、まちがっていた。注文のクレオパトラ化粧品を届けようとシェイラを訪ねたとき、笑ったり、からかったりする女たちがいっぱいいる部屋に入りこんだ。すると、そこに彼女がいた。ドアのところに立って、彼のためにドアを開けて押さえてくれていた。ドラッグストアで彼の気を惹いた当の娘が。キャンディーを買って肌を荒らそうとしていた女の子。あのときひどく心を動かされたので、眼が燃えるような気がした。それから突然、そこのアリス・マンフレッドの家の戸口に、髪を三つ編みにし、足の指を内側に向けて、彼女が立っていた。微笑こそしていなかったが、たしかに彼を歓迎していた。たしかに。そうでなければ、出るとき彼は、戸口にいる彼女にささやき声で話す勇気も胆力も出なかっただろう。

彼がうれしく思ったのは、新しく生まれてきた好色な攻撃性だった。彼はそれまで、そういう性質に慣れてはいなかったし、必要も感じていなかったから。ドアを閉めるときのささやき声の会話といっしょに表面に浮かんだ欲望の一閃を、彼は大事に思いはじめた。最初はそれを隠しておき、そこにあると思うのがうれしかった。それから、暇なときに外へ出し、じっくりと賞賛した。彼はその娘に憧れていたわけでも、慕っていたわけでもない。むしろその子のことを考え、心を決めたのだ。ちょうど自分の名前を決めたときのように。自分とヴィクトリが眠った胡桃の木、一片の低地の購入、シティへ出ていく時期を決めたように、彼はドーカスと決めた。ヴァイオレットとの結婚については、彼は自分で選んだわけではないが、事実、選ばなくてすんだことをありがたく思っていた。つまり、ヴァイオレットが、カウンティのワキアカツグミとそれにまつわるつらい沈黙から彼が逃げだすのを手伝い、彼のために結婚を調えてくれたことに感謝していた。

二人は、ヴァージニア州のヴェスパー・カウンティの胡桃の木の下で出会った。彼女は、他のみんなと同じように野良で働き、棉摘みどきを過ぎても家に帰らず、自分の家族から二十マイル離れたところに、ある家族といっしょに住んでいた。二人には共通の知り合いがあり、少なくとも一人の共通の親戚があると思っていた。二人はたまたまいっしょになって、お互いに惹かれあった。二人が自分で決めたのは、夜のいつ、どこで会うかということだけだった。

ヴァイオレットとジョーは、一九〇六年に、ヴェスパー・カウンティを通る鉄道の駅、ティレルを発って、サザン・スカイの黒人専用車に乗った。汽車が震えながら、シティを取り巻く川に近づいたとき、二人は、汽車が自分たちに似ていると考えた。とうとうそこへ到着して神経質になっていたが、それから先のことも恐れている。二人は熱意に燃え、ほんの少し恐怖に捉えられ、揺りかごよりも快い汽車旅行の十四時間の間、昼寝さえしなかった。汽車がトンネルを走り抜けるとき、急に車両が真っ暗になると、ひょっとしてこの先、壁にぶつかるのではないか、虚空に崖が突き出ているのではないか、と心配した。そう考えると、汽車も二人といっしょに震えたが、進みつづけ、前方には確実に地面があって、震えは足の下のダンスになった。ジョーは立ち上がって、指で頭上の荷物棚をつかんだ。そうすると、ダンスの感じがずっとよく伝わってくるからだ。それで、ヴァイオレットにもそうするように言った。

田舎から来たこの若い二人組は、そこで笑っていた。笑いながら、タップで線路をたたき返していた。そのとき、車掌がやってきた。感じのいい男だったが、微笑してはいない。この黒人がいっぱいの車両では、ほほえむ必要がなかったからだ。

「食堂車で朝食です。食堂車で朝食です。おはようございます。食堂車で朝食のフルコース」彼は片方の腕に車両用の毛布をもち、その下からミルクの一パイント瓶を取り出して、眠っている赤ん坊をひざにのせた若い女性の手に手渡した。「朝食のフルコース」

車掌の思い通りにはいかなかった。いままでは黒人が食堂車に入れるので、彼は車両中の人に食堂車に来てもらいたかった。汽車はデラウエア州を出て、メリランド州から遠く離れたので、食事中の黒人たちを他の食事客から隔てる毒のように忌まわしい緑のカーテンは、すぐなくなるはずだ。コックは、カーテンからとげを取り去るため、皿の上に少しばかり余計にのせて機嫌をとろうと、カーテンのほうを向いている皿に一杯余分に盛らなくてもよくなった。アイスティーに添える三枚の薄切りレモン、一切れに見えるように並べられた二切れのココナツケーキの必要はなくなった。いまはシティの端を走っているので、緑のカーテンはなく、車両中が黒人でいっぱいになることもできたし、だれもが早い者勝ちの原則でサービスを受けていた。ただ、彼らが早く来てくれさえしたら。あの小さな箱やかごを座席の下に入れ、きっぱりと紙袋の口を閉じ、ベーコンをはさんだビスケットを包んであった布のなかに戻し、一列になって五両先の食堂車へぞろぞろ入ってきてくれさえしたら。食堂車のテーブルかけは、少なくとも彼らがビャクシンの木にかけて乾かしたシーツと同じほど白かったし、ナプキンは彼らが日曜日の晩餐のためにアイロンをかけたナプキンと同じほどしっかりと折り目がついている。そこのグレイヴィは、彼らのグレイヴィと同じほど肌理《きめ》が細かいし、ビスケットは、彼らが布のなかに包んだベーコンをはさんだビスケットに勝るとも劣らなかった。ほんのときたま、こういうことが起こる。つまり、二人の小さな女の子を連れ、上等の靴をはいたどこかの女と、時計の鎖をつけ、縁を丸めた帽子をかぶった牧師のような男が立ち上がり、服のしわを伸ばし、重い銀のナイフ、フォークが泡のように白く光っているテーブルのほうへ、車両を縫って歩いていく。そして、へつらうような微笑は見せず堂々とした黒人の男に取りしきってもらい、給仕してもらう。

ジョーとヴァイオレットは、食堂車で朝食を取ろうとは考えない。食べそこなったら残念だとも思えない食事に金を支払わねばならないし、そのためには、二人はしゃちほこばってテーブルにすわらなければならない。もっと困ったことには、テーブルで仲を割かれてしまう。いまは、いやだ。ずっとダンスしながら、シティの先端に入ろうとしているいまは、いやだ。二人が微笑をひっこめることができず、通路に立っていた間、彼女の腰骨が彼の腿をこすっていた。彼らはまだそこへ着いてもいないのに、シティのほうがすでに話しかけている。彼らはダンスをしていた。他の百万人もの人々と同じように、胸をどきどきさせ、足は線路に支配され、二人はシティの第一印象を捉えようと窓からじっと外を眺めていた。シティは彼らといっしょにダンスをして、いかに彼らを愛しているか、早々と証明しようとしていた。百万人もの他の人々と同じように、二人はそこへ到着して、シティを愛し返したくて矢も盾もたまらなかった。

ある人々は道程にゆっくりと時間をかけ、ジョージア州からイリノイ州へ、それからシティへ行き、ジョージア州へ帰り、サン・ディエゴに出て、ついに、頭を横に振りながらシティに降伏した。他の連中は即刻、そこが自分たちのためにあることを悟る。このシティでなければならず、他のものではだめなのだ。ある者は気まぐれにやってきた。シティがそこにあるからで、それでいいではないか？　また別の人々は周到な計画をたて、多くの手紙を往復させ、確かめ、どういうふうに、どれだけ支払って、どこへ、を知ろうとした。また、ある者は旅行で来て、丈が高かろうと低かろうと棉のもとへ帰るのを忘れてしまう。名誉ある除隊であろうとなかろうと軍隊から追い出され、退職金つきであろうとなかろうとクビになり、予告の有無には関係なく立ち退かされ、彼らはしばらくそこをうろついて過ごし、それから、そこ以外のところにいる自分を想像できなくなる。他の人々は親戚や故郷の友達から、おい、死ぬ前にここを見ておいたほうがいいぞ、または、いま部屋があるからスーツケースを詰めていらっしゃい、でもヒールの高い靴はもってこないで、と言われてやって来た。

いつ、なぜ、また、いかに来ようと、靴の底革が歩道に触れたとたん、もう踵《くびす》を返すことはできない。借りた部屋が雌牛小屋より小さく、朝の屋外便所より暗くとも、彼らは留まって、自宅の番地の数字を眺め、聴衆のなかの自分たちの声を聞き、何百人の他の人々に混じって自分たちが通りを動いているのを感じる。他の人々は、彼らと同じように動き、口を開くときには、訛りとは関係なく、自分たちの遊びのために設計された同じ複雑で柔軟な玩具のように言語を取り扱う。彼らがシティを愛した理由の一端は、彼らがあとに残してきた幽霊のためだった。第二十七歩兵大隊退役軍人の落ちこんだ脊椎。その人のために気が狂ったように戦った当の司令官が裏切ったのだ。ミスター・アーモア、ミスター・スウィフト、ミスター・モンゴメリー・ワードから、ストライキ破りをするために雇われ、それから、それをしたために放逐されて、その嫌悪感で無感覚になった何千人もの眼。ミスター・マロリーが白人と同じ一時間五十セントの労賃をけっして払ってやろうとしない、二千人のガルヴェストン港湾労働者の破れた靴。祈る掌、ぜいぜいいう呼吸、激怒した白人たちが小道や家の裏庭などいたるところを占拠したあと、オハイオ州スプリングフィールド、インディアナ州スプリングフィールド、インディアナ州グリーンズバーグ、デラウエア州ウイルミントン、ルイジアナ州ニューオーリンズから逃れてきた人々のおとなしい子供たち。

欠乏と暴力から逃げだす黒人たちの波は、一八七〇年代、八〇年代、九〇年代に頂点に達したが、一九〇六年にヴァイオレットとジョーがこの波に加わったときは、着実な流れになっていた。他の人々と同様、彼らは田舎者だった。しかし、なんと早く田舎の人々は忘れてしまうものか。彼らが都会に恋するとき、この恋は永遠に続き、永遠のように思われる。まるで都会を愛していなかった時代は一度もなかったかのように。汽車の駅に着いた瞬間、またはフェリーから下りたって、道幅の広い通りと街灯があかあかとそこを照らしているのを垣間見た瞬間、彼らは自分たちがシティのために生まれてきたのを知る。そこの、都会のなかで、彼らは意識だけは新しく、生まれ変わる。より強く冒険的な自分に。そして、はじめて到着した最初の頃、それから、彼らもシティもともに成長した二十年後、彼らは自分たちの生まれ変わった部分をとても愛したので、他の人間を愛することがどんな感じか忘れてしまっている――その感覚を知っていたとしたら、の話だが。わたしは、彼らが他の人間たちを憎んでいたとは思わない。けっして。ただ、彼らが愛しはじめたものは、シティで暮らす人のありようだ。学校帰りの女の子たちが、けっして停止信号のところで止まらず、縁石の外に踏みだす前に通りの左右を眺める、その眺め方。いかに男たちが背の高い建物とちっぽけなポーチに慣れてきたか、群衆のなかを動いている女がどういう容貌をしているか、あるいは、イースト川を背景にすると、彼女の横顔がいかに衝撃的に見えるか。灯油や主要食品は、七マイルも離れているところではなく、ちょっと角を曲がったところにある、と知っているとき、台所の雑用に感じられる安らぎ。さっと窓を開けると、下の通りを歩いている人々に何時間も催眠術をかけられたように魅せられてしまう驚き。

こうしたことは愛の代わりにはならないが、欲望を注ぎこんでくれる。たった独りで田舎道の垣根によりかかっていたとき、男の血をかきたてた女は、シティでは男の視線さえ捉えられないと思ったかもしれない。しかし、ヒールの靴をはいてバッグを振りながら、大都会の通りを足早に歩いているとしたら、あるいは、冷たいビールを手にポーチにすわり、足の指から片方の靴をぶらぶら垂らしているとしたら、男は、彼女の姿勢、石の上の柔らかい肌、垂れ下がった繊細な靴を強調する建物の重厚さに感応して、心を捉えられる。そして、これは自分の求めていた女だと考え、彫刻を施した石と、ちらちらと太陽の光と影を映しながら揺れているハイヒールの靴との偶然の組み合わせのせいだとは考えない。彼はすぐ錯覚に、形と光と動きのトリックに気がつくが、かまいはしない。錯覚もこの問題の一部なのだから。とにかく、彼は胸が大きく上下しているのを感じるだろう。シティに大気はないが、微風はある。そして、毎朝この風は、笑気ガスのように彼の眼、話、期待を明るく輝かせながら、彼の体を吹き抜ける。たちまち彼は、小石の多い小川や、あまりに古木なので枝が地を這い、実を摘むには下に手を伸ばすか、かがまなければならないリンゴの木を忘れてしまう。また、立派な田舎の卵のように、濃く赤いオレンジ色をして、空の根元からするすると昇っていた太陽を忘れる。そして、それがなくても別にさびしいとも思わず、空を仰ぎ見て、太陽はどうなったのだろうとも思わないし、スリルにみちた不経済な街灯の明かりで、なくもがなの存在になりはてた星も忘れてしまう。

この種の永続的で統御しがたい魅力が、子供たち、若い娘たち、あらゆる種類の男たち、母親、花嫁、アル中の女たちを捉え、もし彼らが自分の意志でシティにやってきたのなら、前よりいっそう自分らしくなった、思った通りの自分の姿にいっそう近くなった、と感じるだろう。何物も、彼らを力づくで引き離すことはできない。シティは、彼らの望む通りのものなのだから。金遣いが荒く、暖かく、恐ろしい。そこにいるのは愛想のよい他所者ばかりだ。彼らが小石の多い小川を忘れるのはふしぎではないし、空を完全に忘れてなくとも、昼夜の時間を教えるささやかな情報としてしか考えない。

でも、わたしは、シティが信じがたい空を現出するのを見た。シティから出ていこうとは夢にも思わない赤帽や食堂車の従業員たちは、ときどき、汽車の窓から見た田舎の空の美しさを長々と語る。しかし、シティが作り出す夜空にまさるものは何もない。それは、表面からすべてをかき消し、大海より大海に似たものになり、星もなく、深く沈む。建物の最上階近くにも、かぶっている縁なし帽子より近いところにもある。そのような都会の空が寄せては返し、返しては寄せ、情事が発覚する前の恋人たちの、自由とはいえ不倫の愛をわたしに考えさせる。その空を、きらきら輝く都会の上を全速力で動いているこの夜空を眺めていると、わたしは大海のなかにあるとわかっているもの、大海が養う入江や支流のことを忘れていることができる。泥のなかに鼻面を突っ込んでいる墜落した二座席の飛行機。パイロットと乗客は、通りすぎる青魚の群れを凝視し、カンヴァス地のバッグに入った金は、びしょ濡れで、塩辛くなり、それを永久に縛っておくために作られた金属のバンドから、紙幣の端が静かに揺れている。それらは水生甲虫や、きらめく鰭から漂い出る卵を食べる黄色い花といっしょに、親を選びそこなった子供たちといっしょに、流行おくれの建物からのぞいているイタリアのカララから切り出した石板といっしょに、底に沈んでいる。頭上には見えない星と競い合うほど美しいガラスでできた瓶もある。星が見えないのは、都会の空が隠しているからだ。そうでなければ都会の空は、その気になれば、コーラスガールのラメ入り衣装から切り取った星や、深い、触れることができそうな空の下で、人目をしのぶ幸せな恋人たちの眼に映った星を見せることもできるのだ。

だが、都会の空にできるのは、それだけではない。紫色になってオレンジ色の心臓《ハート》をしていることもできる。その結果、街頭の人々の服はダンスホールの衣装のように光る。わたしは、女たちが煮た糊のなかでワイシャツを振り動かしたり、この上なく小さなステッチをストッキングに縫いつけたりしているところ、他方、少女がストーヴのそばで姉の髪をまっすぐに伸ばしているところを見た。その間中、空はだれにも注目されず、イロクォイ族の一人と同じほど美しく、彼女たちの窓のそばを漂いすぎていく。自由で不倫の恋人たちが、お互いにさまざまな話をしあっている窓のかたわらをも。

ジョーとヴァイオレットが汽車といっしょにダンスをしながらシティにやってきてから

二十年後、二人はいまでも夫婦だったが、いっしょに笑い、大地をダンスホールの床にみたてて振る舞うことなどついぞなく、お互いにほとんど話をしなくなっていた。ジョーは昔の日々を覚えているのは自分だけだと思いこみ、その有様はわかっても、感じはわからなくなっていることに気がつき、その感じを取り戻したくなって、他のところで恋人を作った。そして、秘密を守る代償の正確な値段を知っている隣人から部屋を借りた。こうして、彼は週に六時間を買った。都会の空が薄氷の青から金色のハートのついた紫色に変わる時間。また、太陽が沈むとき、妻には一度も話したことのない事柄を新しい恋人に語るだけの時間。

夕暮の川の岸辺のハイビスカスはどんな香りがするか、夕暮の光のなかでは、ズボンの穴から突き出たひざがほとんど見えなかった、というような重要な事柄。だから、たとえ彼《か》の女《ひと》が藪から手を突き出し、一度だけきっぱりと、おまえの母親は実は自分だと確認する決心をしたとしても、その手を見ることができると、どうして彼は考えたのだろう？たとえ確認されて恥ずかしくなったとしても、彼はヴァージニア中でいちばん幸福な少年になっただろうに。もし彼女が決心したとしたら、つまり彼に手を見せ、一度だけ彼の言葉に耳を傾け、それをやり、たとえノーであろうと、彼にわかるように何らかの肯定の態度を示したとしたら。彼はどんなに喜んで、屈辱的であると同時にありがたいその機会をとらえたいと願ったことか。確認にはその両方の意味があったからだ。花の茂みから突き出て、彼の手に触れ、おそらくは彼にも触れさせてくれる彼女の手と指。彼はその手をつかみ、しっかり握って、彼女を茂みの後ろから引きずりだす気はなかった。たぶん、彼女はそれを恐れていたのだろう。しかし、彼はそんなことをするつもりはなく、彼女にそう言った。ほんのしるしだけ、と彼は言った。あんたの手を見せるだけでいい、と彼は言った。そうすれば、わかるから、ぼくはどうしても知らなくちゃいけない、ということがわからないか？　彼女は何も言う必要はなかった。彼女が何か言うのを聞いたことのある人はいなかったけれど。言葉である必要はない。彼には言葉は必要なかったし、言葉をほしがってさえいなかった。いかに言葉がうそをつき、人の血を熱くさせて、消えてしまうかがわかっていたからだ。彼女は「母親」という言葉を口にする必要さえなかった。そんなことは全然いらない。彼女がするべきことは、彼にしるしを見せるだけ。白い花と葉っぱの間から手を突き出しさえすれば、彼女は彼をその人だと、つまり十四年前に生み捨てた息子だということを知っていた、と語ることになる。逃げだしたものの、あまり遠くへは行かなかった。みんなを困らせるだけの距離のところへ逃げた。完全に去ってしまったわけではなく、みんなを怖がらせるほど近いところにいたからだ。あたりを這いまわって、隠れ、触れ、砂糖きびのなかで低くて甘い幼女のような笑い声をたてていたからだ。ひょっとしたら、彼女はそれをしたのかもしれない。ひょっとしたら、茂みのなかであんなに動いていたのは、小枝ではなく、彼女の指だったのかもしれない。しかし、あれほどかすかな光のなかでは、ズボンの穴からのぞいているひざさえ見ることができなかった。たぶん、彼はしるしを見損なったのだろう。少なくとも恥と喜びの組み合わせだったしるしを。そのとき以来、心のなかの虚無がどこまでもつきまとった。だが、一九二五年の秋には、このことを語り得る人ができた。ほお骨の下にかすかな蹄のような痕のあるドーカスという名のひと。彼と同年代のだれよりも、心のなかの虚無がどういうものか、よくわかっていたひと。そして、彼の虚無を満たしてくれたひと。ちょうど彼が彼女の虚無を満たしてやったように。彼女もまた、虚無を抱いていたからだ。

ひょっとしたら彼女の虚無のほうがひどかったかもしれない。彼女には母親がわかっていたからだ。また、よくは思い出せないが、なにか生意気な口を利いたからといって、母親から顔を平手打ちされたことさえあるからだ。しかし、彼女は顔に受けた平手打ちと、バシッという音と痛み、どんなにそこが熱くなったか、ということは覚えていて、彼にその話をした。どんなにそこが熱くなったか、を語った。そして、彼女が受けた平手打ちのうち、それをいちばんよく覚えていた。それが最後だったからだ。彼女はいちばんの親友の家の窓からからだを乗り出していた。叫び声は、夢の一部ではなかった。叫び声は、彼女の頭の外、通りを隔てたところから聞こえた。走っている人々も同じ。だれも彼もが走っている。水が要るって？　バケツ？　消防自動車は磨きたてられ、町の別の場所に止まっているって？　その家に入ることはできなかった。そこには、洗濯ばさみで作った彼女の人形が一列に並んでいるというのに。葉巻の箱に入って。しかし、とにかく彼女はそれらの人形を取って来ようとした。はだしで、寝巻を着たまま、彼女は人形を取りに走っていき、母親に向かって、人形の箱、人形の箱があそこの化粧テーブルの上にあるの、と叫んだ。あれを取りにいっていい、かあさん？

彼女はもう一度泣き、ジョーはしっかり抱いてやる。イロクォイ族のような空が窓の外を通りすぎる。もし二人がそれを見たとしたら、空は二人の愛をクレヨンで彩ったことだろう。二人の愛が染まるのは、つつましく黙っていたあとで、彼が椅子からクレオパトラのサンプルケースを持ちあげ、開く前に彼女をからかうときだ。小瓶や甘い香水の箱などの下に隠したもの、つまり、彼女のために買ってきたプレゼントがすぐには見えないように蓋を開いて。それが、二人の一日を結びつける小さな結び目だ。同時にシティの空は、オレンジ色の心臓《ハート》から黒に変わりかけている。そのあと、贈り物のように、星を一つずつ出して見せるまで、できるかぎり長く星を隠しておくために。

その頃までに彼女は、彼の爪のあま皮を押し下げ、きれいに磨いて、透明なマニキュアを塗ってやる。彼女はイースト・セントルイスのことを話して少し泣くが、彼の爪の手入れをして元気を取り戻す。彼女は、自分を毛布の下で持ちあげたり、くるりと回したりするのは、自分が手入れした手だ、と考えるのが好きだ。彼のサンプルケースから出した何かの瓶に入ったクリームを、自分が塗ってやった手だと思いたい。彼女はからだを起こし、両手で彼の顔をはさんで、二色をした彼の眼のそれぞれのまぶたにキスをする。一つは、わたしのため、もう一つは、あなたのためよ、と彼女は言う。一つは、わたしのため、もう一つは、あなたのため。これをちょうだい、それを上げるわ。これをちょうだい。これをちょうだい。

二人は叫び声をあげまいとする。だが、あげないではいられない。ときどき彼は、自分の掌で彼女の口をおおう。廊下を通る人に彼女の声が聞こえないように。そして、自分の叫び声を押さえるためには、できれば、間に合うときに思いつけば、枕を嚙む。できれば。ときどき彼は叫び声を押さえたと思う。枕の角がちゃんと口に入っているからだ。それから、自分がはあはあと荒い息をしているのが聞こえる。はあはあと。自分の疲れたのどから出たにちがいない叫び声の尻尾の端だ。

彼女はそれを笑う。笑って、笑って、ついに彼の背中に馬乗りになり、こぶしで背中をたたく。それから、ぐったり疲れ、彼が半分眠りかけると、彼女は唇を彼の耳の後ろにつけて、もたれかかり、計画を練る。〈メキシコ〉、と彼女はささやく。わたしを〈メキシコ〉に連れていって。騒々しい店だ、と彼はつぶやく。いいえ、そんなことないわ。いい店よ、と彼女は言う。どうして知ってるんだ？　と彼は問う。みんなが言うのを聞いたから。みんなは、テーブルは丸くて、白い布がかかっていて、ちっちゃなかわいいランプのかさがついてる、って言うわ。きみの寝る時間をずっと過ぎなきゃ開かないんだぞ、と彼はほほえみながら言う。いまが、わたしの寝る時間よ、と彼女は言う。〈メキシコ〉に行く人たちは、昼間寝るのよ、連れてって。日曜の朝その人たちは、教会に行く時間までそこにいるの。白人はだれも入ることができないのよ。バンドの男の子たちは、ときどき立ち上がって、お客といっしょにダンスをするの。うん、うんと彼は言う。うん、うん、ってどういう意味？　と彼女は問う。わたしは、あなたとダンスしたいだけ、それから、ランプのついた丸テーブルに行って、すわりたいだけよ。みんなに、ぼくたちのことがわかっちゃうよ、と彼は言う。きみが話している小さなランプは、そこにだれがいるか、わかる程度には大きいからね。あんたは、いつもそんなことばかり言う、と彼女はくすくす笑う。この前みたいに。〈メキシコ〉のほうがずっといいわ。なぜって、テーブルかけの下はだれも見ていたもの。だれも、わたしたちを見さえしなかった。みんな、とても楽しんでることできないでしょ？　ねえ、そうじゃない？　ダンスしたくなかったら、そこのテーブルにすわって、ランプの灯のそばで澄ました顔して、音楽を聞いて、みんなを眺めてればいいわ。テーブルかけの下はだれも見ることできないから。ジョー、ジョー、連れてって、連れてく、って言って。どうやって家を出てくるつもりなんだ？　と彼は訊く。なんとかするわ、と彼女は小声で歌うように言う。いつものように。うん、とだけ言って。そうだな、と彼は言う。そうだな、きみがその味を味わいたくなけりゃ、リンゴを取っても意味ないね。どんな味がするの、ジョー？　と彼女は訊く。そこで、彼は眼を開ける。

ドアには鍵がかけてあり、マルヴォンヌは真夜中をかなり過ぎなければ、四十丁目の事務所から帰ってはこない。そう考えると、二人は興奮してくる。つまり、可能なら、二人は夜をほとんどいっしょに過ごすことができるという考え。たとえばもしアリス・マンフレッドかヴァイオレットが旅行に出たとしたら、二人は、彼が彼女に与える贈り物を夜のいちばん暗い時間まで延ばすことができる。ついに、マルヴォンヌがオキシドールとワックスの匂いをさせながら帰ってくる頃まで。実際は、〈メキシコ〉行きの計画を立てたので、ドーカスはそっとドアから出て、階段を降りていく。ヴァイオレットが夕方の美容をすませて、七時頃帰宅する前に。そのときジョーはすでに、小鳥の水を換え、鳥かごを布でおおっている。こうした日々の夜、ジョーは沈黙した妻のかたわらに、目をさましたまま横たわっているのを気にしない。彼の思いは、彼の人生を祝福し、同時に、生まれなければよかったと思わせる、この若い、善良な、神にも似た娘のところにあったから。

マルヴォンヌは、新聞と、小さな本に印刷してある他人の物語のほかは、独りぼっちで暮らしていた。事務所の建物を磨きたてていないときには、印刷された物語と、周囲の人々にたいする自分の鋭い観察結果とを組み合わせていた。この女の目を逃れるものは、ほとんどない。彼女は午後六時に、ラッシュと反対の路面電車に乗り、有力な白人のごみ箱を検閲し、彼らの机の上の女性や子供の写真を見た。廊下での彼らの会話を聞き、アンモニアの瓶から立ち昇る煙のように、清掃用具入れを突き抜けて響いてくる洗面所での笑い声を聞いた。彼女は彼らの酒瓶を調べ、クッションの下や、二段組みで印刷してある本の後ろに押しこまれたフラスコを元の位置に戻す。また、だれがご婦人の下着と同様、正義にたいする情熱をもっているか、だれが妻を愛し、その妻をだれが共有しているか、も知っていた。息子と喧嘩をし、父親と話そうとしない人も。というのは、彼女が一インチずつ廊下をにじり歩いて事務室に入ろうとしていたときには出て行けと言うくせに、電話で話しながら、送話口をおおわないからであり、彼らが「本物の」仕事と呼ぶものをしながら晩《おそ》くまで働いているときは、声を落として内緒のささやきをしないからだ。

しかし、マルヴォンヌは彼らには関心がなかった。こうしたことは、ただ気づいたにすぎない。彼女は近所の人々のほうに関心があった。

スウィートネスは、ウィリアム・ヤンガーからリトル・シーザーに名前を変える前、百三十丁目の郵便箱を強奪した。郵便為替か、現金か、何を探したのか、マルヴォンヌには想像できなかった。彼女は七歳のときから彼を育てたが、これ以上はだれも望めないほどお行儀のよい甥だった。とにかく日中は。しかし、六時から午前二時半までのマルヴォンヌの夜勤の間に、彼が関わった事柄のいくつかは、けっしてわからないだろう。その他のことは、彼がシカゴだか、サン・ディエゴだか、とにかくO《オー》で終わる名前の都市に行ってしまったあとになって知った。

あとになって知った事柄の一つから、どこに食料袋が行ってしまったのかがわかった。二十ポンド入りの塩袋で、彼女はそれをきれいに洗って、畳み、バッグに入れて、市場へもって行ったものだ。スウィートネスの部屋の暖房器の後ろでそれが見つかったとき、それには消印の捺《お》してない手紙がいっぱい詰まっていた。それを調べたとき、彼女が最初に感じた衝動は、内容物を畳み直し、もう一度封印して、すぐ郵便箱に入れようということだった。だが、おしまいにはスウィートネスがわざわざ開けなかった封書まで一通残らず読んでしまった。知り合いの署名を認める喜びを除けば、手紙を読むのはまったく興味の湧かない作業だった。

親愛なるヘレン・ムーア様。ヘレンの健康についての問い合わせ。差出人自身の健康についての返事。天候。欺瞞。約束。愛。それから、署名者は、まるでヘレンは非常に多くの郵便を受け取り、非常に多くの親戚や友人がいるので、全員を思い出すことはできないというかのように、大きな傾いた筆跡で、あなたの献身的な妹、ミセス・だれそれ、または、ニューヨークのおまえの愛する父、L・ヘンダースン・ウッドワードなどと、彼また は彼女の身分をはっきりしたためてあった。

マルヴォンヌの側で何らかの行動を起こさなければならない手紙が二、三通あった。職業学校の学生が必要な一ドルを封入して、マッチブックの広告で見た法律の通信教育学校へ応募していたが、ドル紙幣はなくなっていた。マルヴォンヌは、ライラ・スペンサーの入学金に割く一ドルはもっていなかったが、もしその娘が法律家になれなければ、おしまいにはエプロンをかける職につくだろうと、本気で心配した。それで、自筆で次のように述べた短い手紙を付け加えた。〈いま、わたしには一ドルの持ち合わせがありません。しかし、あなたがこの応募書類を受け取ったことと、わたしの入学に同意したということを知らせてくださりしだい、そのときまでにお金を用意しておきます。もしあなたに一ドルがなくて、本当に必要だと言ってくだされば〉

彼女がウインサム・クラークからパナマにあてた手紙を読んだとき、悲しい瞬間が訪れた。運河地区で働いている夫に、仕送りの金がけちくさく、不十分だと苦情を言う手紙で、仕送りの金がほとんど家計の足しにならないので、妻は仕事をやめ、子供を連れてバルバドスへ帰るとのことだった。マルヴォンヌは、人生の壁がその女の掌にぎゅうぎゅう押しつけられているのを感じ、その壁をたたいたため、両手が痛くなっているのを、また、小さな子供たちからしがみつかれて腰が引きつっているのを、感じることができた。〈どうすればいいのか、わかりません〉とその女は書いていた。〈わたしがどんなに努力しても、何も変わりません。伯母さんは、どんなことでも大騒ぎをします。わたしは気が狂いそうです。子供たちは、わたしと同じようにみじめです。あなたが送ってくれるお金では、食べていけません。わたしはここで溺れ死にしかけています。たぶん、あんたのお母さんやわたしのお母さんがいて、大きな木がある故郷でも同じことかもしれません〉

ああ、とマルヴォンヌは考えた。このひとは、バルバドスの大きな木を夢見ているのだろうか。公園のあの木立より大きいのだろうか。きっと、ジャングルにちがいない。
ウインサムはこう言っていた。〈あんたの親友が大火で死んだことは、お気の毒です。彼とあんたのために祈っています。でも、白人たちはけっこうな暮らしをしているのに、どうして黒人ばかりが死んでいくのでしょう。そんなこと、おとなのする質問じゃないと考えているんでしょ。ウインダム・ロード宛てに、何か他のものを送ってください。もう二回給料袋をもらったら、わたしと子供たちはそこへ行きますからね。サニーは、靴みがきをしたお金があるから、自分の渡航費は払えると言っています。だから、心配しないで。体だけは気をつけて。あんたの親愛な妻、ミセス・ウインサム・クラーク〉
マルヴォンヌは、エッジコム街三百番地のブロックに、ウインサムとかなんとか言う人がいるのは知らなかった。ただ、そこの一つの建物に金持ちの西インド人がいっぱいいることだけは知っていた。彼らはほとんど自分たちだけで固まっていて、そこの窓からはマルヴォンヌには何かわからない香料の匂いが漂ってきた。いまの問題は、すでに二回の給料袋前になってしまったウインサムの転居通知を、これ以上の現金がエッジコムに着く前に、パナマに送ることだった。エッジコムでは伯母さんがそれを受け取るかもしれず、もし彼女がウインサムが書いているほど性悪だったとしたら（子供のミルクをそっと水で薄めたり、熱くて重いアイロンの扱い方が悪いと言って、五歳の子を鞭打ったりする）、その金をネコババするかもしれないではないか。マルヴォンヌはその手紙を注意深く封印しなおし、そうすればパナマに早く着くというのなら、一セント切手をもう一枚貼ろうかしら、と考えた。

一通だけ、これまでの行状や、もっとすると約束していることはもちろん、そんな言葉を書き連ねることのできる女性について、マルヴォンヌが汗をかいてあれこれ考えた手紙があった。書き手の女は、恋人と同じ建物に住んでいた。政府が自分の熱情を配達していることに満足感を得る以外、どうして彼女が三セントの切手を無駄使いする気になったのか、マルヴォンヌにはわからなかった。汗をかき、軽く吐息をつきながら、マルヴォンヌは努力してその手紙を数回読んだ。問題は、〈いつもあなたのホット・スティーム〉からミスター・M・セイジ（封筒にはこう書かれていたが、中の便箋では〈ダディ〉と呼ばれている）に宛てた手紙を彼に送り届けるかどうか、ということだった。手紙が書かれてから一カ月たっており、スティームは、やりすぎたのではないかと心配しているかもしれない。あるいは、このセイジ父さんとスティームは、その間にこの下劣でじめじめしたことをもっと繰り返したのだろうか？　ついに彼女は自分の短い手紙――用心を促し、《オポチュニティ・マガジン》の切りぬきにダディの注意を引く手紙――を付け加えて、それを投函しようと決心した。

ジョー・トレイスが彼女の家のドアをたたいたのは、彼女がこの匿名の忠告の準備をしていたときだった。

「どうだい、マルヴォンヌ？」

「まあまあよ。あんたはいかが？」

「入ってもいいかい？　きみに提案があるんだけど」彼は気安い田舎者の微笑をした。

「五セント白銅貨はないんだけど、ジョー」

「そんなことじゃないよ」ジョーは片手をあげて、彼女のそばを通って、居間に入った。

「商売じゃないんだ、わかる？　ぼく、鞄さえもっていないだろ」

「あらそうなの、じゃあ」マルヴォンヌは彼のあとからソファへ行った。「すわれば」

「だが、もし商売してたら、きみ、何がほしい？　五セント白銅貨があったら、って意味だけど」と彼は言う。

「あの紫色の石鹸はちょっとイカスけど」

「じゃあ、きみに上げるよ！」

「でも、すぐなくなるのよ」とマルヴォンヌは言った。

「凝った石鹸はそういうものさ。長続きするようにできちゃいないからな」

「そうかもね」

「まだ二つ残ってるんだ。すぐもってくるよ」

「いったいどういうことなの？　商売じゃなくて、ただでくれるってのは、どういう理由なの？」マルヴォンヌは、マントルピースの上の時計を眺め、仕事に出る前に手紙を投函できるようにするには、どのくらいジョーと話をすることができるかを計算した。

「ちょっとしたお願いなんだよ」

「ぼくにとっちゃお願いじゃなかったら？」

マルヴォンヌは笑った。「よしてよ、ジョー。これは、ちょっとしたお小遣いになる」

「そうだな。彼女か。これは、だな。ヴァイオレットは、だな。こんなことで、彼女を煩わせたくないんだよ、わかるだろ？」

「いいえ。話して」

「ええと。きみんちを借りたいんだよ」

「なんですって？」

「ときどき、一日か二日の午後だけさ。きみが仕事に出ている間。でも、まるまる一ヵ月分払うよ」

「いったい何をやってるの、ジョー？　わたしは夜働いているってこと、知ってるでしょうが」ひょっとしたらあれは偽名と偽の住所で、ジョーが〈ダディ〉で、どこか他のところで手紙を受け取り、スティームに自分の名はセイジだと言ってるのかもしれない。

「きみが夜勤をしてるってことは知ってるさ。でも、四時に出ていくだろ」

「歩きたいほど天気がよければそうするわ。たいていのときは五時半の電車に乗るの」

「毎日じゃないよ、マルヴォンヌ」

「どんな日もお断わりよ。あんたの提案は気に入らないわ」

「毎月二ドル払うよ」

「わたしがあんたのお金や、軽薄な石鹼が要ると思ってるの?」

「いや、いや、マルヴォンヌ。ねえ。説明させてくれよ。きみみたいに、男と女房の間の問題がわかっている女性は、あんまりいないんだ」

「どんな問題?」

「ええと。ヴァイオレットはね。更年期をすぎて、どんなにおかしくなってるか、知ってるだろ」

「彼女は、そのずっと前からおかしかったわ。覚えてるけど、一九二〇年からよ」

「うん、まあ。だが、いまは――」

「ジョー、あんたは、ヴァイオレットがあんたと関わりをもちたがらないと言って、わたしがいない留守に別の女を連れてくるために、スウィートネスの部屋を借りたいって言うの? いったい、わたしをどんな女だと思ってるの? ヴァイオレットとわたしはそれほど近しい間柄じゃないけど、わたしはあんたじゃなく、彼女の味方よ、このやくざ者」

「ちょっと、聞いてくれよ、マルヴォンヌ――」

「その女はだれなの？」

「だれでもない。つまり、まだ知り合ってないんだ。ただ、考えてみて――」

「ははあ。運よくどこかのばか女に出会ったときのことを考えて、場所を確保しておくの？　それが、あんたの考えたこと？」

「まあね。使わないかもしれない。でも、そうなったときを考えて、部屋を取っておきたいのさ。使おうと使うまいと、家賃は払うよ」

「ある家に行きゃ、五十セントで女が手に入るのに。床と壁とベッドもね。二ドル出しゃ、お望みなら、盗品じゃないスクーターに乗った女でも手に入るわよ」

「ああ、とんでもない、マルヴォンヌ。だめだよ。きみはまったく、ぼくを誤解している。街で拾う女なんかほしくはないんだ。やれやれ」

「ちがうの？　街の女でなくて、いったいだれが、あんたとぶらつくと思うの？」

「マルヴォンヌ、ぼくは、ちゃんとした女性の友達がほしいんだ。話のできる人さ」

「ヴァイオレットの頭越しに？　どうしてあんたは、女のわたしに情事のベッドを貸せって頼むの？　あんたみたいな、どっかの性悪の男に頼みゃいいのに」

「ぼくも考えてみたんだ。でも、独り暮らしの男は知らないし、悪いことじゃないんだよ。おい、おい。きみは、ぼくを街の女のところへやろうとしているんだね。ぼくが頼んでることのほうが、よかないかい？　ときどき、ちゃんとした女性と来るというほうが」

「ちゃんとした？」

「そうさ。ちゃんとした人さ。ちゃんとしてても寂しがっているかもしれないし、子供があるかも、または――」

「または、ハンマーをもった夫がね」

「そんな人はいないさ」

「それに、もしヴァイオレットに見つかったら、わたし、何と言えばいいの？」

「見つかったりしないよ」

「わたしが告げ口したら？」

「告げ口なんかしやしないさ。なぜそんなことするんだ？　ぼくはまだ、彼女の世話をしてるんだぜ。だれも傷つかないじゃないか。それにきみは、留守の間、きみんちを守る人間だけじゃなく、二十五セント銀貨が二枚もらえるんだよ。ひょっとしてスウィートネスが帰ってきたり、だれかが彼を訪ねてきたり、きみが女だからって、何を引き破ろうと平気、って人が来ると、困るじゃないか」

「ヴァイオレットに殺されちゃうわ」

「そんな関わりあいは全然ないよ。いつぼくが来たか、きみには全然わからないし、何も目につかないから。何もかもきみが家を出たときのままさ。ただちょっとした修理か何かをしたかったら、ぼくにやらせればいい。きみは何も見ないけど、そこのテーブルの上に、きみが何も知らない理由でぼくがおいておくお小遣いがあるってわけさ」

「ふうん」

「ぼくを試してくれ、マルヴォンヌ。一週間。いや、二週間。もし気が変わったら、いつでも、いつでも、金をテーブルの上においたままにしてくれ。そうすれば、もうやめてほしいということがわかるから。そして、ドアの鍵は、きみが生きているのと同じほどたしかに、元の場所に帰っているだろう」

「ふうん」

「きみの家だからね。どうしてほしいか、どこを直してもらいたいか、言ってくれ。それから、いやなことも言ってほしい。だが、きっときみは、ぼくがいつ来て、帰ったか、または、来たかどうかさえわからないだろう。たぶん、水道の蛇口からもう水がもれなくなったことを除いてはね」

「ふうん」

「きみにわかることは、いまからはじめて毎土曜、砂糖壺に入れるもう二枚の二十五セント銀貨が手に入るってことだけだ」

「ちょっと話をするだけなら、とっても高いものにつくね」

「ぼくを好きになってくれて、お酒も飲まず、煙草も吸わず、賭博もしないで、教会献金《タイス》を収めなきゃ、きみがどれだけ貯められるか、びっくりするだろうね」

「たぶん、あんたがそうするべきでしょうね」

「ぼくは低級なことはしたくないし、クラブなんかをうろうろしたくもない。ただ、すてきな女性の友達がほしいだけさ」

「そんな人が見つかるって、自信あるみたいね」

ジョーはほほえんだ。「見つからなければ、それはそれで損はないだろ?」

「メッセージもなしよ」

「何だって?」

「つけ文も、手紙もなしよ。わたしは、メッセージの配達はしないから」

「もちろんだよ。ペンフレンドはほしくないんだ。ぼくらは、ここで話すか、全然話さないか、どちらかなんだ」

「何かが起こって、あんたか彼女かが、手を引きたくなったら?」

「そんなこと、心配するな」

「彼女が病気になって、来られなくなり、それをあんたに知らせる必要ができたら?」

「ぼくは待って、それから帰るさ」

「子供の一人が病気になって、だれもママを見つけることができなかったら? 彼女はあんたと、どこかへしけこんでるからよ」

「彼女に子供があるって、だれが言った？」

「小さい子供があるような女とねんごろになっちゃだめよ、ジョー」

「わかったよ」

「そんなんじゃ、わたしに求めすぎってもんだよ」

「きみは、そんなこと全然考える必要はないよ。きみは関係ないんだからね。ぼくがだれかと悶着起こしたところを見たことがあるかい？　この建物にはきみより長くいるんだぜ。ぼくの悪口を言う女の人に会ったことある？　ぼくは町中に化粧品を売って歩いているけど、ぼくが女の人を追っかけまわしているって噂を聞いたことある？　ないさ。一度だって聞いたことないはずだよ。一度も起こったことないからさ。いまぼくは、ちゃんとした男らしく、すてきな女性といっしょにいて、人生をほんの少し明るくしようと思うんだ。それだけだよ。この計画のどこが悪いか、言ってくれ」

「ヴァイオレットがかわいそうよ」

「ヴァイオレットは、ぼくよりオウムの世話のほうを熱心にやってるよ。残りの時間は、ぼくの食えない豚肉を煮てるか、髪にこてを当ててるよ。ぼくは、その匂いががまんできないんだ。ひょっとしたら、ぼくたちみたいに長い間結婚している人間は、こんなふうなのかもしれない。だが、沈黙はね。沈黙には耐えられないよ。彼女はほとんど話さないし、ぼくは近くに行くことさえ許してもらえない。他の男なら遊びまわって、毎晩外にでかけてるよ。それはわかるだろ。ぼくは、そんなふうじゃないんだ。ちがうんだよ」

もちろん、彼はちがっていたが、とにかく同じことをしていた。こそこそ歩きまわり、企み、娘が要求する夜はいつでも外出した。二人は〈メキシコ〉へ行った。スックの店や、毎週名前の変わるクラブへ行ったし、独りではなかった。彼は木曜日の男になったが、木曜の男は満たされているかどうか。わたしは、彼らの表情から何か不倫の恋が成就しそうなこと、または、すでに成就して満たされているかどうかも、見分けることができた。週末と週の他の日々にも可能性があったけれど、木曜日は当てになる日だ。かつてわたしは、お手伝いさんは木曜に休みを取るので、週末には問題外だけど、朝ゆっくりベッドに横になっていることができるからだろうと考えていた。週末は、働いている家で眠るか、朝早く起きて通っていかなくてはならないので、夫婦の朝食の時間も、遊びの時間もなかったからだ。しかしわたしは、使用人や昼間の労働者ではなく、日曜と月曜が休めるバーの女給や、レストランのコックを妻にしている男も、木曜に満足していることに気がついた。学校教師や、酒場の歌手、会社のタイピスト、市場の店員たちはみんな、土曜の休みを楽しみにしていた。シティは週末のことを考え、週末に行動を合わせている。給料日の前日、給料日の翌日、安息日の前の活気、閉店した店、静かな学校の講堂、格子扉の閉まった銀行の金庫室、暗やみに包まれた錠の下りた事務所に。

そういうわけなら、どうして男は木曜に満足した顔つきになるのか。たぶん、週の人工的なリズムのためだろう。たぶん、七日のサイクルには何かとても胡散臭いものがあるので、体はそれに何の注意も払わず、三日組や、二日組や、四日組や、七日のサイクル以外のものなら何でもそのほうが気に入り、七日は人間らしい長さに分けられねばならず、木曜日にその分け目が来るためだろう。否応なしだ。木曜には、週末の法外な期待や、融通の利かない要求は何もない。人々は繋がりや、修正や、別離のために週末を楽しみにする。そういった活動の多くは、打ち身や、血痕さえ伴うことがあるけれど。金曜や土曜には期待が高まるからだ。

だが、純粋で深い満足、喜びと快楽のバランスにかけては、木曜にかなう日はない——男たちの顔の敏活な表情と、通りを闊歩する征服者気取りの歩き方から明らかなように。男たちはその日に何かを成就させ、それが、たとえ優雅でなくとも、優雅に見えるほど足元がしっかりしているように思われる。彼らは歩道の真ん中を占有し、灯のともっていない戸口にそっと口笛を吹く。

もちろんそれは長続きしない。二十四時間のちには、彼らは再びおびえ、手に届くところにある無力感で自己回復をはかろうとする。だから、失望するにきまっている週末は、耳障りで、仏頂面で、打ち身や血痕に彩られている。後悔する事柄、下品で意地悪な言葉、胸を煮えくりかえらせる言葉——木曜にはこんなことはいっさい起こらない。木曜の男と言われる人は木曜が気に食わないだろうが、実は、彼の日はシティでの愛の日であり、満足した男たちの日だ。彼らは女をほほえませる。完璧な歯で吹かれた口笛は記憶され、あとで思い出されて、台所のストーヴのそばで繰り返される。ドアのそばの鏡の前では女の一人が頭を横に向け、自分のウエストの線と腰の形にうっとりして、からだを揺する。

そこの、シティのその地域では——そこに彼らはやってきた——戸口でだれかが口笛で吹いたり、レコードの円と溝から取り出されたりした正しいメロディは、天気を変えることさえできる。凍《フリーズ》えからホットへ、それからクールへ。

ほぼ九年前の七月のあの日のように。あのとき、美しい男たちは冷たかった。ねとねとして明るい典型的な夏の天候のなかで、アリス・マンフレッドは五番街に三時間立ち、冷たい黒い顔に感嘆しながら、優雅な女たちや行進している男たちが口に出せないことを語る太鼓の音に耳を傾けていた。口に出せることは、すでに旗に染め抜かれている。旗は独立宣言から取った二つの約束を繰り返し、旗手の頭の上ではためいていた。しかし、本当に言いたいことは太鼓が述べていた。それは、一九一七年の七月で、美しい人々の顔は冷たく、静かで、太鼓が作りあげた空間へゆっくりと入ろうとしていた。

行進の間、アリスには、まるでその日が、夜も、過ぎ去ったかのように思われた。それでも彼女は、小さな少女の手を握って、通り過ぎるそれぞれの冷たい顔をじっと見つめていた。太鼓と凍りそうな顔に傷つけられたが、傷つくほうが恐怖よりましだった。そして、アリスは長い間おびえていた——最初はイリノイ州におびえ、それからマサチューセッツ州スプリングフィールド、それから十一番街、三番街、パーク街におびえた。最近彼女は、百十丁目より南にはどこも安全なところはないような気がしはじめた。五番街はいちばん怖いところだった。そこでは、白人の男が畳んだドル紙幣を掌からのぞかせて、車からからだを乗り出していたし、セールスマンが彼女に触れた。まるで彼女が恩着せがましく売ってやろうとする品物であるかのように、彼女だけに触れるのだった。それは、ブラウスを試着させてくれるほど店の経営者が寛大だったら（だが、帽子はだめだ）クリネックスのような紙が必要になるが、その紙のようなものだった。そこは、五十歳で独立した生計の手段をもっている彼女が苗字をもてないところだった。英語を話す女たちが、「そこにはすわらないで。あの人たちがどんな黴菌をもってるかわからないからね」と言ったところだ。それから、英語を全然知らず、絹の靴下をはくこともぜったいになさそうな女たちが、もし彼女が電車のなかで隣にすわれば、席を外すところだった。

いま、五番街の縁石から縁石まで広がって、冷たい黒い顔の潮がやってきた。彼らが瞬きもせず物も言わないのは、口にしたくても言葉にする自信のない事柄を、太鼓が代弁してくれるからだ。また、彼らが自分の目と他の人々の目で見た事柄を太鼓が正確に描いてくれるからだった。その傷は彼女を傷つけたが、ついに恐怖は消えた。いま五番街が人々の関心の的になっていて、最近孤児になった預かりものの少女の保護もアリスの関心の的になっていた。

そのとき以来、彼女は少女の髪を編みシニヨンにして隠した。白人の男が肩の上に滝のように流れる髪を見て、ドル紙幣に包まれた指を彼女のほうに突き出さないように。彼女は少女に、聾唖のふりと盲目のふりを教えこんだ――英語を話す白人の女や、英語を話さない白人の女たち、それにその子供たちといっしょになった場合、それがどんなに役立ち、必要かを。それから、建物の壁ぞいに這っていき、入り口から姿を消し、渋滞した車の流れを近道する方法――十一歳より年上の白人の男の子を避けるためにはどんなことでもし、どんなところへも逃げる方法を教えた。こうした処世術の大部分を彼女は服装を工夫してうまくやっていたが、少女が成長するにつれて、もっと入念な方法を考えだす必要があった。足の甲の上に優雅なストラップがかかっているハイヒールの靴、頭をぴったりおおい、顔を縁取る粋なつばのついた妖婦的な帽子、メイクアップはどんなものでもすべて、アリス・マンフレッドの家では禁止されていた。とくに、からだにまとったバスローブかタオルのように、肩先にひっかけて、ボタンをかけずに前でつまんだコートの着方は許されなかった。そういう着方をした女は、どうしても浴槽から出てきたばかりで、すでにベッドに入る準備ができているような印象を与えるからだった。

だがアリスは、心の奥底ではそれが気に入っていた。そういうコートと、それを着た女たちが。彼女は、働きたいと思うときには、そういうコートの裏布を縫った。陽気な東部娘や美人のニューヨーカーが七番街をぶらぶら歩いているときには、肩越しに二度も振り返って見ないではいられなかった。とても美しかったからだ。しかし、この羨望のまざった喜びをアリスは隠し、街頭でベッド入りをほのめかす服を自分がいかに賛美しているかを、少女にはけっして見せなかった。ミラー姉妹には自分の感情を話した。この姉妹は、家の外で働く母親たちのために、昼間小さな子供たちを預かっていた。彼女たちは十年あまり最後の審判の日を楽しみにしており、その甘美な安堵感をいまかいまかと待ち受けていたので、説得の必要はなかった。彼女たちは、酒類を売るレストランや、簡易食堂や、クラブなどのリストをもっていて、非合法活動対策班にとってはそのような知らせは困るばかりでなく余計なことだということを発見するまで、店の所有者と顧客を密告し続けていた。

アリス・マンフレッドがみごとな縫製の技術を買われて働きに出た日々の夕方、ミラー姉妹の家へ少女を連れにいったとき、三人の女は台所にすわって、穀物飲料《ポスタム》のお茶を飲みながら、世の終わりが来るしるしについてため息まじりにあれこれ話しあった。たとえば、足首だけでなく、ひざまで丸見えの服、地獄の火のように赤い口紅、焼けこげたマッチ棒をこすりつけた眉毛、血の色に染めた爪——街の女だか、母親だか、わかりゃしない。それに男たちときたら、ほら、そばを通る女たちに向かって、何の考えもなく彼らが大声で叫んでいる事柄なんて、子供たちの前じゃ繰り返せないわ。確信はなかったが、ダンス・パーティはみだらなんてものじゃない、と彼女たちは推測していた。社交シーズンが終わるたびに、音楽はますますひどくなっていくんですもの。やがて神さまが自分の存在を知らせるときがくるわよ。歌ってものは、昔は頭のなかの想いではじまり、胸をいっぱいにしたものなのに、最近はどんどん落ちて、サッシュやバックルつきのベルトの下まで下りてきたじゃないの。音楽は下へ下へと落ちて、落ちすぎたから、みんな窓を閉めて、夏の汗をかかなくちゃならなくなったのよ。男たちがワイシャツ姿でひょいと窓枠のところへ姿を現わすし、屋根の上や、小路や、ポーチや、世の終わりを示す下劣な曲を演奏している親戚のアパートなどに群がってるんですもの。さもなきゃ、赤ん坊を肩に乗せ、片手にフライパンをもった女が、「昔わたしのいとしい人が寝ていた枕を抱きしめて……いつに、いつに、いつになったら」と歌ってるんですもの。どこもかしこも、この歌だらけ。アリス・マンフレッドやミラー姉妹のように、葉の茂った六十フィートの高さの木が百フィートごとに並び、縁石のところには車が五台も駐車している静かな通り、クリフトン・プレイスに住んでいても、まだその歌は聞こえてくるし、それが、預かっている子供たちにどんな影響を及ぼすか、まちがえようはないからだ。子供たちは頭を傾けて、形のできていない、おかしな腰を振ってるじゃないの。

アリスは、低劣な音楽（イリノイ州では、ここより悪い）は、イースト・セントルイスで二百人が死んだことにたいする怒りを表わすために、五番街を行進している黙せる黒人の男女に何らかの関係があると考えた。死んだ二百人のうちの二人はアリスの妹と義理の弟で、暴動のさいに殺された。白人は非常に多くの人々を殺したので、新聞はその数を印刷しようとはしなかった。

暴徒は不満を抱いた退役軍人だった、と言う人々もいた。これらの退役軍人たちは、人種混成の部隊で戦ったものの、いたるところでYMCAのサービスを断られて、帰郷したところ、入隊したときよりずっとはげしい白人の暴力に出会ったのだという。彼らが戦ったヨーロッパの戦争とはちがい、国内の戦いは無慈悲で、まったく名誉の伴わないものだった。他の人々によると、暴徒は、仕事と住む場所を求めて彼らの街に流入する南部の黒人たちの波に恐れをなした白人たちだったという。それについて考えた少数の人々は、労働者の統制がなんと完璧だったことか、と言った。労働者のうち、だれ一人として（蓋も棒もいらないし、見張ってさえいなくていい、樽のなかの蟹のように）樽のなかから出ようとはしなかったからだ。

しかしアリスは、だれよりも自分のほうが真実をよく知っている、と信じていた。彼女の義理の弟は退役軍人ではなく、第一次世界大戦以前からイースト・セントルイスに住んでいた。また、白人の職が必要だったわけでもない――玉突き場をもっていたからだ。実のところ、彼は暴動に加わってさえいなかった。武器ももっていなかったし、街頭でだれかと対決したわけでもない。それなのに電車から引きずり降ろされて、死ぬまで踏みつけられた。そして、アリスの妹は事件を知らされたばかりで、夫の内臓の色を忘れようと家に帰ったところ、家には火がつけられ、炎のなかでかりかりに焼けた。一人娘のドーカスという名の小さな少女は、道路を隔てた家で大の親友の女の子と眠っていたので、カンカン鐘を鳴らして道路を疾走してくる消防自動車の音は聞かなかった。消防自動車は、呼んだときには来なかったからだ。しかし、彼女は炎は見たにちがいない、たしかに。通り全体が金切り声をあげていたからだ。ところが、彼女は一言も言わなかった。それについては、一言も言わなかった。五日間のうちに二つの葬式に行き、一言も言わなかった。

アリスは考えた。いいえ、あれは戦争ではなかったし、不満を抱いた退役軍人でもない。給料に群がる幾群れもの黒人でもなければ、彼らでいっぱいの通りでもない。あれは音楽だった。女たちが歌い、男たちが演奏し、両者がそれに合わせてダンスをしたみだらな、心身を解放する音楽だった。ぴったりくっついて、恥知らずに踊るか、または、離れて大胆に踊る野蛮な音楽。台所で熱いポスタムをふうふう吹いていたとき、アリスはそう確信していたし、ミラー姉妹も同じだった。あの音楽は、人にばかな、めちゃくちゃなことをさせる。その音楽を聞くだけで、法を破るのと同じことになるのだった。

五番街の行進では、そんなことは全然なかった。太鼓が鳴っているだけで、黒人のボーイスカウトの団員たちが麦藁帽子をかぶった白人の男たちに説明文のパンフレットを手渡ししていただけだ。白人の男たちも、凍ったような顔がすでに知っていたことを知る必要があったから。アリスは、歩道に舞ってきたパンフレットを拾い上げて、説明文を読み、縁石のところで体重の重心を変えた。彼女は文字を読んで、ドーカスを見た。ドーカスを見て、もう一度文字を読んだ。彼女が読んだことは、狂っていて、焦点がぼけているように思われた。印刷された文字と子供の間には、ある大きな溝ができている。彼女は何かの繋がりを見つけようとあがいて、両者の間をちらと見た。黙って、じっと見つめている子供と、捉えがたい狂った言葉の間の距離をなくすものを。そのとき、突然、投げられた救援用の綱のように、太鼓がその距離を埋め、すべてのものをまとめて、繋ぎあわせた。アリス、ドーカス、彼女の妹と義理の弟、ボーイスカウトと凍りついた黒い顔、歩道の上の見物人と頭上の窓ぎわの人々を。

アリスは五番街でのその日以後、いつもそのまとめの綱を持ち歩き、それが頼もしいほど丈夫で、しっかりしているのがわかった。たいていのときは。男たちが窓敷居に腰をかけてトランペットを演奏し、女たちが「いつになったら」と考えるとき以外は。そのとき綱は切れて、心の平和を乱し、肉体とこの上なく解き放された何かを意識させたので、彼女はその血の匂いを感じることさえできた。また、サッシュの下のその生活と、赤い口紅を意識させた。彼女は説教や社説から、それは本物の音楽ではなく、ただの黒人の曲にすぎないことを知っていた。たしかに有害で、もちろん気恥ずかしいものだが、現実的でも、深刻でもない。

だがアリス・マンフレッドは、その曲に複雑な怒りを確かに聞いたと言った。派手な見せびらかしと露骨な誘惑のふりをしている何か敵意あるものを。しかし、彼女がいちばん嫌ったのは、その欲望だった。どんちゃん騒ぎや割れ目にたいする憧れ。喧嘩や、ネクタイにつける赤いルビーの飾りピンを求める——どちらでもいい——どことなく投げやりな飢え。それは幸福や歓迎を装ったが、彼女を寛大な気持ちにはさせなかった。このジュークボックスや、密造酒酒場や、低級なジャズ喫茶の音楽は。それを聞くと、彼女はエプロンのポケットに入った手をしっかり握らねばならなかった。自分や、知り合いや、噂に聞いている人々全員にたいして、それがやって、やって、やりまくったことの仕返しに、こぶしで世界を殴り、その生命を絞り取ってやろうと、窓ガラス越しにそれを打ち破りたい衝動を抑えるためだ。窓ガラスを割って、とどまる場所も方法も知らぬ叫び声をあげるよりは、窓や鎧戸を閉めて、黙せるクリフトン・プレイスのアパートの夏の暑さのなかで汗をかくほうがましだった。

わたしは彼女がカフェやカーテンの引いてない窓のそばを通りすぎるのを見、何かの歌の文句——「ぶってもいいから、捨てないで」——が漂い出てくると、八年前、五番街で投げてもらった安全なまとめの綱を求めようと片手を伸ばし、別の手はコートのなかでこぶしを作っているのを見た。わたしは、彼女がどういうふうにそれをうまくやっていたのか——二つのまったく違う手のジェスチュアでどういうふうに自分のバランスを取っていたのか、わからない。しかし、努力するのも、失うのも、彼女ひとりではなかった。五番街の太鼓の音と、ピアノから震え出て、あらゆるヴィクトローラの上で回っているバックルつきのベルトの下の曲を切り離しておくのは、不可能だった。不可能。静かな夜もある。耳に聞こえる範囲内でUターンする車はないし、酔っ払いも、母親を求めて泣く落ち着きのない赤ん坊もいない。そんなとき、アリスは心おきなくどの窓を開けようと、何も聞こえてはこない。

この完全に沈黙した夜をふしぎに思いながら、彼女はベッドに戻ることができるが、枕をひっくり返して、なめらかで、冷たい側を出すやいなや、どこから来たのかわからないメロディが、大声で、ひとりでに頭のなかに浮かんでくる。「若い青春、まっさかり、あの頃おれにはいつだってイカス娘がついてきた」。まったく貪欲で、無鉄砲で、いい加減で、腹が立つ言葉だが、退けるのはむずかしい。その下で、堕落を掌で支えているかのように、五番街に焦点を合わせた太鼓の音が響いているからだ。

もちろん、姪に問題はなかった。アリスは一九一七年の夏以来、彼女を育て直し、矯正していた。そして、イースト・セントルイスから到着したときのドーカスの最初の記憶は、伯母が連れていってくれた、母と父の一種の葬列とも言えるパレードだったものの、彼女はそれをちがうふうに記憶していた。伯母が姪の心を、腰と、心と腰の両方を司る頭脳については未知のままにしておこうと心を砕いていた間、ドーカスはシュニール織りのベッドカバーの上に横たわり、どこか近くでだれかが甘草の茎をかみ、ピアノを弾き、肌をたたき、トランペットを吹き鳴らしていないところはどこにもないことを知っていて、楽しく、幸せだった。その間、物識り顔の女が、こう歌っていた。だれもわたしを抑えやしない、ぼうや、あんたの鍵は適《あ》っても、鍵穴ちがい、持っておいでよ、ここをおやり。それでだめなら……。

伯母の保護と、あれこれ規制する手に反抗して、ドーカスはサッシュの下の生活を人生のすべてだと考えた。パレードのときに聞いた太鼓の音は、命令の最初の一部、最初の一言にすぎない。太鼓の音は彼女にとって、すべてを包含する友情と規律と超越の綱ではなかった。彼女はそれを一つのはじまりとして、自分が完成しようとしている何かの出発点としておぼえているだけだった。

故郷のイースト・セントルイスでは、小さなポーチが燃え落ちたとき、引火して、煙を出しながら、細かい木片が爆発して空に舞い上がった。その一片が大きく開いた黙せる口から入ってきて、喉から下りてきたにちがいない。そこで、いまだに煙を吐いて輝いていたからだ。ドーカスはそれを一度も外へ出さず、一度も消さなかった。最初は、その話をすれば、なくなってしまうような気がした。あるいは、口から出て消えていくような。そして、伯母が彼女を汽車に乗せてシティに連れて行き、長いパレードを眺めている間、つぶれるほど堅く彼女の手を握っていたとき、明るい木片はさらに、さらに、下へ落ち、最後にはどこかおへその下あたりに居心地よく納まったように思われた。彼女は瞬きもしない、黒い男たちを眺めた。すると、太鼓の音は、その輝きはけっしてなくならず、彼女がそれに触れてもらいたいと思うときを、彼女といっしょに待つ、ということを確約してくれるように思われた。そして、彼女がそれを放して再び火中に投じたいときには、何にせよ、寸時に起こると。人形たちのように。

人形たちは、すばやく消えたような気がする。結局、木製の葉巻の箱に入った木だったから。赤いティシューでできたロシェールのスカートはすぐ燃えた。シューッ、マッチのようにに。それからバーナディーンの青い絹の服が焼け、フェイの白い木綿のケープも同じになった。火は彼女たちの足も嚙み取り、まずは熱い息で真っ黒に焦がしてしまう。そして、ドーカスが念入りに描きこんだ小さなまつげと眉毛のついた人形の丸い目は、自分たちが消えていくさまを眺めたことだろう。ドーカスは、ロシェールとバーナディーンとフェイの身の上に気持ちを集中することで、左手数フィート先の正面においてあった巨大な柩や、隣にすわっているアリス伯母さんの薬品の匂いを頭から追い払おうとした。これらの三人の人形は、全然お葬式はしてもらえないだろう。そのことが、彼女を大胆にした。九歳の小学校の児童だったときでさえ、彼女は大胆だった。三つ編みでいかにしっかりと長い髪がたくしこまれていようと、他の女の子が低くカットしたオクスフォード・シューズであらわにしている足首をしっかり包みこんでいる編み長靴がいかにドタ靴であろうと、靴下がいかに厚く黒かろうと、堅苦しいスカートの下で揺れている彼女の大胆さを隠すものは何もなかった。眼鏡もそれをくもらせはしなかったし、固い茶色の石鹼と偏った食事で生じた肌のにきびも、それを隠しはしなかった。

彼女がまだ小さく、アリス・マンフレッドが一、二ヵ月縫製の仕事をすることに同意したとき、ドーカスは放課後ミラー姉妹のところに預けられた。他に子供が四人いることが多かったが、ときには彼女の他に一人しかいないこともあった。彼らの遊び方はおとなしく、食堂の小さな部分に限られていた。腕が二本あるほうの姉のフランシス・ミラーは、食べろと言ってリンゴ・バターつきのサンドイッチを子供たちにくれた。腕が一本効かないネオーラは、詩篇を読んでくれた。フランシスが台所のテーブルでうたたねをしているときには、ときどききびしい躾が和らげられた。それから、ネオーラのほうも緊張した声で聖書の言葉を読むことに疲れ、一人の子供を選んで紙煙草にマッチで火をつけさせた。いつも彼女は三口も吸わず、その仕草の何かが心のなかのあるものをかきたてるのか、預かった子供たちに警告的な話をする。だが、彼女が話す善行のなかの善の物語は、嘆かわしい罪のスリルを前にして崩壊した。

実は、彼女の教訓に含まれるメッセージは有名無実だった。まもなく結婚式で花婿になるはずだった男がネオーラの指に婚約指輪をはめてから一週間後、国を出てしまったからだ。彼の拒絶が惹き起こした苦悩は、人目についた。彼が指輪をはめてくれた手が、ネオーラの心臓の上に貝殻のように丸まってしまったからだ。凍りついた腕の内側に千々に砕けた心臓のかけらを抱いているかのように。からだの他の部分は、このマヒに襲われなかった。彼女の右手、つまり、旧約聖書の薄葉紙のようなページをめくったり、オールド・ゴールドの紙煙草をもったりする手はまっすぐで、しっかりしていた。だが、彼女が子供たちに語る道徳的な崩壊の話、善人を食い物にする悪者の話は、胸の上で曲げられたこの腕のおかげでいっそう痛ましいものになった。彼女は、ある友人に己れを大事にして、全然自分のためにはならない男の許を去るように、個人的に忠告した話をした。最後にその友人は同意したが、二日のちに、たった二日よ！　男の許に帰った。神よ、われら全員を救いたまえ。ネオーラは二度とけっしてその友人とは口を利かなかった。彼女はまた、非常に若い娘、まだ十四歳にしかならない少女が、いかに家族と友人たちを捨て、軍隊に入った男の子のあとを追って四百マイルの旅を続け、最後には置き去りにされて、基地の町の完全に自堕落な生活に入ってしまったかを、子供たちに話して聞かせた。だから、弱い心に取りついた罪の力の強さがわかったでしょ？　子供たちはひざをかきながら、うなずいたが、少なくともドーカスは、肉体の弱くて屈しやすい傾向や、女を二日後、たった二日後！　に男の許へ帰らせ、少女に基地まで四百マイルの旅をさせた天国、心臓のかけらを手でもつのがいいとネオーラの腕を曲げさせた天国に魅惑された。天国。すべては天国のため。

十七歳になった頃には、ドーカスの生活全体が耐えがたくなっていた。そのことを考えると、わたしには彼女の気持ちがわかる。することがまったく何もないとか、する価値のあることが何もない、ということは恐ろしい。できることはと言えば、ただ横になって、裸になったときあの女《ひと》には笑われたくないと思い、男が胸に触れて、こんなじゃなければいいのに、と思わないように望むだけ。恐ろしいが、危険を犯すだけの価値はある。他にすることが何もないからだ。十七歳だから多少やることはあるけれど。勉強、宿題、暗記。食べ物に噛みつき、友人の噂話をすること。正しい側が上を向いているものや、さかさまになっているものを笑うこと——だが、そんなこと問題にならない。する価値のあることなど何もしていないから。する価値のあることとは、どこかぼうと照らされた場所に横たわって、しっかりと二本の腕に抱かれ、世界の核に支えられていることだ。

それがどんな状態なのか、考えてみよう。もしできれば。なんとか、やってみよう。そうすると、自然に興奮してくる。それを避難所、秘密の場所に変えよう。二人の枕。ライラックの茂みを、わたしを隠すほど低く広げてみよう。すると、シティがシティらしいやり方で、わたしのほうへ下りてきて、力を合わせ、歩道をなめらかにして、縁石を正し、角でメロンやリンゴを差し出すだろう。頭にかぶる黄色いスカーフの棚、エジプト・ビーズの連なり。カンザス風チキンのフライと何か干しぶどうの入ったものが、芳香がひそんでいるらしい開いた窓のほうに、注意を惹きつける。それが十分でなかったら、酒場のドアが半開きになっていて、その冷たく暗い場所で、調子《キイ》を決めてくれる女性を待ちながら、クラリネットが咳をしたり、咳払いをしたりしている。その女が心を決め、わたしが通りすぎるとき、その背中に、わたしは父さんのかわいい天使の子供なのよ、と言う。シティは、この点にかけては粋だ。いい匂いをさせ、善良で、好色に見える。公共の掲示に見せかけて私的なメッセージを送ってくる。順路、ここを開ける、貸すのは危険黒人専用独身男性売出し中求む女性関係者以外立入禁止止まれ猛犬注意びた一文なし新鮮なチキン値下げ無料即時配達。それに、錠前を開けるのが上手、階段は減光のこと。わたしのうめき声をシティのざわめきで包みこんでくれる。

十六歳のある夜のこと、ドーカスが女として立ち、ある兄弟のどちらでもよかったが、それをダンスの相手として提供したことがあった。少年は二人とも彼女より背が低かったが、二人とも同じように魅力的だった。もっとはっきり言えば、二人はステップの踏み方で完全にみんなを凌駕していたので、きびしい競争になる場合には、自分たちで組んで踊らなければならなかった。いちばんの親友のフェリスといっしょに、そっと家を出てそのパーティに行くのは、ふつうなら至難の業だったが、アリス・マンフレッドはちょうどスプリングフィールドに一晩泊りの仕事があったので、造作はなかった。たった一つの難点は、魅力的な服を見つけることだった。

二人の女友達は階段を登り、アパートの番号を思い出すというよりは、ドア越しに聞こえてくるストライドピアノの音に導かれて、まっすぐ目指す場所に着く。二人はノックする前に立ち止まって、目くばせしあう。暗い廊下でさえ、黒い肌をした友達がもう一人のクリーム色の肌を目立たせ、フェリスの油っぽい髪は、ドーカスの柔らかい乾いたウェーヴを際だたせる。ドアが開いて、二人はなかに入る。

照明が消される前、サンドイッチと強い酒の入ったソーダ水が姿を消す前、レコードプレイヤーを操作していた男が、明るく照らされた部屋にふさわしいテンポの早い曲を選ぶ。その部屋では、邪魔になる家具は壁に押しつけられ、廊下に押し出され、寝室にはコートが山積みになっている。天井からの光のもとで、一組の男女が、相手のためとは言えないまでも、相手といっしょに生まれた双子のように、第二頸動脈さながらパートナーの鼓動を共有しながら動いている。彼らは音楽が流れるより早く、自分たちの両手両足がすべきことを知っていると思いこんでいるが、こうした幻想こそ、この音楽のもつひそやかな原動力なのだ。彼らが自分たちのものだと錯覚している支配力こそ音楽のものであり、予期するものは音楽が予期するのだ。レコードを掛け替える間、女の子はブラウスの襟元をあおいで、汗で湿った首の骨を大気にさらすか、心配そうな手で湿気が髪をこわしたところを撫でつける。その間、男の子たちは畳んだハンカチを額に当てる。笑いが不謹慎な歓迎や約束のまなざしを隠し、裏切りや奔放さの身振りから鋭い切っ先を取りのぞく。

ドーカスとフェリスは、このパーティの他所者ではない。他所者はいない。二人のうちどちらも見たことのない人々が、この建物のなかで育った人々と同じように気安く冗談に加わる。しかし、ドーカスとフェリスは二人とも、この脱線行為のための服装を苦労して考えたおかげで、期待が高まっている。ドーカスは十六歳だったので、まだ絹のストッキングをはくことができず、靴はずっと若い子か、ずっと年上の人間にふさわしいものだ。フェリスが手伝って、髪は二つの編み髪をほどいて耳の後に垂らし、指の先は唇に引いたのと同じ紅に染まっている。衿を内側に折りこむと、彼女の服はずっと大人らしいものになったが、他のあらゆる場所に、警告する大人のきびしい手が見えていた。たとえば、ヘムや、ウエストに締めたベルトや、短いふくれた袖などに。彼女とフェリスは、ベルトをすっぽり取り外し、それから、おへそのあたりに付け直した。両方の戦略は、結果として失敗に終わった。二人とも、服装が悪ければ、からだは全然無に等しいことを知っていた。だから、フェリスはドーカスに服のことを忘れさせ、パーティに注意を集中させるため、七番街を下っていく間ずっとお世辞を言い続けていなければならなかった。

音楽は天井までたちのぼり、二人が入ってくるとき、換気のために大きく開け放たれた窓から流れ出ている。たちまち、少女は二人とも男性の手に捕まり、部屋の中央のダンス場でくるくる回される。ドーカスは相手がマーティンだとわかる。彼は熱い一分間だけ——「アースク」（頼む、訊くの意）の代わりに「アックス」（斧の意）という彼の癖はけっして直らないことを教師が悟るのに要する時間——彼女と同じ雄弁術のクラスにいた。他の人々のように早くはないが、ドーカスは上手にダンスができる。そして、恥ずかしい靴にもかかわらず、優雅で、刺激的だ。

彼女が食堂の人々の注目を惹いていた兄弟に気づいたのは、もう二曲踊ったあとのことだ。家でのパーティと同じく、玄関でも、通りでも、兄弟はピンと張った絹か、ゆるい金属のような動き方をして、人目を惹く。胃が飛び上がるような感じがするのは、本物の関心が生まれたしるしだということに、ドーカスとフェリスは同意した。ドーカスが兄弟を観察していると、愛の予感が表面に浮かび上がり、広がっていく。いまではサンドイッチはなくなり、ポテトサラダもない。そして、もうすぐ照明を消して踊る音楽になると、みんなは知っている。これから兄弟が披露する信じがたい敏捷さ、この上なく正確なタイミングは、このパーティのテンポの早いダンスの部の圧巻だ。

ドーカスは、居間や食堂に平行したホールへ入る。ホールの影からアーチ越しに、彼女は何物にも遮られないで兄弟を見ることができる。兄弟のパフォーマンスはちょうど目を見張るばかりのフィナーレに入るところだ。笑いながら、彼らは自分たちにふさわしい称賛を受け取る。女の子たちからは賛美のまなざし。男の子たちからはお祝いのパンチやねぎらいの肩たたき。この兄弟の顔はすばらしい。非の打ち所のない歯以上に、彼らの微笑は楽しく、人の心を奪う。だれかが蓄音機と格闘している。蓄音機のアームをレコードの上におき、レコードを引っかき、やり直し、それから別のレコードに変える。小休止の間に兄弟はドーカスに気づく。大部分の人たちより背の高いドーカスは、色の黒い友達の頭越しに彼らを見つめる。兄弟の眼は大きく見開かれ、彼女を歓迎する。彼女は影のなかから進み出、グループのなかをすべって行く。兄弟は微笑に力をこめる。いま回転台の上にあるのは、この場にふさわしいレコードだ。彼女は、針が最初の溝へすべっていく準備段階のシューという音を聞く。兄弟ははなやかにほほえむ。一人が何分の一インチか他方に寄りかかり、ドーカスから眼を放さず、何かささやく。もう一人は、彼らのほうへ歩いてくるドーカスを上から下まで眺める。それから、スローな煙ったような音楽がちょうど大気を充たしたとき、変わらぬ明るい微笑を浮かべたまま、彼は鼻にしわを寄せ、顔をそむける。

蓄音機の針がレコードの最初の溝を見つけるまでの間に、ドーカスは認められ、評価され、退けられた。愛の予感で胃が飛び上がるような感じは、いま血管をふさいでしまった氷盤に比べると、無に等しい。彼女が住んでいるこの肉体は、無価値なのだ。それは若く、彼女がもつすべてだったが蕾《つぼみ》の時期につるが枯れてしまったようなものだ。ネオーラが腕を閉じて、手に心臓のかけらを抱いているのは、ふしぎではない。

そういうわけで、ジョー・トレイスが閉まるドアの隙間から彼女にささやきかけたときには、彼女の人生はほとんど耐えがたいものになっていた。ほとんど。兄弟からきびしく拒否された肉体は、内部で高まりかけていた愛の欲求を秘めていた。わたしは、うららかに盲いて、空に浮かぶふくれた魚を見たことがある。眼はなくとも、どういうわけか方向を決められて、これらの飛行船は雲の泡の下を泳ぐ。その姿から眼を放す者はない。ひそやかな夢を見ているようなものだから。彼女の飢えはそれに似ていた。魅惑され、操られて、雲のおおいの真下を公けの秘密のように漂っていた。アリス・マンフレッドは姪を私生活に落ち着かせようと懸命に努力したが、音楽を沁みださせるシティにはかなわない。シティは来る日も来る日も誘い、挑戦した。「おいで」とシティは言う。「おいで。そして、悪いことをしなさい」階段を掃いている祖母でさえ、眼を閉じ、頭をのけぞらせて、わびしい生涯を貫く甘美な想い出をことほぐ。「シティよ、お前ほどやさしく、わたしに尽くしてくれた人はない」ダンスの名人兄弟の拒絶とアリス・マンフレッドの家のクラブの集まりとの間の一年間に、アリスがドーカスの首につけた軛《くびき》はすりきれ、こわれる寸前になっていた。

クラブの女性たちをのぞくと、ジョー・トレイスがどこで彼女に会ったのか、知っている人はほとんどいない。ダギーのドラッグストアのキャンディー売り場のことは全然知らない。彼はそこで最初に彼女を見かけ、彼女が買ったペパーミントのキャンディーが、肌を荒らしているのだろうか、と考えたけれど。ほお以外は、どこもかしこも色の薄いクリーム色なのに。ジョーはアリス・マンフレッドの家で、まさに彼女の鼻先、彼女の眼の前で、ドーカスに会った。

彼がそこへ行ったのは、マルヴォンヌ・エドワーズの従妹のシェイラに注文品を届けるためだった。シェイラは、お昼前にクリフトン・プレイス二百三十七番地に来てくれれば、ジョーは注文品の二番のナット・ブラウンとバニシング・クリームを届けることができる、そうすれば次の土曜日まで待たなくてもすむから、または、夜レノックス街まではるばる歩いて取りにいかなくてもすむから、と言った。もちろん、わたしの勤務場所に来たいと言うのなら、話は別だけど……

ジョーは、次の土曜日まで待とうと心を決めていた。一ドル三十五セント集金しなくても別に困らないからだった。しかし、ミス・ランサムの家を出て、バッドとC・Tがチェッカーのゲームでお互いにしのぎを削っているのを三十分立って眺めていたあと、すぐにシェイラを探しだして、今日はおしまいにしようと思いついた。胃が少し酸っぱくなりかけ、すでに足が痛くなっている。また、配達したり、注文をとったりしているとき、雨にあうのもいやだった。その暖かい十月の午前中は、ずっと雨が降りそうな空模様だった。そして、早く帰宅すれば、流しの排水管や、建物の彼らが住んでいる側の物干し綱を動かす滑車装置の修理で彼が忙しく立ち働いている間、ものを言わないヴァイオレットと顔を突き合わせている時間が長くなるとはいえ、土曜の食事が早くできるし、楽しみだったからだ。先週の日曜日の残り物のハムといっしょに煮た晩夏の緑色野菜。ジョーは、栄養分のない、寄せ集めの週末の食事を楽しんだが、日曜日の食事——焼いたハムと、そのあとのくどくて甘いパイ——は嫌いだった。ヴァイオレットは若いときのようなすてきなお尻になろうと決意していたが、彼はこの食事療法にまいっていた。

昔むかし、彼はヴァイオレットの料理を自慢したことがあった。家に帰って、それを貪るように食べるのが待ちきれないほどだった。しかし、彼はもう五十歳で、当然食欲も変わった。まだキャンディーは好きだ。固いキャンディーで――クリーム菓子やキャラメルではない――、酸っぱい球状のものがいちばんのお気にいりだ。もしヴァイオレットがスープと煮野菜に限定してくれたら（パンも少し）、彼は完全に満足していただろう。

彼が二百三十七番地を見つけて階段をのぼっていたとき、彼の頭にあったのは、そういうことだった。汽船エチオピア号の運命をめぐるC・Tとバッドの議論はとてもよかったし、おもしろかった。二人の掛けあいを聞きながら、彼は思ったより長居をしたらしい。二百三十七番地に着いたときは、正午をはるかに過ぎていたからだ。ドアから女たちの騒ぐ声が聞こえてきた。とにかく、ジョーは呼び鈴を押した。

傷んだ肌をしたペパーミント娘がドアのところに出てきた。彼が自分の名前と来た目的を告げていると、シェイラが玄関に頭を突き出して、どなった。「まあ、思いがけないときに来たのね！　これは驚いた、ジョー・トレイスじゃないの」彼はほほえんで、ドアの内側に入った。だが、女主人のアリス・マンフレッドが出てきて、客間に入れと言うまでは、微笑しながらそこに立ったまま、サンプルケースを下へはおかなかった。

女たちは、彼が社交の集まりに闖入したので大喜びだった。それは、シヴィック・ドーターズの昼食会で、全国黒人ビジネス連盟《NNBL》のために感謝祭の資金集めをする計画を立てるのが目的だった。計画はできるところに落ち着き、彼女たちはしなければならないことを表に作り、アリスが非常な苦労をして用意したチキン・ア・ラ・キングの昼食をはじめたところだった。自分たちの仕事とお互い同士の交際に満足し、幸福さえ感じて、彼女たちは、アリスが呼び鈴に答えて出て見るようドーカスを送りだすまで、何か足りないものがあることに気づきさえしなかった。そして、シェイラが男性の声を聞いて、ジョーに言ったことを思い出し、飛び上がったのだ。

彼女たちは、彼をスパッツをはいた男性歌手になったような気持ちにさせた。ネクタイと同じ色のハンカチを胸のポケットからのぞかせ、隅のほうに固まっている若い男性歌手たち。彼らを待ち受けるひよっ子たちにはかまわず、すっくと立っている若い雄鶏たち。女たちの軽薄な賛美のまなざしの下で、ジョーは、砂色のスパッツが靴の上部を隠してくれているかのように、自分の微笑の心地よさを感じた。

彼女たちは笑い、テーブルかけを指の先でたたき、からかいと非難と賛美を同時にしはじめた。彼女たちは、彼のような背の高い男性を見るといかに自分たちが感じるかを話し、彼が遅くきたことと、その生意気な態度について苦情を言い、何か知らないが、シェイラをあれほど興奮させるもの以外に何をケースのなかにもっているのか、と訊いた。それから、どうして彼は一度も彼女たちの家の戸口のベルを鳴らさないのか、どうして何かを届けるために二続きの階段を四階まで登っていかないのか、と訊いた。彼女たちはお世辞と悪口を歌うように述べたてたが、アリスだけがかすかな微笑と無関心な表情を浮かべ、みんなの批評に加わらなかった。

もちろん、彼は昼食に居残った。もちろん。彼はどれもあまりたくさん食べないようにして、自分のために鍋でゆっくり煮えかけているに違いない晩夏の緑色野菜への食欲をなくすまいと努力はしたが。しかし、女たちは彼の髪に触り、その二色の眼に想いを凝らしてまっすぐ彼を見つめ、命令した。「さあ、ここに来て、掛けるのよ。お皿は出してもらった？　お皿をもってきてあげるわ」彼は抗議をし、彼女たちは固執した。彼はケースを開いた。彼女たちは、みんな買い上げてあげようと言った。「ぼうや、食べなさい。食べるのよ」と、彼女たちは言った。「何か骨にくっつくものを食べないでは、あの肺炎にかかりそうな天気のなかに出ていってはだめ。ここにあるものは遠慮しないで。ドーカス、いい子だから、この男の人に空のお皿をもってきておあげ、そうしたら、わたしが取り分けてあげるから。聞こえた？　シェイラ、おだまり」

彼女たちは大部分が彼と同年輩の女たちで、夫や子供や孫がいた。自分のため、自分を必要とする人々のために、懸命に働く人たちだった。彼女たちは、男というものは滑稽で、すてきで、恐ろしく、あらゆる機会を捉えて彼女たちに男とはそういうものだということを思い知らせる人間だと考えていた。この場合のようなグループになると、彼女たちは、他所者であれ、友人であれ、サンプルケースを手にドアのベルを鳴らす男はだれだろうと、どんなに背が高かろうが、どんな田舎くさい微笑を見せようが、どれほどの悲しみがその眼に宿っていようが、二人きりなら用心するようなことを、難なくやってのけた。その上、彼の声が気に入った。その声には高低があり、前庭から動こうとせず、シティに来ようとして畑で働きすぎた頑固な老人を訪ねたときにだけ聞くような調子があった。その声は彼女たちに、畑を耕すときも夕食を摂るときも帽子をかぶっている男、コーヒーの受け皿をふうふう吹き、食べるときにはナイフをこぶしで握りこむ男を思い出させた。そういうわけで、彼女たちは彼をまっすぐ見つめ、それぞれの流儀で、彼がどんなに滑稽で、すてきで、恐ろしいかを語ってきかせた。彼がそれを知らないかのように。

ジョー・トレイスは、商品を買ってもらうには軽薄でよく笑う女たちに頼っていたが、分別があったので、そのうちのだれとも交わるようなことはしなかった。玉突きテーブルの上に寄りかかって一突きしようと、背中を顧客の夫にさらせる身分でいたければ、そんなことをしてはいけない。しかし、その日、アリス・マンフレッドの家で、彼が女たちのからかいに耳を傾け、言い返していたとき、言葉遊びにひそむ何かが彼の心を打った。

わたしは、そのことをたびたび考えた。そのとき、そのあと、彼が考えたことと、彼女に言った言葉について。ドーカスが彼をドアから送り出したとき、ジョーは何かをささやいた。そのとき、彼ほど嬉しそうで驚いていた人間は他にいなかった。

もしわたしの記憶がまちがっていなければ、アリス・マンフレッドの家での十月の昼食会では何かが本道からそれていた。アリスはぼんやりしていて、彼女と三十分付き合ったことのある人ならだれでも、いつもの彼女とはちがうことがわかったはずだ。彼女は、罪のないゴシップでも、羽目を外すと、まなざしだけで単なるくすくす笑いに抑えこめる女だった。また、さすがに縫い子たちの主任としての才覚のおかげか彼女の服と並ぶと、ふつうなら感じのいい服だと思えるものも、派手な、ぼろ服に変わってしまうのだった。とはいえ、彼女は食事の用意をすることもできた。食べ物はほんの少し量が少なめかもしれないし、バターにたいする偏見があったのだと、わたしは思う。ケーキにほんの少ししかバターを入れなかったから。しかし、ビスケットは軽く、皿やフォーク類はぴかぴかに磨きあげられ、きちんと並べられていた。気が向いて彼女のナプキンを広げてみても、虫食いなどは見つからない。もちろん昼食のとき、彼女は礼儀正しく、あまり傲慢でもなかった。だが、万事に念入りな注意を注いではいなかった。放心のていだった。たぶん、ドーカスについては。

わたしはいつも、あの娘はうその固まりだと思っていた。歩き方を見れば、服はそうでなくとも下着は年齢よりずっとませたものだとわかる。ひょっとしたら、あの十月に、アリスもそう考えはじめていたのかもしれない。一月になると、だれも推測する必要はなくなっていた。みんなに知れわたっていたからだ。彼女にはジョー・トレイスが自宅のドアをノックする予感があったのかしら、とわたしは思う。あるいは、寝室の幅木に添って小綺麗に積んである新聞で読んだ知識だったのか。

だれでも、じゃがいもの皮むきをするとき下に敷くため、浴室の清掃などに使うため、台所屑を包むために、一山の新聞紙が要る。しかし、アリス・マンフレッドの場合はちがう。彼女は新聞を何度も何度も読んだにちがいない。でなければ、どうして取っておくのだろう。また、どんなことであれ、新聞に書かれたものを二度読んだとしても、彼女はあまりに多くのものについて、あまりにも少ししか知らなかった。もしある人が内緒にしておきたい秘密があるとか、他の人々がもっている秘密を探り出したいとかいっても、新聞は注意をそらしてしまう。何が起こっているかを見つけ出す最上の手段は、街頭で人々がどんな行ないをするか、観察することだ。どんな巡回牧師が、行きかう人々の足を止めるのか？ 人々は、歩道に沿って空缶を蹴っている少年たちの間をまっすぐ通りぬけるだろうか？ それとも、やめろとどなるだろうか？ 車のフェンダーの上にすわっている男たちを無視するだろうか、または、立ち止まって言葉を交わすだろうか？ 男と女が喧嘩をはじめたら、人々はブロックの真ん中を横切って、それを見物するだろうか、あるいは、面倒なことになった場合を想定して角のほうへ走っていくだろうか？

一つたしかなことは、街頭は人々を混乱させ、教え、または頭をおかしくする、ということだ。しかし、アリス・マンフレッドは、街頭にいなければならないと考える人間ではない。彼女はできるだけ早く彼らの間を通り抜けて、家に帰ってくる。彼女がもっとしばしば外へ出て、ポーチにすわり、美容院の前のゴシップに加わっていれば、新聞に書いてあること以上の事情がわかっただろうに。自分の鼻先で起こりかけていることが、わかっただろうに。あの十月の日と、すべてを終わらせた恐ろしい一月の日の間に起こったことを発見したとき、彼女がこの地上でいちばん会いたくなかったのは、ジョー・トレイスと、彼と関係のある人間だった。だが、会ってしまったのだ。街路を避けてきた女が、街路のまんなかにすわった女を、自分の家の居間に入れたのだ。

三月の終わり頃アリス・マンフレッドは縫い針をおき、殺せるからと姪を殺した男の「無罰性」と彼女が呼ぶものについて、もう一度考えた。殺すのはむずかしいことではなかったし、自分がどんな危険に身をおこうとしているか、彼は考え直しさえしなかった。ただ実行した。一人の男。一人の無防備な少女。死。サンプルケースをもった男。人のいい、親切な、だれもが知っている男。危険じゃないし、子供たちといっしょにいるところを見かけたことがあるし、彼の化粧品を買い、一度も悪いゴシップのかけらも聞いたことがないので、家に入れる男。いっしょにいれば、安全であるばかりか、やさしい気持ちになる男。というのは、彼は、女がだれかに尾《つ》けられている、見張られていると思うとき、あるいは、自分の鍵で閉め出されて余分の鍵をもっている人が必要なときに、走りよる男だったから。また、電車に乗り遅れて夜道を歩いて帰らなければならなかったとき、その人の家の戸口まで送ってきてくれた。密造酒酒場には近寄るな、そのまわりをうろついている男たちには用心しろと、若い娘たちに忠告する男。女たちが彼をからかうのは、彼を信用していたからだ。彼は五番街を行進して——冷たく、沈黙し、威厳をもって——太鼓が構築した空間へ入っていったかもしれない男たちの一人だ。彼は邪が正でないことを知っていたというのに、邪をやってのけたのだ。

アリス・マンフレッドはたくさんのものを見、それに耐え、国中のものに、その一つ一つの通りにおびえてきた。いま、彼女は本当に安全ではないと感じた。残忍な仕打ちをする男たちと彼らの残忍な女たちが、外のそこらにいるのではなく、彼女の住むブロックに、彼女自身の家にいたからだ。一人の男が彼女の家の居間に入ってきて、姪を殺した。その妻は葬式にやってきて、意地悪な不名誉なことをしようとした。黒人の生活について学んだいろいろな事柄のおかげでそんなことは考えるまでもないと思わなかったら、両方の事件のあと彼女は警察を呼んだことだろう。黒人だろうが白人だろうが、実際に話があると言って警官を家に入れ、彼が自分を男にした青光りする拳銃が椅子につっかえないよう腰を動かすさまを見ただろう。

悲しみと恥辱で、無為に、引っ込み思案となり、彼女は何の目的もなくレースを編み、新聞を読み、床の上に投げ出し、もう一度取り上げて、日々をようやく過ごしていた。いまでは、新聞をちがうふうに読むようになった。ドーカスの死以来毎週、すなわち、まるまる一月と二月の間、新聞がある破滅した女の状況を暴露した。男が妻を殺す。強姦で告訴されていた八人が釈放される。犠牲者は女と少女。女が自殺する。白人の加害者が起訴される。五人の女が逮捕される。女は、男が殴るという。嫉妬に怒り狂う男。あひるのように無防備で、と彼女は考えた。本当にそうだったのか。注意深くニュースの説明を読むと、征服され破滅させられた女の大部分は、無防備ではなかったことがあきらかになった。でなければ、ドーカスのように、たやすく餌食になる。国中で黒人の女は武装していた。そうでなくちゃ、とアリスは考えた。そうよ、少なくとも、彼女たちは学んだのだ。神の大地に生きるあらゆるものは、防御物をもったり、獲得したりしているではないか。速度。棘や、舌や、尾にある毒。偽装、飛翔力、何百万もの数を生む何百万もの数。ここには棘があり、あそこには尖った穂がある。

生まれながらの餌食だって？　たやすく摘まれたって？　「わたしは、そうは思わない」彼女は声に出してそう言った。「わたしは、そうは思わない」

リンネル類のすりきれた箇所は、六十番の糸で補強した。洗濯して、畳み、母親が使っていたかごのなかに入れてある。アリスはアイロン台をもち上げ、ヘムが汚れないように、下に新聞を広げた。彼女はアイロンが熱くなるのを待っているばかりではなく、ナイフをもっているという残忍な煤のように黒い女を待っていた。以前ほど待つのにためらいはなかったし、ヴァイオレット・トレイスと名乗る女が、会って話すか何かしたいと言ってきた一月に感じたほど、おびえて怒った感情もない。女は彼女の家のドアをあまりにも早い時間にたたいたので、アリスは警察が来たのだと思った。

「あなたに話すことなど、一つもありませんよ。一つだって」彼女は鎖をかけたままのドアの隙間から大声のささやき声でそう言って、ドアをぴしゃりと閉めた。彼女はその名前を恐れる必要はなかったし、その女がだれか知る必要もなかった。姪の葬式のスター。葬儀を台無しにして、葬儀の意味と目的を変えてしまい、事実上、人がドーカスの死について語るときの唯一の話題となり、その過程で呼び名まで変わってしまった女。いまでは、人々は女をヴァイオレットでなく、ヴァイオレント（暴力の意）と呼んでいる。無理もないわ。アリスは最前列の最初の座席にすわっていたが、呆然として教会の騒動を眺めた。あとになって、少しずつ感情が、海岸から追放された海のごみ——見知らぬものでありながら、それとわかる、わびしく、陰気な——が戻ってくるように、戻ってきた。

　感情のなかの主なものは恐怖であり——これは新しい感情だったが——怒りだった。それをやった人間であるジョー・トレイスにたいして。人もあろうに彼女自身の家のなかで、彼女の鼻先から姪を誘惑した男。好人物。女性用化粧品を心持ち余分に売ってくれる男。街のすべての建物のなかで、よく知られている人物。店の所有者や家主たちから好かれる男。子供たちが玩具を歩道の上に散らかしっぱなしにしていると、それをきちんと並べておくからだ。子供たちを気にしないので、彼らから好かれる男。ゲームで一度もインチキをやったことがなく、おろかな喧嘩をはじめたことも、話を奪うこともなく、女たちに手を出すこともしないので、男たちからも好かれていた。女たちから好かれるのは、彼女たちを若い娘のような気持ちにさせるからであり、女の子から好かれるのは、彼女たちを女のような気持ちにさせるからだった――ドーカスが求めていたのはそれだった、と彼女は考えた。殺人者。

しかし、アリスは彼も、彼の妻も恐れてはいなかった。ジョーには、草のなかの蛇みたいに預かりものの女の子を盗んだことにたいして、からだが震えるほどの怒りを感じ、彼が蛇のように這い回った草は彼女自身のもの――見張り、守ってきた環境――だったことに恥辱を覚えた。その環境では、結婚せず、結婚もできないで妊娠することは、生き得る人生の終わりであり、最後だった。そのあとは――ビュッ。生まれてきた赤ん坊が、見張られ、守られた自分自身の環境を保っていけるほど大きくなるまで待つしかない。

以前ほどためらわないでヴァイオレットを待ちながら、アリスはどうしてこんなふうなのだろうと考えた。五十八歳で、自分の子はなく、近づくことができて責任を負っていた子は死んでしまった。彼女はヒステリー、暴力、結婚しないで妊娠するという堕落について思いめぐらせた。この問題は、彼女が覚えているかぎり、両親の心を完全に占めていた。両親は彼女に向かって、きびしく、だが注意深く、女のからだについて教えた。みだらなすわり方（脚を開いて）。女らしいすわり方（脚を組む）。口で息をする、両手を腰に当てる。食卓に落ち込むようなすわり方、歩くときの腰の振り方。彼女の胸が大きくなりはじめるやいなや、それは布で巻かれ、怒られた。この怒りはしだいに増大して、ついに妊娠の可能性にたいする大っぴらな憎悪となり、彼女がルイス・マンフレッドと結婚するまで、けっしてやまなかった。ところが、結婚したとたん、これは反対になった。結婚式の前でさえ、両親は眺めて抱くことのできる孫のことをつぶやき、他方同時に、今度はアリスの妹たちのシュミーズの下で成長し、乳頭を見せているものを怒りはじめた。血痕、丸くなった腰、ヘアを怒った。それと、新しい服の必要性を。「ああ、神さま、なんてこと！」ヘムをこれ以上縫いだすことができず、ウエストの紐をもう一針縫うことができないときの、しかめ面。このようなきつい締めつけのもとで成長するつらさを、アリスはけっして他の人には伝えまいと心に誓ったが、末の妹の娘には伝えてしまった。そしていま、夫が生きていたら、または、留まってくれたら、または、自分の子供がいたら、そうしただろうかと考えた。もし夫がそばにいて、彼女が決定するのを助けてくれたら、たぶん彼女はここにすわって、ヴァイオレントと呼ばれる女を待ち、戦争みたいなことを考えないですんだだろう。それは、たしかに戦争だったけど。そういうわけで彼女は降参するほうを選び、ドーカスを自分の戦争捕虜にしたのだった。

しかし、他の女たちは降参しなかった。国中で、彼女たちは武装していた。かつてアリスは、スウェーデン人の裁縫師といっしょに仕事をしたことがある。彼は耳たぶから口の角まで切傷があった。「黒人の女だよ」と彼は言った。「歯に達するまで切りやがった。歯までさ」彼は感嘆して微笑し、頭を横に振った。「歯までだよ」スプリングフィールドの氷屋には、首の横に何か薄くて丸く鋭いものによる四つの等間隔の刺し傷でできた四つの等間隔の穴があった。男たちは、スプリングフィールドや、イースト・セントルイスや、シティの通りを、赤く血に濡れた手をもう一方の手で抱えながら、顔から一枚の皮を垂らして、走り抜ける。ときどき彼らは生きて、無事に病院にたどり着く。それはひとえに、切りつけられたところに、剃刀の刃をそのまま残しておいたからだった。

黒人の女たちは武装していた。黒人の女は危険で、持ち金が少なければ少ないほど、彼女たちが選ぶ武器は殺傷力の強いものになった。

武装していないのはだれだろうか。教会や、裁きを下す怒れる神に保護を見いだすことのできる人々だ。彼女たちの代わりに怒る神の怒りはあまりに恐ろしいので、考えることもできない。神は、彼女たちになされた不正を正すために、こちらへ、こちらへ来る途中ではない。神はここにいた。すでに。わかる？　わかる？　世界が彼女たちになしたことを、いま世界は自分にたいしてなしていたのだ。世界は彼女たちをひどい目にあわせたか？　そうよ、でも、ひどい目がはじまったところを見てごらん。彼女たちは非難され、ののしられていたか？　ああ、いかにも。でも、世界がいかに自らを非難し、ののしっているかを見るがいい。女たちは台所や、店の裏でまさぐられたか。ええ。警官は女の顔をこぶしで殴り、そのため、女のあごといっしょに夫の心情をも崩壊させたか？　男たちは（彼女たちを知っている者も、自動車に乗った他所者も）彼女たちの生涯の毎日毎日、本名以外の名前で呼んだか。ええ。でも、神の目と彼女たちの目からすると、忌まわしい言葉と身振りの一つ一つが、自分自身の汚穢《おわい》を求める獣の欲望だった。獣は、自らになされたことではなく、自らになされたいと思ったことをやったのだ。強姦されたいと思ったので、強姦したのだ。子供たちを殺戮したのは、殺戮された子供たちになりたいと憧れたからだった。監獄を建てたのは、自分のひそかな退廃を糧に生き、それに執着していたいからだ。神の怒りは、とても美しく、とても単純だ。彼女たちの敵は、望んだものを手に入れ、他人になしたものになった。

他に、武装していなかったのは、だれだ？　折り畳み式ナイフ、灰汁《あく》の包み、手に貼りつけたガラスのかけらは、自分たちには必要ないと思った人たちだ。家を買い、自分を保護し、保護を買う手段として金を貯えた人々。武装した人々にくっついている人々。自分たちがピストルになったので、ピストルを携帯しなかった人々。自らが集会を切り裂き、法令を打ち破り、血と虐待された肉体を指摘する飛び出しナイフになったので、飛び出しナイフはもたなかった人々。自分たちのささやかな非武装の力を増幅させて、連盟、クラブ、社交の集まり、婦人団体という確かな力に結集した人々。これらの組織は、持ちこたえても抑制しても、動いてもそのまま留まっても、道を作り、懇請し、居心地よくくつろいでいられるために設計されているのだから。保釈金を積み、死者に着物を着せ、家賃を払い、新しい部屋を見つけ、学校を作り、事務所を襲撃し、募金に応じ、ブロック中をたたき起こし、すべての子供たちを見張っているために。一九二六年には、その他の武器をもっていない黒人の女は、黙っているか、狂っているか、死んでいた。

三月になって、今回、アリスはナイフをもった女を待っていた。柩のなかに横たわっているものを殺そうとしたので、いまヴァイオレントと呼ばれている女を。彼女は、一月にはじまって——葬儀の一週間後から——毎日アリスの家のドアの下にメモを残した。そこで、アリスはその夫婦がどんな部類の人間かがわかった。近づかないようにドーカスをしつけたたぐいの人々。厄介な部類の人々。魅力がない、という以上に危険な人々。夫は撃ち、妻は刺した。何一つ。姪はそんな暴力をふるわれるようなことは何一つしてもいないし、しようとしてもいなかった。おまけに、暴力のあるところには、悪徳もあるのではなかろうか。賭博。罵言。恐ろしく、みだらな親密さ。赤い服。黄色い靴。それに、もちろん、彼らを興奮させる黒人の音楽《レース・ミュージック》。

しかし、アリスはいま、一月と二月、最初に彼女を家に入れたときのように、おびえてはいなかった。アリスは、いつかおしまいにこの女は監獄行きになるだろう——彼女たちは、最後にはそうなるのだ——と考えていた。でも、たやすく摘まれたって？ 生まれながらの餌食だって？ 「わたしは、そうは思わない。わたしは、そうは思わない」

通夜の日、マルヴォンヌが詳細を話してくれた。とにかく、話そうとした。アリスはその女からからだを反らし、言葉を寄せつけまいとするかのように、息を止めた。

「あなたが心配してくれるのは、ありがたいけど」とアリスは彼女に言った。「食べてちょうだい」彼女は、食べ物でいっぱいのテーブルと、それを取り巻く弔問客のほうを身振りで示した。「たくさんあるのよ」

「とっても悪いと思って」とマルヴォンヌは言った。「身内の葬式みたいな気がするのよ」

「ありがとう」

「他の人の子供を育てていても、自分の子供と同じほどつらいわねえ。甥のスウィートネスを知ってるでしょ……？」

「ちょっと失礼」

「あらゆることをしてあげたのよ。母親がするすべてのことを」

「どうぞ、召し上がって。たくさんあるんですもの。ありすぎるくらい」

「例の無頼漢たち、あの連中は、わたしの建物に住んでるのよ……」

「まあ、フェリス。来てくださるとは、ご親切に……」

そのとき彼女は、あんまり多くのことを聞きたくもなければ、知りたくもなかった。それから、人々がヴァイオレントと呼びはじめた女にも会いたくなかった。彼女がアリスの家のドアの下からすべりこませた短い手紙は、彼女を怒らせ、次いでおびえさせた。しかし、しばらくしてから、その男がいかにずたずたになっているかを聞き、二月になるまで《エイジ》、《ニューズ》、《メッセンジャー》紙の見出しを読んだあとで、彼女は心を鋼のように堅くして、女をなかに入れた。

「いったい、わたしから何が引き出せると言うの？」

「ああ、いまはただ、あんたの椅子にすわりたいだけ」ヴァイオレットは言った。

「お気の毒だけど。それに何の益があるのか、わたしにはさっぱりわからないわ」

「わたし、頭の具合が悪いんです」ヴァイオレットは、頭の天辺に指をおきながら言った。

「お医者さんに診てもらえば。どうして、診てもらわないの？」

ヴァイオレットは彼女のそばを通りすぎ、磁石に惹かれたように、小さなサイドテーブルのほうへ行った。「それが、彼女ですか」

アリスはそちらを見ないでも、彼女が何を見ているかがわかった。

「そうよ」

そのあとに続いた長い間《ま》が、アリスをいらいらさせた。その間ヴァイオレットは、額縁から浮かび上がった顔を仔細に眺めていた。彼女が女に出て行けと言う勇気を奮い起こす前に、女は写真から顔を離して、こう言った。「わたしは、あんたが怖がる必要のない女ですよ」

「そうなの？　じゃあ、だれを怖がれって言うの？」

「わかりません。それが、わたしの頭を痛くするんです」

「あなたはここへ謝りに来たわけじゃないのね。ひょっとしたら、そうかもしれないと思ったけど。悪意を届けようと、ここに入ってきたのね」

「悪意なんて、もっちゃいません」

「帰ったほうがいいと思うわ」

「ここで、しばらく休ませてくれませんか。ちょっと腰をおろす所も見つからないから。あそこのあれは、彼女ですか」

「そうだ、と言ったばかりよ」

「彼女は、あんたにたくさん面倒かけました？」

「いいえ。全然。ええと、多少はね」

「彼女の年ごろには、わたしはいい娘でしたけど。面倒なんて、ちっともかけなかった。わたしは、だれからだってやれと言われたことはみんなやりましたよ。ここに来るまで。シティは、人を締めつけますね」

奇妙な振る舞いだわ、とアリスは考えた。でも、残忍な女じゃなさそうだ。そして、そんな質問はしまいと考える暇もなく、質問のほうが口から出ていた。「どうして彼は、あんなことをしたの？」

「どうして彼女はしたんですか？」

「どうしてあなたはしたの？」

「わかりません」

二度目に彼女が来たとき、アリスはまだ、灰汁の包みや、研ぎすました剃刀の刃をもち、ここやあそこにケロイドを作っている荒々しい女たちのことを考えていた。彼女は、訪問者の目にまっすぐ差しこんでいる光を遮ろうと、カーテンを引きながら、こう言った。

「あなたのご主人だけど、あなたを虐待するの？」

「わたしを虐待する？」ヴァイオレットは、当惑したように見えた。

「わたしが言いたいのは、彼はとても静かで、いい人みたいに見えるけど、あなたを殴るか、ってことなの」

「ジョーですか。いいえ。彼はけっして、何も傷つけませんよ」

「ドーカス以外はね」

「それにリス」

「何ですって？」

「兎も。鹿。フクロネズミ。キジ。わたしたち、郷里じゃ、たくさん食べましたから」

「どうして郷里を出てきたの？」

「地主さんは兎をほしがらなかったものですから。彼は紙幣で払ってほしかったんです」

「ここでも、みんなお金をほしがってるわ」

「でも、ここじゃ、お金を手に入れる方法がありますから。最初にここへ来たとき、わたしは日雇いの仕事をしましたよ。一日に三軒の家をやれば、いいお金になりました。ジョーは夜、魚を洗いました。ホテルの仕事を見つけるまでには、しばらくかかりました。わたしは美容の仕事をはじめて、ジョーは……」

「そんなことをあんまり聞きたくないわ」

ヴァイオレットは黙りこみ、じっと写真を見つめた。アリスは、彼女を家から出すために、写真をやった。

次の日、彼女は戻ってきて、あんまりひどい恰好をしていたので、アリスはひっぱたきたくなった。その代わりに、言った。「その服を脱ぎなさい。あなたの袖口を縫ってあげるから」ヴァイオレットは来るたびに同じ服を着ていた。アリスは、彼女の袖から糸が垂れ下がっていることや、見たところではコートの裏が少なくとも三カ所裂けていることで、いらいらさせられた。

ヴァイオレットはスリップの上にコートを着てすわり、アリスはいちばん小さな針目で袖を繕ってやった。ヴァイオレットは、どんなときでも帽子を取らなかった。

「最初わたしは、あなたがわたしを傷つけようとして、ここへ来たのだと思ったの。それから、お悔やみを言いたいのだと考えた。それから、警察を呼ばなかったので、お礼を言いたいのだと思ったの。でも、全然そういうことではなかったのね、そうじゃない？」

「わたしは、どこかにすわらなくちゃならなかったんです。それで、ここでそれができると思ったんです。あんたがそうさせてくれるって。そうさせてくれたじゃないですか。わたしはジョーに、街に出ていかなくてもすむようにしてあげなかった。でも彼が、わたしがどんな女だったらいいと考えていたのか、知りたかったんです」

「ばかな。彼は、あなたが十八歳だったらよかったと思っただけよ」

「いいえ。それ以上のことがあるんです」

「あなたは、自分の夫のことが何にもわかってないのね。助けてあげるわけにはいかないわ」

「あんたは、二人が会ってたことを、わたしと同じほど知らなかったでしょ。わたしがジョーを見てたのと同じように、毎日彼女を見てたでしょうに。わたしには、わたしの心がどこにあったのか、わかってます。あんたの心はどこにあったんですか」

「わたしを責めないで。あなたに責められてたまるもんですか」

　アリスがシーツを終えて、最初のシャツ・ブラウスにアイロンをかけはじめたとき、ヴァイオレットがドアをノックした。何年も何年も何年も前、アリスはアイロンの先を男の白いワイシャツの縫い目に滑らせたことがある。ちょうど布地がなめらかになり、糊でしまってくるほどに湿らせて。そのシャツは、いまではぼろ切れだ。からぶきん。生理用の布。凍らないようにパイプの継目のまわりに巻いておくぼろ切れ。鍋つまみ。熱いアイロンを試してみたり、把手を包んだりする布。石油ランプの芯にさえなる。歯をみがくための塩袋。いま、彼女の注意深い優雅な手入れを受けているのは、彼女自身のシャツ・ブラウスだ。

まだ触ると温かい二組の枕カバーが、テーブルの上に重ねてあった。二枚のベッド用のシーツも同様だ。たぶん、来週にはカーテンを洗おう。

いまでは、ノックの仕方でだれが来たかわかるが、それを聞いたとき、彼女は自分が喜んでいるのか、怒っているのか、全然わからなかった。それに、どちらでもかまわなかった。

ヴァイオレットが訪ねてくるようになって（いつ来るのか、アリスには知りようがない）、何かが開いたのだった。

黒い帽子が、ヴァイオレットの顔をさらに黒く見せていた。眼は、ドル銀貨のように丸かったが、突然細くなることもあった。

問題は、彼女といっしょのとき、アリスがどういうふうに感じ、話すかということだった。他の人々といっしょのときとはちがうのだ。ヴァイオレントにたいして、アリスは無礼だった。ぶっきらぼうで、つましかった。二人の間には、謝罪も礼儀も要らず要求されることもなさそうだった。しかし、なにか他のものが必要だった——たぶん、透明性が。狂った人間が正常な人間に要求するような透明性だ。

ヴァイオレットは、コートの裏地も繕ってもらい、袖口はしっかりついたので、ストッキングと帽子に注意を払いさえすれば、まともに見えそうだった。アリスは小さなため息をつき、楽しみにしている唯一の訪問者にドアを開けてやりながら、自分でも驚いていた。

「凍えてるみたいな顔して」

「それに近いわ」とヴァイオレットは言った。

「三月には、病気になって寝ることがよくあるわね」

「うれしいわ」とヴァイオレットは答えた。「頭の代わりにからだのほうが病気になれば、厄介事はみんなおしまいになるからね」

「そうなったら、だれが囲い女の髪をセットしてあげるの？」

ヴァイオレットは笑った。「だれも。たぶん、だれもセットしてあげないし、だれもちがいがわからないでしょうよ」

「ちがいは、ヘアスタイル以上のものよ」

「あの人たちも、ただの女ですよ。わたしたちみたいな」

「ちがうわ」とアリスは言った。「いいえ、ちがうわ。わたしとはちがう」

「商売のことじゃありませんよ。わたしが言ったのは、女ってことです」

「ああ、やめてよ」アリスは言った。「この話はやめましょうよ。あなたのために、お茶を淹れてるの」

「あの人たちは、誰一人見向いてもくれないときに、わたしに親切にしてくれたんです。わたしとジョーは、あの人たちのおかげで、食べていけたんですから」

「そのことは話さないで」

「いつでも借金しなくちゃならなくなったり、余分のお金が要るときには、わたしは一日中、どんな日でもあの人たちの頭をセットしてあげた」

「話さないで、と言ったでしょ。わたしは、そんな話は聞きたくないし、彼女たちのお金がどこから来るかも聞きたくないわ。お茶を飲むの、飲まないの？」

「飲みます。オーケー。どうしてだめなの？　どうして聞きたくないの？」

「ああ、男の人たち。みだらな生活。あの連中、四六時中喧嘩してない？　あなたが髪のセットをしてるとき、あの人たちが喧嘩はじめるかもしれないって、怖くない？」

「怖いのは、しらふのときだけです」ヴァイオレットはほほえんだ。

「あら、そうなの」

「あの人たちは男を共有して、男と喧嘩して、男のことで喧嘩するんですよ」

「どんな女性もそんな生活をしてはならないわ」

「ええ。どんな女性も、する必要はありませんね」

「殺しあいをして」アリスは歯を吸った。「胃の調子がおかしくなるわ」彼女はお茶を注ぎ、それからカップと受け皿をもち上げ、それを渡さず、ヴァイオレットをじっと見つめた。

「彼が彼女を殺す前、二人のことを知ったら、あなたが殺したかしら？」

「どうかわかりませんね」

アリスは、お茶を手渡した。「わたし、あなたのような女性がわからないわ。ナイフをもった女性が」彼女は長袖のブラウスを取り上げ、それをアイロン台の上に伸ばした。

「わたし、ナイフをもって生まれてきたわけじゃないんだ」

「その通り。でも、あなたはナイフをつかんだ」

「あんたは、一度もつかんだことないの？」ヴァイオレットはお茶を吹いて、漣《さざなみ》を立てた。

「いいえ。一度も。夫が家を出たときでさえ、一度もそれはやらなかったわ。それなのに、あなたときたら。戦う価値のある敵さえいなかったのに。殺し甲斐のある人ってこと。あなたは、死んだ女の子を侮辱するために、ナイフを取り上げた」

「でも、そのほうがよかないの。すでに傷ついていたんだから」

「彼女は敵じゃなかったわ」

「いいえ、敵ですとも。わたしの敵。あのとき、つまり、わたしが知らなかったときも、いまでも」

「どうして？　彼女が若くて、きれいで、あなたの夫を奪ったから？」

ヴァイオレットはお茶をすすったが、答えなかった。長い沈黙のあと、二人の会話が些細なことへと移り、それから世間の狭さに触れたとき、ヴァイオレットはアリス・マンフレッドに言った。「あんただったら、やらない？　自分の男のために戦うんじゃない？」

子供時代に植え付けられ、それ以来毎日水を施され、生涯を通して、恐怖は血管から芽を出していた。そして、あちこちで集めてきた戦争みたいなことを考えながら、別のものになって花開いた。いま、この女を見ながら、アリスは女の質問を玩具の銃のポンという音のように聞いた。

スプリングフィールドのどこかに歯だけが残されていた。たぶん頭蓋骨もあっただろうし、なかったかもしれない。もし充分深く掘り、上の石を取りのぞけば、歯が出てくることはたしかだった。男の唇を共有していた女と、いま分かちあう唇はない。他の女の腰をもち上げたように、彼女の腰をもち上げる男の指もない。いま、剝き出しにされた歯だけがあって、彼女に「選んで」と言わせた微笑の跡形もない。そして、彼は選んだ。

彼女がヴァイオレットに言ったことは本当だった。一度もナイフをつかんだことはない。彼女が言わなかったこと――いま、洪水のように蘇ってくるもの――も、本当だった。七カ月の間、毎日毎晩、彼女、アリス・マンフレッドは、飢えたように血を求めていた。彼の血ではない。ああ、ちがう。彼のためには、自動車に砂糖を入れようか、ネクタイにはさみを入れようか、背広を焼こうか、靴を切り裂こうか、靴下を引き破ろうかと計画を練った。彼に不便をかけ、思い知らせるための、意地悪な子供っぽい暴力行為。しかし、血ではない。彼女が執着していたのは、他の女の血管を流れる赤い液体だった。アイスピックを突き刺し、引き上げれば、それが得られるだろう。物干し綱を女の首に巻きつけ、アリスの全身の力をこめてぐいと引けば、女はそれを吐き出すだろうか。しかし、彼女のお気にいりの幻想、夜彼女の枕に落ちてくる夢は、自分が馬に乗り、それから馬を走らせ、たった独りで道を歩いている女を見いだし、馬を早駆けさせて、四つの鉄の蹄で女を踏みにじり、もう一度引き返し、また引き返して、ついにはあばずれ女がいた場所を示す痛めつけられた道の埃のほか何もなくなるまで、それを繰り返すことだった。

彼は選んだ。だから、彼女も選ぶだろう。そして、七ヵ月の間夜な夜な、所有もせず、乗り方も知らない馬を、引きつる、どろどろの女のからだの上を早駆けさせたあとで、おそらく彼女は何か途方もないことをやったことだろう。その女は、冬に白い靴をはき、子供のように大声で笑い、一度も結婚証明書を見たことがなかった。だが、七ヵ月経ったあとで、アリスは他のものを選ばねばならなかった。彼がいちばん好きだった背広、ネクタイ、ワイシャツ。靴は無駄にしないほうがいいと、彼らが助言してくれた。だれも見やしないから。でも、ソックスは？　たしかに、彼はソックスがいるでしょう？　もちろん、と葬儀屋は言った。もちろん、ソックスも。そして、会葬者の一人が彼女のけっして許さない憎むべき敵であって、柩の上に白いバラの花束をおき、自分の服と同じ色の一本のバラをもち去ったとしても、何ほどのちがいがあろう？　三十年間というもの、彼はスプリングフィールドで歯に変わりかけていて、彼女も、不謹慎な服を着た会葬者も、それについては手の施しようがなかった。

アリスはアイロンをガチャンと下においた。「あなたは、失うことがどういうものか、知らないのよ」と彼女は言い、アイロン台のそばに朝の帽子をかぶったままますわっている女と同じほどしっかりと、自分の言葉に耳を傾けた。

額の上にあみだにかぶった帽子のせいで、ヴァイオレットは頭が弱い人間のように見えた。アリス・マンフレッドが淹れてくれた心を鎮めるお茶の効果は、長続きしなかった。あとで彼女は、ドラッグストアにすわってストローでモルト（麦芽入りミルクシェーク）を飲みながら、わたしの皮を着てシティを歩きまわり、わたしの眼で外をのぞき、他の事柄を見ているもう一人のヴァイオレットは、いったいだれなんだろう、と考えていた。彼女が、川に面した細長い公園で、孤児のように見捨てられたわびしげな椅子を見ているところに、もう一人のヴァイオレットは、いかに氷の浮きかすが手摺りの黒い柱に武器のような光を与えているか、を見た。タクシー乗り場の行列の最後になった彼女が、お下がりの短すぎるコートから冷たい手首を突き出した一人の子供を見ていたところで、もう一人のヴァイオレットは四分後、白人女性を押し退けて電車の座席にすわった。また、彼女のほうは、レストランの窓から自分を通り越して外の景色を見ている多くの顔から目をそむけたとしても、もう一人のヴァイオレットは、不快な三月の風に板ガラスが割れる音を聞く。彼女は鍵穴の鍵をどちらの方向に回すのか忘れたが、もう一人のヴァイオレットは、ナイフが台所の引き出しではなく、オウムのかごに入っていることを知っていたばかりか、彼女が覚えていないことまで覚えていた。何週間も前にオウムの爪とくちばしから土を掻き取ってやったことを。彼女はそのナイフを一ヵ月間探していた。ナイフをどうしたのか、どうしても思い出せない。しかし、もう一人のヴァイオレットは知っていて、すぐそれを取りに行った。葬儀がどこで行なわれるかも、知っていた。もっとも、それについて考えて見ると、二つの葬儀場のうちの一つ以外ではありえなかったけれど。それでも、もう一人のヴァイオレットは、その二つのうちのどちらで行なわれるか、そこへ行くのにちょうどよい時刻まで知っていた。柩の蓋を閉じる直前だ。そのとき、気絶すべき人は気絶し、白い服を着た女たちが彼らをあおいでいた。そして、死者と同年輩の若い男性の柩のかつぎ手たち——死んだ女の子の中学の級友たちで、床屋に行ったばかりの頭をして、幽霊のように白い手袋をはめていた——は、集合していた。最初は六人の固い固まりだったが、やがて三人ずつの二列に分かれ、集合場所の裏手から通路を歩いてきて、柩を囲んだ。もう一人のヴァイオレットが横に押し退け、肘で突きとばして進まねばならなかったのはこの柩のかつぎ手たちだった。そして、彼らは従った。横に退いたのだ。おそらく、これは、最後の瞬間に到着した愛する人間が、大事な人の顔がもう見られなくなり、その寝顔を忘れてしまっては困るので、その前に必死になって自分の存在を知らせようとしているのだ、と考えたのだろう。柩のかつぎ手たちのほうが、彼女より先にナイフを見た。彼女には何が起こったかわからないうちに、柩のかつぎ手たちの強い手——ビー玉やスチール玉、弾丸のように強く固められた雪の玉できたえ上げられた手。何年もの間バットで硬球を打ち込んだおかげで関節が強くなった手。彼らは硬球を自動車のフードを越えて高いフェンス張りの一区画へ打ち込んでいたのだが、ときには四階上に住む人々の開いた窓ばかりか、閉じた窓のなかにさえ打ち込んだものだ。また、高架鉄道の鉄橋からぶら下がった少年たちの全体重さえ支えてきた手——これらの手が、刃のほうへ伸びていた。少なくともこの一ヵ月は見当たらなかった刃、それがいま、死んだ娘の傲慢で不可解な顔を狙っているのを見て、彼女自身が驚いていた。

ナイフははねて落ちた。娘の耳たぶの下に、しわに見える小さなくぼみをつけただけで、ほとんど傷には見えない。彼女ならそれで、耳たぶの下のくぼみをつけただけで、あきらめたことだろう。だが、もう一人のヴァイオレットは満足せず、強い手をした柩のかつぎ手の少年たちと戦い、引き分けに近かった。少年たちは即刻、相手は毛皮衿のコートを着た五十歳の女だということを、忘れねばならなかった。帽子は右眼の上にぐっと引き下げられていて、ナイフの狙い場所はもちろん、彼女に教会の入り口が見えたのはふしぎなほどだ。彼らは、これまでずっと聞かされ通しの長上を敬えという教えを捨てねばならなかった。老人たちから教えられた教訓を。ミルク色の光が宿る老人たちの眼は、彼らのすべての行動を観察して、批評し、お互いにその実際を語りあった。彼らが（彼女のような）中年の人々から、叔母や祖母や母親や母の親友など、彼らのことを告げ口できるばかりでなく、彼らに命令し、どんな窓や、戸口や、二ブロック半径内の通りの縁石のところからでも「その騒ぎをやめなさい！」と一言どなっただけで、冷たく彼らを阻止できる人々から学んだ教訓は、捨てなければならなかった。言われれば、彼らはそれをやめて、階下の旅行用大型鞄の蔭や、人の行かない公園や、より望ましい高架鉄道の橋の蔭に移動したのだ。橋の蔭では、これらの女性たちが許さない行動を照らす照明はなく、そんなことをしているのがだれの子だろうとかまいはしなかったからだ。だが、それにもかかわらず、彼らは戦った。生涯の教えを忘れ、幅広のきらめく刃に注意を集中した。というのは、だれが知ろう？　ひょっとしたら、彼女は一突き以上のことを企んでいたかもしれない。さもなければ、彼らは晩餐のテーブルでおどおどと、右の女性たちや、ああ神様！　父親や、伯父たち、大人の従兄弟や友人や隣人などの男性群に、どうして街灯のようにそこに突っ立ち、毛皮衿のコートを着たこの女に阿呆面かかされて、わざわざそのために白い手袋をはめてきた名誉ある仕事を台無しにしてしまったか、そのわけを説明させられる羽目に陥るだろう。彼らは彼女が降参する前に、彼女を床にねじ伏せなければならなかった。そのとき、彼女の口から洩れたのは、コートの代わりに生皮を着た生きものの叫びだった。

そのときには、しかめ面をした男たちが柩のかつぎ手に加わっていた。男たちは、蹴ったり、うなったりしているもう一人のヴァイオレットを、外へ運び出した。その間、彼女のほうは仰天して、それを眺めていた。彼女はヴァージニア時代以来、これほどの力はなくなっていた。あの頃は、いっぱしの成人した男のように乾草を積みこんだり、ラバが曳く荷車を扱ったりしていた。しかし、二十年間、シティで髪の美容をしてきたため、腕が柔らかくなり、かつて彼女の掌や指をおおっていた盾は溶けてしまった。靴が固い皮革のようになっていた彼女のはだしの足を取り去ったように、シティが、自慢だった背中と腕の力を取り去った。もう一人のヴァイオレットは、この力を失ってはいなかった。柩のかつぎ手の少年たちと男たちにもたいへんな苦労をさせたからだ。

もう一人のヴァイオレットは、オウムを手放すべきではなかった。オウムは飛び方を忘れ、敷居の上で震えることしかできなかったからだ。しかし、剛腕の少年たちや、顔をしかめた男たちから文字通り放り出されたあと、彼女が走って葬儀場から帰ってきたとき、「愛してるよ」は、まさに、彼女も、もう一人のヴァイオレットも聞くに耐ええない言葉だった。彼女は部屋を歩きまわっていたとき、オウムを見ないようにしようとしたが、オウムは彼女を見て、窓ガラス越しに弱々しいかすれ声で「愛してるよ」と言った。

元旦から姿を消していたジョーは、その夜も、次の夜も彼女のササゲ豆を食べに帰ってはこなかった。ジスタンとスタックが彼を誘いに立ち寄り、トランプのフライデーができないのだと言い、居心地悪そうにホールでぐずぐずしていた。その間ヴァイオレットは彼らをにらみつけていた。そういうわけで、彼女にはオウムがまだそこにいることがわかった。ジョーが通りを下ってきはしないかと、アパートから正面のドアまで階段を何度も上がり下りしたからだ。朝の二時と、四時に再び、彼女は階段を下りて、暗い通りをすかして見たが、一組の警官と雪のなかで放尿している猫の他は人影がなかった。そのたびにオウムは、震えながら、緑と金色の頭をほとんど回さずに「愛してるよ」と彼女に言った。

「出て行け」と彼女は命令した。「どこかに行ってしまえ！」

二日目の朝に、オウムは出て行った。彼女が見たのは、ポーチのかなり下の地下室のなかの、先が緑色の淡黄色の一枚の羽だけだった。彼女は一度もオウムに名前をつけてやらなかった。この三年間ずっと「わたしのオウム」と呼んでいた。「わたしのオウム」「愛してるよ」「愛してるよ」犬が彼を捕まえたのだろうか。夜歩きをする男が、彼を捕らえ、鏡もなく生姜入りクッキーの貯えもない家に連れて帰ったのだろうか。あるいは、オウムはメッセージ——彼女は「わたしのオウム」と言い、彼のほうは「愛してるよ」と言ったが、彼女は一度もそれを言い返してくれたことはなく、わざわざ名前をつける労さえ取らなかった——を理解して、六年間飛んだことのない羽を使って、どうにか飛び去ることができたのだろうか。使わないためにこわばり、語るに足る眺望のないアパートの電球の光で鈍くなった羽で。

モルトはなくなり、胃は縫い目がほどけそうなほどいっぱいだったが、彼女はもう一本注文し、それを古本の入ったマガジン・ラックの後ろの小さなテーブルにもって行った。ダギーの店は法律に反して、そこへテーブルをおいている。テーブルがあれば法律上レストランに該当するからだ。そこに彼女はすわって、泡が消え、アイスクリームの塊りの縁がしだいに溶けて、いっぱいに水を張った洗い桶に残された棒石鹸のように、柔らかい光る球になるのを眺めていることができた。

彼女はディー博士の神経・筋肉強壮剤の包みをもってきて、モルト入りミルクシェークのなかに入れて、かき混ぜるつもりだった。ミルクシェークだけでは、あまり栄養にならないような気がしたからだ。腕や背中の力同様、彼女がここに来たときにはあった腰もなくなった。ひょっとしたら、肉きりナイフの在りかを知っており、それを使えるほど強いもう一人のヴァイオレットは、彼女が失った腰をもっているかもしれない。ではもう一人のヴァイオレットが強くて、腰をもっているとすれば、どうして死んだ娘を殺そうとしたことを自慢するのか。彼女は自慢していたからだ。もう一人のヴァイオレットについて考え、もう一人のヴァイオレットが彼女自身の眼を通じて見たものについて考えるときにはいつでも、何の恥辱も、何の嫌悪感もないことを彼女は知っていた。それがあるのは彼女だけだ。それで彼女は、ダギーの不法な小さなテーブルにすわり、マガジン・ラックの蔭に隠れて、チョコレート・モルトのなかのストローをいじっていた。彼女自身、マガジン・ラックのところで《コリヤーズ》を読んで、ドラッグストアで時間つぶしをしている娘のような、十八歳であってもよかったのだ。ドーカスは、生きていたとき、《コリヤーズ》が好きだったのだろうか。《リバティ・マガジン》は？　髪をシングルカットにしたブロンドの婦人たちは、彼女の心を捉えただろうか。ゴルフ靴をはいて、Vネックのセーターを着た男たちは？　彼女が父親ほども年上の男に執着しているのなら、どうしてゴルフ靴の男たちがその心を捉えることができよう？　ゴルフ・クラブではなくて、クレオパトラ化粧品のサンプルケースを持ち歩いている男。薄い木綿のハンカチを上着のポケットからのぞかせているのではなく、赤地に白い水玉の大判のハンカチをのぞかせている男。彼は冷たい冬の夜、自分がベッドに入る前に、彼女のからだで自分の寝る場所を暖めておいてほしいと頼んだのだろうか。あるいは、彼が彼女のためにそれをやったのだろうか。おそらく彼は、彼女のスプーンを自分の一パイントのアイスクリームのなかに入れさせ、溶けかかった部分をすくい出させたにちがいない。そして、リンカーン劇場の暗やみにすわっている間、もし彼女が彼のポップコーンの箱に手を突っこみ、悪党め、一握りのそれをもち上げても気にはしなかっただろう。〈ヨルダンの翼〉がかかったときには、たぶん彼は音量を下げただろう。〈わたしの身体を横たえて〉の翻案にして歌う彼女の声を聞こえなくするため音量を上げるのではなく、コーラスといっしょに歌う彼女の声が聞こえるように。それから、あごを電球の光のほうへ向けた。彼女が両方の親指の爪で、あの犬め、毛穴に引っ掛かった毛根を押し出すことができるように。それから、もう一つのいまいましい事柄。（いまでは、モルトは冷たくてなめらかなスープになっていた）二十五ドルのボーナスとしてもらった青いシェードのかかった私室用ランプや、蘭の色のサテンに似た生地のガウン。こうした品物は、全製品を一カ月で売ってしまったので、彼が報奨として、当然受ける権利のあるものだったが——それを彼女に、あの雌牛にやったのだろうか。土曜日には彼女を〈インディゴ〉へ連れて行き、音楽がゆったりと聞けて、同時に人目につかないでいられるよう、奥まった、しゃれた黒い上部に真っ白いテーブルかけがかかっている丸テーブルの一つにすわっただろうか。ソーダ・ポップみたいに見えるよう甘くて赤いものを入れてあるきついジンを飲みながら。彼女のような女は、リキュールの代わりに、そんなジンを注文したにちがいない。根元より口のところが広くなっていて、その間に花のような小さな茎があるグラスの端からすすることができるから。一方、花のような形をしたグラスをもっていない彼女の手は、テーブルの下で、彼の腿の内側を音楽のリズムに合わせてたたいている。彼の腿、彼の腿、腿、腿。そして彼は、バラの莟やすみれのように見えるステッチのある下着を彼女に買ってやる。すみれはヴァイオレット、知らなかった？　そして、彼女は彼のためにそれを着た。暖房器が午後中作動するとはかぎらない部屋には、薄くて寒すぎるけれど。その間わたしはどこにいたのだろう？　髪のセットをするため、だれかの台所へ行こうと、氷の上をすべりながら歩いていたのかしら？　電車を待ちながら、風をよけようと、戸口に身体を丸めていたのではないか？　それがどこだろうと、寒い季節で、わたしは寒く、早目にベッドに入ってわたしの寝る部分を温めてくれる人はなく、肩に手をまわして、首の下や、ときどき本当に寒くなったから耳のところまで、ふとんを引き上げてくれる人もいなかった。たぶん、肉切りナイフが耳たぶの下の首の線に刺さったのは、そのためだろう。そのためだ。わたしを組み伏せ、這いつくばらせ、柩から遠ざけておくのに、あれほどもみ合わなければならなかったのは、そのためだ。わたしのもの、わたしが選んで、取りのけ、所有し、しがみついていようと決めたものを奪った、あの雌牛が入っている柩。ノー！　もう一人のヴァイオレットは、町を歩きまわり、わたしの皮をかぶって通りを行ったり来たりし、わたしの眼を使っているただの人間ではない。そうよ、いまいましい！　もう一人のヴァイオレットは、わたしなんだ！　ヴァージニアで干し草を運搬し、皮紐で繋いだ四頭のラバを扱ったわたしなんだ。わたしが真夜中に砂糖きびの畑に立っていたら、砂糖きびの葉ずれの音が蛇のすべっていく音をかき消した。わたしはそれでもじっと立って、彼を待ちつづけ、彼が近くにいるのに見つけそこなってはいけないので、ほんの少しも動かなかった。蛇なんか、くたばってしまえ。わたしの恋人が来るというのに、いったいだれが、何が、わたしを彼から引き離すのか。何度も何度も、わたしはツートンカラーの貧乏白人から鞭痕をつけられた。翌朝、畑に並ぶ列に遅れたからだ。何度も何度も、わたしは必要量の二倍の木材を短い丸太や焚きつけに割った。確実に、貧乏白人に十分な薪があるようにするためだった。そうすれば、わたしがジョー・トレイスに会いに行かなければならないときに、彼らが大声でわたしを呼ばないですむからだ。何をしようと、どうなろうと、彼が、わたしのジョー・トレイスでありますように。わたしのもの。わたしはすべての人間のなかから彼を選んだジョーのような人はいない彼ならどんな人でも真夜中に砂糖きびのなかに立たせることができる。日中どんな女だろうと彼のことを一生懸命夢見させることができるので、彼女は溝を見過ごし、ラバを道の上に引き上げるのに大変な苦労をしなければならない。わたしだけではない、どんな女でも。たぶん、彼女が見たのもそれかもしれない。サンプルケースを運んでいる五十歳の男ではなく、わたしのジョー・トレイス、内に光を宿していたわたしのヴァージニアのジョー・トレイス。その肩は剃刀の刃のように鋭く、彼は二色の眼でわたしを見、他のだれも見なかった。彼女は彼を見て、そうしたものを見ることができたのだろうか。〈インディゴ〉のテーブルの下で、彼女は赤ん坊のように柔らかい腿をたたいていたが、その間中ずっと、固くひきしまりすぎて、すんでのところで割れて鉄の筋肉をのぞかせるのじゃないかと思うほどのかつての肌を感じていたのだろうか？　彼女はそれを感じ、知っていたのだろうか。それと、他のことなどを。わたしが知っていなければならないのに、知らなかったことを？　わたしから隠されるか、わたしが気づかなかった秘密の事柄を？

彼が彼女に自分の一パイントのアイスクリームの端から溶けた部分をすくい取らせ、彼女の手を塩とバターにまぶしたポップコーンのなかに突っこませたのは、そのためだろうか。高校を出たばかりで、編んでない髪を垂らし、はじめて赤い口紅を塗り、ハイヒールの靴をはいた、あのような若い娘が、何を見たのだろうか？　それから、また彼は何を見たのか？　黒い肌の代わりに、明るい黄色の肌をした若いわたしだろうか。短い髪の代わりに、長い波打つ髪をした若いわたしだろうか。または、全然わたしでないものか。ヴァージニアで彼が愛していたわたしだろうか。あのドーカスという娘は、あのあたりのどこにもいなかったから。そうだったのか？　あれは、だれだったのか？　暗やみのなかで、砂糖きびのなかのわたしに会いに走ってきたとき、彼はだれのことを考えていたのだろう？　わたしのなかの金色の少年のような、金色のだれかか？　その金色の少年をわたしは一度も見たことはないが、まるでわたしたちが最上の恋人であったかのように確実に、彼はわたしの少女時代を引き裂いた。もしそうだったのなら神よ助けたまえ。わたしは彼を知っていて、トルーベルをのぞくとだれよりも彼を愛していたのだから。最初にわたしを彼に夢中にさせたのはトルーベルだった。起こったのは、そういうことだったのか？　砂糖きびのなかに立って、彼のほうはまだ会ったことはないが、心がすべてを予見していた少女を捉えようとし、わたしは彼にしがみついていたものの、彼がわたしの一度も会ったことのない金色の少年だったらいいのにと願っていたのだろうか。そうすると、そもそものはじめからわたしは代用物であり、彼もそうだった、ということになる。

わたしは物を言わなくなった。どういうわけか、言うことのできない事柄が口から出てきはじめたからだ。わたしが物を言わなくなったのは、一日の仕事が終わったとき、両手が何をはじめるかわからなかったからだ。わたしのなかで進行しているものはわたしともジョーとも関係のないことだと思った。わたしは全力をつくして彼を捕まえておかなければならなかったし、頭がおかしくなれば彼を失うことになるからだ。

ドラッグストアの薄く鋭い光のなかにすわって、背の高いグラスのなかの長いスプーンをもてあそんでいると、テーブルにすわってカップから飲むふりをしているもう一人の女のことが思い出されてきた。母親だ。母はそのようなことはしたくなかった。ああ、けっしてそのようなことは。月光のなかに独りでテーブルにすわって、白い陶器のカップからたぎるように熱いコーヒーを、それがそこにあるかぎりすすり、なくなると、すするふりをして朝を待っているようなことは。朝になると、まるで彼らの他にはだれもいないかのように低い声で話をしながら、男たちが来て、わたしたちのものをひっかきまわし、ほしいものを持ち出した――彼らは、自分たちのものだと言った。わたしたちは、それで炊事をし、シーツを洗濯し、その上にすわり、それから食べたけれど。それは、彼らが鋤《すき》、鎌、ラバ、鋸《のこぎり》、攪拌器や、バター圧縮器をもち去ったあとだった。それから、彼らは家のなかへ入ってきた。わたしたち子供はみんな、一方の足に他方の足を重ねて見物した。母さんが空のカップを慈しみながらすわっていたテーブルのところへ来ると、彼らは彼女の下からテーブルをもち去り、それから、母が独りで、カップを手にまったく独りぼっちのようにすわっていた間に、帰ってきて、母がすわっていた椅子を傾けた。母はすぐ跳びのかなかった。それで彼らは椅子を少し揺すったが、母がまだすわったままなので――だれを見るともなく、前方を見つめたまま――椅子を傾けて、彼女を放り出した。触れたり両腕で抱き取ったりしたくないときに、椅子から猫をどかすときのように。椅子を前に傾けると、猫は床の上にすべり落ちる。それが猫なら、何の害もない。猫には四本の足があるからだ。だが、人間で女であれば、前に倒れて、わずかな間倒れたままかもしれない。自分より強いカップ、少なくとも割れずに、手の少し先にころがっているカップを見つめたまま。ちょうど手の届かないところに。

子供は五人いて、ヴァイオレットは三番目だった。最後に子供たちはみんな家に入ってきて、ママと言った。それぞれがやって来て、彼女が「ええ」と言うまで、それを繰り返した。そのあとに続く数日間、彼らは母親がその他の言葉を口にするのを聞かなかった。その間、彼らは打ち捨てられた小屋のなかに身を寄せあって、一八八八年に残っていた数人の隣人たち――西はカンザス・シティやオクラホマ、北はシカゴやインディアナ州ブルーミントンへ引っ越していかなかった人々――に何から何まで頼って生きた。ローズ・ディアの苦況の知らせがトルーベルに届いたのは、フィラデルフィアに向けて最後に出発した家族の一人を通じてだった。留まっていた人々が、いろんなものをもって来てくれた。藁ぶとん、ポット、自家製のパン、ミルクの入ったバケツなど。忠告も。「これで力を落とさないで、ローズ。わたしたちがついてるわ、ローズ・ディア。小さな子供たちのことを考えなさい、ローズ。神様は、あんたが耐えきれないものを与えはなさらないんだからね、ローズ」しかし、神は与えなかったのだろうか。たぶん、今回だけは与えたのだろう。彼女の特別な背骨を判断しそこない、誤解したのだろう。今回だけは。ここの、この気骨が欠けていることを。

ローズの母親のトルーベルは、知らせを聞いてやってきた。ボルティモアの比較的楽な仕事を捨てて、十枚のイーグル金貨を音がしないようにそれぞれ別のスカートのなかに縫いこみ、一家の世話をして家事を引き継ぐために、ヴェスパー・カウンティのロームと呼ばれる小さな停車場へ帰ってきた。小さな娘たちはたちまち祖母に恋して、万事は昔通りうまくいくようになった。ゆっくりと、着実に、ほぼ四年間は。トルーベルは万事を立てなおした。それから、ローズ・ディアが井戸に飛び込んで、すべての楽しみを取り逃がした。彼女の埋葬式の二週間後、ローズの夫が子供たちには金貨の形をしたチョコレート、女たちには二ドル貨幣、男たちにはインチキ万能薬をいっぱい積んで帰ってきた。ローズ・ディアには、これまでだれも持ったことのないような、ソファで背中を休めるための刺繍した絹のクッションを持ち帰った。松の柩に入った彼女の頭の下だったら──彼が間に合うときに帰って来さえすれば──本当にすてきだっただろう。子供たちは、金貨の外側をはがして中のチョコレートを食べ、残ったすてきな金紙を友達の間で葦笛や魚釣り用の釣り糸と交換した。女たちは、しっかりと衣服に結びつける前に、銀貨を噛んでみた。トルーベル以外は。彼女はその金を指でもてあそび、貨幣と義理の息子をかわるがわる眺め、頭を横に振って、笑った。

「ちくしょう」と彼は言った。ローズがしたことを聞いて「ああ、ちくしょうめ」と言った。

二十一日後、彼は再び去って行き、ヴァイオレットはジョーと結婚して、シティに住んでいた。そのとき妹から、彼がまたやった、という話を聞いた。つまり、ポケットが重くなるほど宝物をいっぱい詰めこみ、頭上の縁なし帽子の下にも畳みこんで、ロームに着いたという。故郷へのこの旅は、大胆で秘密のものだった。彼は再調整党と関わりあっていたからだ。地主の口頭による勧告が功を奏さなかったとき、物理的な勧告としてたきのめされ、彼はどこか、他のところならどこにでも移るという条件を呑まされていた。おそらく彼は家族全員を連れ出す方法を見つけるつもりだったのだろう。だがその間、何年にもわたって、途方もなく危険な、お伽話のような帰省を行なっていた。その合間はしだいに長くなり、彼がまだ生きている可能性はだんだん薄くなっていったが、希望はけっして弱まらなかった。いつか、いつの日か、もう一度、身を切るように冷たい月曜か、灼けつくように暑い日曜の夜に彼が姿を現わして、道からふくろうの鳴声に似た口笛を吹くのではないかと。からかうような挑戦的なドル紙幣を縁なし帽子から突き出したり、ズボンの折り返しや靴の上部へはさみこんだりした彼が。コートのポケットには、フリーダの〈エジプト人のヘア・ポマード〉の缶といっしょに、固まったキャンディーが突っ込んであり、ライ・ウイスキーの瓶、下剤、考えられるかぎりの化粧のためのオー・デ・コロンが、彼のすりきれたカンヴァス地の鞄のなかで、カタッという好ましい音を立てる。

彼は、いまではもう七十代になっているだろう。たしかに動きが鈍り、歯はもうなくなっているだろう。その歯で笑うと、妹たちはつい彼を許してしまうのだったが。しかし、ヴァイオレットにとっては（妹たちや、田舎に留まっていた人々にとっても）、彼は外の世間のどこかにいて、故郷の人々に配る楽しいものを集めたり、貯えたりしていた。というのは、いったいだれが彼を一ヵ所にとどめておけよう、この挑戦的で、毎日が誕生日のような男を？　彼は、みんながうっとりするような贈り物や物語を配ったので、一同はしばらくの間、からからの食器戸棚や疲弊した土地のことを忘れた。また、そのうちに、子供の足はまっすぐになるだろうと信じこんだ。そもそもの始めに彼がなぜ出ていき、なぜこそこそと生まれ故郷に帰らねばならないかを忘れた。彼といっしょにいると、忘却が花粉のように落ちてくる。しかし、ヴァイオレットにとって、その花粉さえけっしてローズの思い出を消し去ることはできなかった。この幻想的な父親の嬉しい復活のただなかで、本物と偽物両方の気前のよい贈り物の分配を喜びながら、ヴァイオレットはけっしてローズ・ディアと彼女が飛び込んだ場所——とても狭く暗い場所なので、母が木の箱に横たえられたのを見たときは、純粋な安堵の吐息をついた——を忘れることはなかった。

「生きてることを神様に感謝しなさい」とトルーベルは言った。「そして、死ねることを命に感謝しなさい」

ローズ。愛する《ディア》ローズ・ディア。

いったい何だったのだろう、とわたしは考える。彼女が耐えることも、繰り返すこともできなかった最後の、一つのこととは？　最後の洗濯でシャツ・ブラウスがあんまりひどく破れてしまい、もう一度繕うことはできず、ぼろに変わってしまったからだろうか。たぶん、ロッキー・マウントでの四日間にわたる絞首刑の噂を聞いたためだろう。火曜日に男たちが、その二日後に女たちが吊された。または、手足を切断されて、丸太に縛りつけられたコーラス団の若いテノール歌手のニュースのせいだろうか。彼の祖母は、糞尿でいっぱいになった彼のズボンを手放すのを拒み、それを何度も何度も洗いつづけた。三度目にすすいだとき、汚れは落ちてしまったけれど。人々は、弟のズボンをはかせて彼を埋葬したが、老女は、もういっぱいの澄んだ水をポンプで汲み上げていた。あれは、切望（かつては、希望だったのだが）が手に負えなくなった夜のあとの朝だったのか。憧れが押しつぶされて、それから、帰ってきて弾性ゴムのボールのようにもう一度彼女をはねさせると約束して走り去る前に、彼女を投げ出した夜のあとの。あるいは、彼らが傾けて彼女を放り出した椅子だったのか。彼女は床の上に落ちて、そこに横たわっているとき、あれをやると心を決めたのだろうか。いつか。それを、トルーベルがやってきて万事を肩代わりしてくれた四年の間遅らせたが、そのときの床板を、閉ざされて錠のおろされたドアとして覚えていたのだろうか。割れない陶器のカップにわびしい真実を見たのか。カモメの鳴き声に似た悲鳴をあげる傷と、船外に捨てたはずの怒りとともに、あの瞬間が帰ってきて、あのドアとカップに背を向け、井戸から招く無限のほうへ踏みだせるまで、ときを待って。それは何だったのかと、わたしは思う。

トルーベルがそこにいて、くすくす笑いながら、有能に取りしきり、暖炉のそばで裁縫をし、昼間は庭の手入れと刈り入れをした。娘たちの切り傷や打ち身には、芥子茶を注いでやり、ボルティモア時代とそこで世話をした子供についてのうっとりする話をしながら、彼女たちに仕事をさせた。ひょっとすると、そのせいかもしれない。娘たちがついに有能な手に、自分よりすぐれた手に世話をされるようになって、ローズ・ディアは、彼らが台所の椅子から彼女を揺り落としたとき以来、もはや流れずじっとして動かない時間から解放された。それで、井戸に飛びこみ、すべての楽しみを味わいそこなった。

ヴァイオレットがこの事件から得た最大の重要事は、けっして、けっして子供はもつまいという決心だった。何が起ころうと、飢えた口がママ？　と言い、小さな黒い足が重なりあうようなことはしまい。

ヴァイオレットは成長するにつれて、いまいるところに留まることも、遠くへ行くこともできなくなった。井戸が彼女の眠りを吸い取ってしまったが、出て行くという考えは怖かった。強引に出て行かせたのは、トルーベルだった。パリスタインにすばらしい棉花の収穫があって、二十マイル四方に住む人々はみんな、それを摘みに出かけた。噂では、若い女性には十セント、男性には二十五セントの給料が支払われるとのことだった。悪い天候つづきの二つの季節が三度も続いたため、すべての期待はついえさった。そのあと、大きなクリーム色の花が急に咲きだす日が来た。みんなが固唾を呑んでいる間、地主は目を細めて、唾を吐いた。彼の二人の黒人労働者が、棉花の列を歩いて点検し、柔らかい花に触れ、指で土に触り、空模様を推し量ろうとした。それから、さわやかな小雨が一日降り、乾いて澄みきった暑い日が四日続いた。すると、パリスタイン中がこれまで見たこともないほど純白の棉花でふわふわになった。絹より柔らかく、あまりに早く開いたので、何年も前に畑を見限っていたゾウムシは、帰ってくる暇がなかった。

三週間。三週間かそれ以内に、すべてを取り入れてしまわねばならない。二十マイル半径内に住む指のある人間はみんな出頭し、その場で雇われた。自分の棉花畑をもっている場合は一梱九ドル、それを値段つけに持っていく白人の友だちがいたら十一ドルになると、ある人々は言った。棉摘み人については、女は一日十セント、男は一ケース二十五セント。

トルーベルは、ヴァイオレットと二人の妹を、そこへ行く四番目の荷馬車に乗せて送り出した。彼らは一晩中馬車に揺られ、夜明けに集合し、手渡されるものを食べ、牧場と星を地元の人々と分け合った。地元の人々は五時間の眠りを得るために、わざわざ遠い道のりを家まで帰るのは意味がないと考えた。

ヴァイオレットには、そういう生活の才能がなかった。十七歳になっていたが、十二歳の子供たちと足を引きずりながら歩いた——行列のしんがりをつとめ、用を終えて列を引き返してくる帰りの人々に会いながら。このため、彼女は貧弱なあと摘みの茂みを当てがわれた。そこは、彼女よりすばやい手が摘み残したわずかばかりの貧相な棉が小枝についているだけだった。ばかにされ、からかわれて、涙を流し、彼女がロームへ帰らせてもらおうと決心したちょうどそのとき、頭上の木から一人の男が落ちて、彼女のそばに着地した。ある晩のこと、彼女は恥をかかされ、すねて、妹たちから少し離れたところに横になったが、遠く離れすぎてもいなかった。木立に夜を遊んですごす幽霊がいっぱいいることがわかったら、急いで妹たちのところへ這い戻ることができる距離のところだ。彼女が毛布を広げるのに選んだ場所は、美しく黒い胡桃の木の下で、その木は、何エーカーも続く棉畑と境を接する森の端に生えていた。

どしんという音を立てたのが、アライグマのはずはない。おお、と言ったからだ。ヴァイオレットはあんまり驚いたので、物も言えずにころがり逃げたが、走ろうと四つんばいのまま、からだを起こした。

「こんなことはじめてだ」とその男が言った。「毎晩あそこで寝ているのに。木から落ちたのははじめてだよ」

ヴァイオレットは、すわった姿勢の男の輪郭と、彼が腕を、それから頭を、次いでもう一度腕を撫でるのを見ることができた。

「あんたは、木の上で眠るんですか」

「いい木が見つかればね」

「木のなかで眠る人なんかいませんよ」

「ぼくは眠るね」

「頭が弱い人のように聞こえるけど。上には蛇がいるでしょうに」

「この辺の蛇は、夜は地面を這うんだよ。さて、だれの頭が弱いんだね？」

「もう少しで殺されるところだった」

「これから殺すかも。ぼくの腕が折れてなければね」

「折れてるといいのに。朝、何も摘めないし、他人の木にも登れないから」

「ぼくは棉摘みはしないんだ。棉繰り機工場で働いているんだよ」

「じゃあ、ここで何をしてるんですか、高い所の勇者さん、こうもりみたいに、木のなかで眠ったりして？」

「怪我をしている男にたいして、一言もやさしい言葉をかけられないのかい？」

「そうよ。だれか他の人の木を見つけなさいよ」

「きみは、まるでその木を所有しているような態度を取るんだね」

「あんたの態度だって、所有してるみたいだわ」

「共同所有だって言えよ」

「いやよ」

彼は立ち上がり、片方の脚を振ってから、それに体重をかけてみた。それから、片足を引きずりながら、元の木のほうへ歩いていった。

「まさかわたしの頭の上のその木に戻るんじゃないでしょうね」

「防水布を取りに行くんだ」と彼は言った。「綱が切れたんだよ。だからさ」彼は、夜を透かして大きく張った枝の先を見た。「見えるかい？　ほら、あれだ。あそこに垂れてるだろ。そうさ」それから、彼は、背中を木の幹にもたせかけて、腰をおろした。「だが、明るくなるまで待たなくちゃならない」と、彼は言った。ヴァイオレットはいつも、二人の最初の会話は暗やみではじまり（二人とも、シルエット以外、相手をよく見ることはできなかった）、緑と白の夜明けに終わったので、自分にとって夜はけっして同じではなくなった、と考えていた。わたしは二度と再び、狭い井戸の引力と闘いつつ朝目覚めることはないだろう。あるいは、朝少なすぎる水のなかでよじれているローズ・ディアを見出し、そのときの悲しみを抱いて、最初の光を見ることはないだろう。

彼の名はジョーゼフといった。ヴァイオレットは、太陽が昇らないうちから、太陽がまだ森のなかに隠されてはいるものの、ルビー色の地平線の深い裂け目を背景に、世界の緑と何エーカーも続くまぶしく白い棉をさわやかに輝かせているときから、彼を自分のものだと言った。彼は事実上、わたしのひざの上に落ちてきたのではなかったか。彼は留まっていたではないか。夜っぴて、わたしの生意気な口答えを聞き、苦情を言い、からかい、説明したが、暗やみを通して、わたしとずっと話しつづけていたではないか。そして、日の光とともに、少しずつ彼の姿が見えてきた。その微笑、大きく見開かれた見つめる眼。腰の結び目まで開いたボタンなしの彼のシャツは、ヴァイオレットが「わたしのなめらかな枕」と言う胸をあらわに見せていた。矢のようにまっすぐな脚、まっすぐな肩、あごの線と長い指——彼女はそのすべてを「わたしのもの」と言った。彼女は自分が見つめすぎていると思い、目を逸らそうとしたが、彼の二つの眼の対照的な色が、そのたびにすぐ彼女のまなざしを引き戻す。労働者たちが身動きしはじめ、朝食の呼び声を予期して、排泄のため木立のなかへ入り、ひそやかな朝の音を立てているのが聞こえたとき、彼女は心配になってきた。だが、そのとき彼が言った。「今晩ぼくは、ぼくたちの木のところへ帰ってくるよ。きみは、どこにいる？」

「木の下に」と彼女は言い、重要な仕事のある女らしく、クローヴァのなかから立ち上がった。

彼女は、三週間後はどうなろうと、心配はしなかった。そのとき彼女は、かせいだ二ドル十セントをトルーベルのもとへ持ちかえることになっていた。結局、彼女はその金を妹たちにことづけ、自分は付近に留まって仕事を探した。小頭《こがしら》は、彼女が子供たちと同じ速さで袋を充たすのに大汗かいているのを見て、あまり評価しなかったが、彼女の決心は固く、突如としてそれを雄弁に主張できるようになった。彼女はある六人家族といっしょに、ティレルに移り、ジョーといっしょにいるために、仕事が見つかるときにはどんな仕事でもした。彼女がラバを扱い、乾草を梱包し、どんな男にも負けないほど上手に木材を割ることのできるたくましく強い女になったのは、そこでだった。彼女の掌と足の裏がどんな手袋も靴も太刀打ちできない盾に変わっていったのは、そこでだった。すべては、ジョー・トレイス、二色の眼をした十九歳の男のためだった。彼は養子にしてくれた家族といっしょに住み、棉繰り機や、木材や、砂糖きびや、棉花や、とうもろこしの仕事をし、必要なときには家畜を屠り、畑を耕し、魚を獲り、皮や猟鳥を売った——それらを進んでやった。彼は森が好きだった。愛していた。だから、彼がヴァイオレットとの結婚に同意したときではなく、十三年後、彼女にせがまれてボルティモア行きに同意したことは、家族や友人たちにとってはショックだった。ヴァイオレットは、ボルティモアではすべての家にそれぞれ分かれた部屋があり、水は——こちらから取りに行くのではなく——水のほうから来てくれるそうだ、と言った。そこではまた、教会より大きい船から積み荷を下ろしたりして、黒人が一日二ドル五十セントで港で働いている、また、必要となった場合、他の人たちが家の戸口まで車で連れにきてくれる、と言った。彼女は二十五年前のボルティモアと、彼女とジョーのどちらも家を借りて入ることのできない地域の描写をしていたのだった。しかし、彼女はそれを知らなかったし、その後もけっして知らなかった。二人は、その代わりにシティへ行ったからだ。彼らのボルティモアの夢は、もっと強力な夢に取って代わられた。ジョーはシティに住んでいる人々を知っており、そこに行ったことのある人、そこから帰ってきた人たちは、ボルティモアを泣かせるような話を持ち帰った。ドアの前に立っているとか、盆に乗せて食べ物を運ぶとか、見知らぬ人の靴磨きというような軽い仕事をして稼げる金は、一日で、収穫期全体を通して稼ぐ日雇いのだれよりも多いという。白人たちは、文字通り黒人に金を投げ与える――隣人らしく振る舞ったとか、タクシーのドアを開いてあげたとか、荷物をもってあげたとかいうことにたいして。おまけに、持っているもの、作ったもの、見いだしたものは何でも、街頭で売ることができる。事実、そこには、黒人たちが全部の店を所有している通りがあるし、美しい黒人の男女が一晩中笑ったり、一日中金をかせいだりしているブロックがいくつもある。鋼鉄の車が通りを疾走しているし、たくさんお金を貯めれば、一台手に入れることもできるし、道路があるかぎりドライヴすることができる、と彼らは言った。

十四年間というもの、ジョーはこうした話に耳を傾け、笑っていた。しかし、彼はそういう話に抵抗もしていたのだが、ついに突然、気が変わった。だれも、ヴァイオレットでさえ、何が原因で、彼が野原や森やひそやかなさびしい谷を見捨てる気になったのか、わからなかった。釣り竿や皮剝ぎナイフなど、一つ以外の道具のすべてを人にやって、所持品を詰めるためのスーツケースを借りる気になったのか。彼を燃えたたせ、突然だが、大部分の人々よりは遅く、シティへ行きたい気持ちを起こさせたものが何か、ヴァイオレットにはけっしてわからなかった。彼女は、みんなを喜ばせたあのディナーのニュースが、ジョーの変心に一役買っているにちがいないと想像した。もしブッカー・Tが首都と呼ばれる街の大統領の家にすわってチキン・サンドイッチをふるまわれたのなら、何もかもうまく、うまくいくにちがいない。トルーベルがとってもいい思いをしていたのは、首都の近くだった。こうしてジョーは花嫁を連れて、眼が飛び出しそうなほど電化された汽車で、ダンスしながらシティへ入って行ったのだ。

ヴァイオレットは、シティに行けば彼は失望するだろう、シティはボルティモアほどすてきなところではないだろう、と考えていた。ジョーは、完璧なところだと信じていた。一つのスーツケースに全財産を詰めてシティに着いたとき、二人ともたちまち、完璧という言葉では足りないと思った。それよりよかったからだ。

ジョーも子供はほしがらなかった。それで、あのすべての流産――二回は畑で、ベッドで起きたのは一回だけ――は、喪失感というより不都合という感じのほうが強かった。そして、都会生活は子供がないほうがずっとうまくいくはずだった。いまをさかのぼる一九〇六年に汽車で着いたとき、一人の女がスーツケースの上にビーズ玉のように並んだ小さな子供たちを連れていたが、その女にほほえみかけた二人の微笑は、憐憫の情のこもったものだった。彼らは子供が好きだった。愛しさえした。とくに、ジョーは子供に好かれるたちだった。しかし、どちらも厄介事はほしくなかったのだ。しかし、何年もあとになって、四十になったとき、ヴァイオレットはすでに幼児をじっと見つめ、クリスマスに展示された玩具の前でためらうようになっていた。また、子供に鋭い言葉が投げつけられたり、女の赤ん坊の抱き方が不器用だったり不注意だったりすると、すぐに怒りだした。彼女が最悪の火傷を作ったのは、ひざの上に子供を抱いていたお客のこめかみの上だった。ヴァイオレットは、小さな男の子をなでる女の手や、揺すってやるひざの動きに気を取られて、カール用の髪ごてをもった自分の手を忘れた。お客はたじろぎ、皮膚はたちまち色が変わった。ヴァイオレットはお詫びの言葉をうめき、女は了承したが、それもカール全体が焼けこげてきれいに落ちてしまったのを発見するまでのことだった。肌は治るが、ヘアラインにぽっかり空いた穴は……ヴァイオレットは、彼女を黙らせるため代金は棒引きにしなければならなかった。

やがて、憧れはセックスより強くなり、あえぐような、どうにもならない切望になった。彼女はそれに捉われて足を引きずって歩いたり、それを追い払おうとからだをこわばらせたりした。自分用のプレゼントを買ってベッドの下に隠し、どうしようもなくなると、そっとそれを出して見るようになったのは、ちょうどその頃だった。彼女は、最後に流産した子供が生きていれば、いまいくつだろうと想像しはじめた。たぶん、女の子だ。たしかに、女の子だ。彼女は何が好きだろうか。彼女の話す声はどんなに聞こえるだろうか。離乳期がすぎると、ヴァイオレットは赤ん坊の食べ物を口で吹いて、柔らかい口に合うよう、さましてやるだろう。のちには、二人でいっしょに歌うだろう。ヴァイオレットはアルトを歌い、娘は甘いソプラノを歌う。「おぼえてないの、昔むかし、名前は知らないけど、小さな二人の赤ん坊が、明るい夏の日にさらわれて、森で行方がわからなくなった。巷の人の噂では、太陽は沈み、星がきらきら輝いた。森に寝かされた赤ん坊は、哀れなことに死んじゃった。二人の命が消えたとき、真っ赤な駒鳥が飛んできて、苺の葉っぱを頭に載せた」ああ、ああ。ずっとあとになると、ヴァイオレットは、娘の髪をいまの娘たちと同じ髪型にしてやるだろう。短くして、眉毛の上で紙のようにまっすぐな切り下げにしようか。耳の上のカールは？　横は、剃刀で削いで薄くしようか。注意深いマルセル・ウエーヴをつけて、T型に流れる髪にしようか。

ヴァイオレットは深い夢のなかに沈んで、それに溺れていた。若い女たちは、流行で胸を少年のような小さな胸にしようとしめつけたものだが、ついに彼女の胸がしめつける必要がないほど平たくなり、乳首の尖った先がなくなったとき、母性本能の飢えがハンマーのように彼女を打った。彼女を倒して、打ちのめした。彼女が目覚めたとき、夫は、ヴァイオレットが悩殺的な髪型にしてやったはずの娘と同じほど若い女を射殺していた。あの柩のなかに眠っていたのは、だれだろうか。目覚めてあの写真のなかでポーズしているのは、だれだろう？　ほんのこれっぽっちもヴァイオレットの感情を斟酌せず、この世に生まれてきて、彼女のほしいものを奪い、成果をめちゃくちゃにした腹黒い雌犬ではないか？　あるいは、ママの蒸しだんご嬢ちゃんか？　彼女は男を奪った女か、彼女の胎内から逃げ出した娘か？　石鹼と塩とひまし油で洗い出されて。おそらく、これほど暴力的な家におじ気づいたのだろう。もし堕胎に失敗したら、彼女がお母ちゃんの作った毒や、お母ちゃんの切羽つまったこぶしを物ともしなかったら、シティ中でいちばんすてきな髪型ができたことにも気づかないで。そんなことにはならないで、彼女は見知らぬ人の太った子供のひざのまわりをうろついた。店のウインドーや、太陽の光のなかにしばらく取り残された赤ん坊の乳母車のなかにいた。雌犬か蒸しだんごちゃんかは知らないが、彼女たち二人、母と娘は、いっしょにブロードウェイを歩き、いろんな服をためつすがめつ眺めることができたことには気づかないで。ヴァイオレットが髪をセットしている間、台所でいっしょに居心地よくすわっていることもできたのに。

「別のときなら」と彼女は、アリス・マンフレッドに言った。「別のときなら、彼女が好きになったかもしれない。ちょうどあなたが愛したように。ジョーが愛したように」彼女はコートの衿を合わせて、つまんでいた。女主人がそれをハンガーに吊して、裏を見たら困るからだった。

「たぶん」とアリスは言った。「たぶん。でも、いまじゃけっしてわからないでしょ？」

「彼女はきれいな人になると思ったわ。本当にきれいな。でも、きれいじゃなかった」

「充分きれいだった、とわたしは言いたいわ」

「あんたが言うのは、髪でしょ。肌のことでしょ」

「わたしの言う意味なんて、教えないでよ」

「じゃあ、何なの？　彼が彼女に見たものは何かしら？」

「恥ずかしいと思いなさい。あなたのような大人の女が、そんなこと訊くなんて」

「でも、知らなくちゃならないんです」

「じゃあ、知ってる人に訊きなさいよ。彼には毎日会ってるんでしょ」

「怒らないで」

「怒りたければ怒るわ」

「まあ、いいわ。でも、彼には訊きたくないんです。そのことで、彼が言わなくちゃならないことは聞きたくない。わたしが求めてることがわかるでしょ」

「あなたは許しを求めてるけど、わたしは、それを上げるわけにはいかないわ。わたしの力に余るもの」

「いいえ、そうじゃない。それは、ちがう。許しだなんて」

「じゃあ、何なの？　憐れっぽい顔をしないで。あなたが憐れっぽい顔をするのはがまんできないわ。聞こえてる？」

「わたしたち、わたしとあんたは、だいたい同じ頃の生まれでしょう」とヴァイオレットは言った。「わたしたち、わたしとあんたは女よ。本当のことを言って。わたしは大人で、こんなこと、知ってなくちゃならない、なんてことばっかり言わないで。知らないのよ。わたしは五十で、何も知らないわ。それがどうしたの？　彼といっしょにいるかって？　そうしたいと思うわ。そうしたい……ええと、いつもってわけじゃない……いまは、そうしたい。この人生のちょっとした幸運を味わいたいの」

「目をさましなさいよ。幸運か不運か知らないけど、あなたはどちらかをつかんだってこと。それだけよ」

「あんたにも、わからないんでしょ？」

「身の処し方がわかるほどには、わかってるわ」

「そうなの？　それだけなの？」

「それだけだって何が？」

「ああ、いやだ！　大人はどこにいるの？　それは、わたしたちのこと？」

「ああ、ママ」アリス・マンフレッドはうっかりこう言って、それから口を押さえた。

ヴァイオレットも同じことを考えていた。ママ、ママ？　それが行き着くところで、究極の目的地だろうか。人が愛されてないことを知り、その気になれば愛することのできるどんな人からも今後再び愛されることはないとわかる、木立のない、影になったところだろうか。話すこと以外、すべては終わっている場所だろうか。

そのとき、二人は互いに顔をそむけあった。長々と沈黙がつづき、ついにアリス・マンフレッドが言った。「そのコートをちょうだい。一分たりとも、その裏地を見てるのに耐えられないから」

ヴァイオレットは立ち上がってコートを脱ぎ、裂けた絹に引っ掛かった腕を注意して抜き出した。それから腰を下ろして、裁縫女が仕事をするのを眺めた。

「わたしに考えられるのは、彼がやったように、彼を裏切るってことだけだった」

「ばかね」とアリスは言って、糸を切った。

「それにわたしの生命がかかっているとしても、彼を非難できなかった」

「でも、彼はあなたを非難できるでしょ」

「非難させておけばいい」

「何が解決になると考えたの？」

ヴァイオレットは答えなかった。

「それが、ご主人の注意を惹くと考えたの？」

「いいえ」

「姪の墓をあばく？」

「いいえ」

「もう一度言わなくちゃいけない？」

「ばかな、って？　いいえ、いいえ。でも、言って、でなくて、聞いて。わたしがいっしょに育った人はみんな、家にいるわ。わたしたちには子供がないの。わたしにあるのは、彼だけ。彼だけなの」

「そうは見えないわ」とアリスは言った。彼女の針目は、目には見えなかった。

三月の終わり頃、ダギーのドラッグストアにすわって、ヴァイオレットはスプーンをもてあそびながら、その朝アリスを訪問したときのことを思い返していた。彼女は早く来た。朝の雑用をする時間なのに、ヴァイオレットは何もしていなかった。

「わたしが考えていたのとは、ちがったの」と彼女は言った。「ちがった」

ヴァイオレットが言いたかったのは、シティで暮らした二十年は完璧以上だったということだ。しかしアリスは、それがどういう意味か、訊いてはくれなかった。ちゃんと設計された街路のあるシティは、愚かなことをする以外、何をやっても遅すぎる嫉妬をひき起こしたかどうか、訊いてはくれなかった。または、娘と同じほど若い恋仇にたいするひねた哀悼の気持ちを生み出したのは、シティだったのかどうか。

彼女たちは娼婦や闘う女たちの話をしており、アリスはいらだち、ヴァイオレットは無関心だった。それから、沈黙が落ち、その間ヴァイオレットはお茶を飲んで、シューというアイロンの音に耳を傾けていた。このときには、女たちはお互いに気を遣わなくなっていたので、話が途切れても気まずくはなかった。アリスはアイロンをかけ、ヴァイオレットはそれを見守った。ときどき一人が、自分か相手にたいして、何かつぶやいた。

「わたし、それが好きだったけど」とヴァイオレットが言った。

アリスは微笑した。目を上げないでも、ヴァイオレットが糊のことを言っているとわかったからだ。「わたしも、よ」と彼女は言った。「夫は夢中だったわ」

「パリパリしたところかしら？　味が好きになるはずはないけど」

アリスは肩をすくめた。「体だけが知ってるのよ」

アイロンが濡れた布にシューッといった。ヴァイオレットは頬杖をついていた。「あんたは祖母のようなアイロンのかけ方をするわ。ヨークを最後にかけるから」

「そこが、一級のアイロンのかけ方かどうか、わかるところよ」

「ヨークからかける人もいるわ」

「そうしたら、またかけ直さなきゃならないでしょ。だらしのないアイロンのかけ方は大嫌い」

「そんな縫い方をどこで習ったの？」

「わたしたち子供を忙しくしておくためよ。空いている手のこと、わかるでしょ」

「わたしたちは棉を摘み、木を割り、畑を耕したわ。両手を組んでいるのがどういう感じか、一度も味わったことはないの。でも、ここの生活は、何もしないで、両手を眺めてるのに、いちばん近い状態だわ」

糊を食べ、いつヨークに取り組むかを選び、縫い、棉を摘み、炊事をし、木を割る。ヴァイオレットはこうしたことすべてについて考え、ため息をついた。「もっとすてきな生活になると思ってたのに。長続きはしないとわかってたけど、本当にもっとすてきになると思ってたわ」

アリスはもう一度、アイロンの柄に布を巻いた。「彼はまたやるわ。何度も何度も何度も」

「だったら、いま彼を放り出したほうがよさそうね」

「それから、どうするの？」

ヴァイオレットは首を振った。「床を眺めていると思うわ」

「あなたは本当のことが知りたい？」アリスは訊いた。「本当のことを教えてあげる。何か愛するものが残ってるでしょ。何か。それを愛するのよ」

ヴァイオレットは頭を上げた。「じゃあ、彼がもう一度やったときは？　世間の人たちが考えることは気にしないの？」

「あなたに残されているものを気になさいよ」

「あんたは、それを受け入れろって言うの？　闘わないの？」

アリスは、乱暴にアイロンをおいた。「何と闘うの？　だれと？　両親が焼け死ぬのを見た、育て方を誤った子供と？　このささやかなまとまりのない人生は、いかにちっぽけで早く過ぎ去ってしまうか、あなたや、わたしや、だれかより、だれがよくわかっていると言うの？　でなければ、たぶん、あなたは三人の子供があるのに一足の靴しかもってない人を踏みつけにしたいのね。ぼろぼろの服を着て、泥のなかにヘムを引きずっている人を。あなたみたいに武器をほしがっている人を。あなたはそこへ出かけて行って、彼女を捕まえたいんでしょうけど、彼女の服のヘムは泥で汚れている。そして、まわりで見ている人々は、だれかの眼がどうしてこれほど光がなくなるのか、理解できないでしょう。どうやって理解できる？　だれもあなたに受け入れろなんて言ってやしないわ。うまくやりなさい、って言ってるのよ、うまくやりなさい、って」

ヴァイオレットがじっと見つめているのに気づくには、しばらく時間がかかった。彼女の視線を追って、アリスはアイロンをもち上げたが、ヴァイオレットが見たものを見た。ヨークに煙を上げている黒い船の焦げ跡がはっきりついている。

「ちくしょう！」とアリスは叫んだ。「ああ、ちくしょう！」

ヴァイオレットのほうが、最初にほほえんだ。それから、アリスが。たちまち、二人はからだを揺すって、笑った。ヴァイオレットはトルーベルのことを思い出した。彼女は丸太小屋のたった一つの部屋に入ってくると、バンドを負かすくらい大笑いした。彼女たちは、床の上のストーヴさえなく、ブリキ缶の火の近くに、飢えて、いらいらして、二十日ネズミのように背中を丸めていた。トルーベルは彼らを眺め、笑ったために、彼らと同じ床の上までずるずるとからだがすべり落ちないよう、壁によりかからねばならなかった。彼女たちは、トルーベルを憎むべきだった。床から立ち上がって、彼女を憎むべきだった。しかし、彼女たちが感じたのは、ずっといいものだった。負けたのでも、失われたのでもない。ずっといいものだった。彼女たちも笑った。ローズ・ディアさえ頭を振って、ほほえんだ。すると、突然、さかさまだった世界がまともになった。そのとき、ヴァイオレットはこの瞬間まで忘れていたことを学んだ。つまり、笑いはまじめだということを。涙より複雑で、もっとまじめだということを。

からだを折り、肩を震わせながら、ヴァイオレットは葬儀のとき、自分がどう見えたか、自分の使命は何か、について考えた。とにかく遅すぎるけれど、ナイフをもてあそびながら、何かブルース的で、粋なことをしようとしている自分の姿……彼女は咳が出るほど笑い、アリスは二人のために、心を鎮めるお茶をいれなければならなかった。

ヴァイオレットはお尻に肉をつけようと懸命になっていたが、残ったモルトは水っぽく、生温かく、気の抜けた味がして、飲めなかった。それで、コートのボタンをかけ、ドラッグストアを出た。そして、もう一人のヴァイオレットが気づいたのと同じ瞬間に、春が来ていることに気がついた。シティに。

シティに春が来ると、人々は路上でお互いに気づくようになる。通路や、テーブルや、下着を洗う空間を分かちあう見知らぬ人間に気がつく。同じドアから出たり入ったり、入ったり出たりしながら、彼らは把手に手を触れる。電車や公園のベンチでは、何百人もの人間がすわった座席に腿を載せる。掌に落ちた銅貨は、子供たちが呑み込み、ジプシーが本物かどうか試験するが、それでもお金にちがいはなく、人々はそれにほほえむ。春は、どの季節にもましてシティが矛盾したことを勧める季節だ。全然食欲がないのに、街頭の食べ物を買えと言い、自分一人が占領する一人部屋の味を味わわせながら、街路ですれちがっただれかといっしょに住みたいという憧れを植えつける。本当のところは矛盾はない――むしろ、条件にすぎない。技巧に長《た》けたシティにできる事柄の範囲なのだ。太陽に照らされて熱くなる煉瓦を負かすものは何か？　日覆いの再登場だ。馬の背からも毛布を外す。コールタールは踵の下で柔らかくなり、橋の下の闇は陰気な暗さから涼しい蔭に変わる。木々の葉が出揃うと、小雨のあとの木の枝は、若いもじゃもじゃの毛をもてあそぶ濡れた指に似てくる。自動車は、靄《もや》でくもったヘッドライトの後ろをすべる漆黒の箱になる。サテン模様の歩道では、肩が最初に動いていく。頭の頂きは、雨滴という軽い鹿弾をよける盾の角度に傾いている。窓辺にちらと見た子供たちの顔は泣いているように見えるが、泣き顔に見せているのは、雨滴が伝う窓ガラスだ。

一九二六年の春、ある雨の日の午後、レノックス街のあるアパートの横の小路を通り抜ける人は、上を見上げて、子供ではなく大人の男が、窓ガラスのところで泣いているのを見ただろう。大の男がこれほど大っぴらに泣いているとは、めったに見られない奇妙な情景だ。これはふつう、男のすることではない。奇妙ながら、人々はついに彼の様子に慣れてきた。来る月も来る月も彼は、最初は雪のなか、のちには陽光に照らされたポーチや見晴らしのよくない窓辺にすわり、技術者の赤いハンカチで顔や鼻を拭く。ヴァイオレットがこうしたハンカチを洗ってアイロンをかけたのは、頭は狂い、ぼろをまとってはいたけれど、汚れた洗濯物に耐えられなかったからだろうとわたしは思う。しかし、死んだ娘を殺そうとし、夫に清潔なハンカチをもたせることより他に、ヴァイオレットが何をやらかすか見ようと待ちかまえていることに、みんなは疲れてきた。わたしの意見では、ある日、彼女はそのハンカチを積み重ね、化粧テーブルのところへもって行き、引き出しのなかにたくしこんでから、マッチ棒で彼の髪に火をつけるだろうと思う。彼女はそんなことはしなかったが、たぶんそのほうが、彼女がしたことよりいいのではなかろうか。それをするつもりか、するつもりじゃなかったのか、彼女は夫にこの過程をもう一度繰り返させた——春に。春には他のどの季節より、都会生活は街頭生活だということがはっきりする。盲人は、歩道を着実に一インチずつ歩きながら、柔らかい大気のなかで楽器をつまびき、ハミングする。彼らは、ブロックの真ん中に陣取り、六弦のギターを弾く年寄りの伯父さんたちのそばには近寄らないし、競おうとも思わない。

ブルースを奏でる男。黒人のブルース歌手。黒人だから憂鬱な男。

だれもが、あなたの名前を知っている。

どこへどうして彼女は行ったかと訊く男。あんまりさびしくて死にたい男。

だれもが、あなたの名前を知っている。

歌手はすぐ目に入る。歩道の真ん中の果物の木箱にすわっているからだ。義足の足は居心地よく伸ばされ、本物の足がギターの重みを支え、拍子を取っている。おそらくジョーは、その歌は自分を歌っていると考えるだろう。そう信じるのが好きなのだ。わたしは、彼をよく知っている。他のだれも注意を払わない小動物に餌をやっているところを見たが、わたしはけっしてだまされない。アパートの建物を出るときの彼の帽子の直し方を覚えている。いかに帽子を前に引き下げ、ほんの少し左に傾けるかを。かがんで一山の馬糞をどけようが、イカしたホテルへお出ましになろうが、帽子はそうでなくてはいけない。正確に言うとかしいでいる程度ではなく、はっきりと傾けてかぶるのだと言えよう。スーツの上着の下に着たセーターは、みんなきちんとボタンがかけてあるが、ものの考え方はちがう――ちょっとだらしがないことを、わたしは知っている。彼は、街角でぶらぶらしているプレイボーイたちに目を走らせる。彼らのもっているもので、彼のほしいものがあるからだ。彼のクレオパトラのケースには、男が買いたくなるものはほとんどない――ひげそりあとのパウダーの他には。ほとんどが女性のものだ。女なら話しかけ、見させ、軽口をたたかせることができる。その他に何を考えているのか、いったいだれにわかろう？　女が好意の表れ以上のまなざしを送ったとしても、プレイボーイたちの見守る目のほうが、女の目よりずっと楽しい。

でなければ、まず第一に、彼は誠実であることを残念に思っているのだろう。そして、この美徳が認められず、だれも飛び上がってお祝いを言わないとなれば、彼の自己憐憫は怒りに変わる。この怒りの意味を理解するのに彼は苦労するが、街角に立っている、光り輝く残忍な若い族長に焦点を当てるのはやさしい。用心しなさい。五十歳の誠実な男に用心しなさい。彼は一度も他の女と面倒を起こしたことはなく、その若い娘を選んで愛したので、自分は自由だと思っているからだ。だが、パンを分かち、一匹の魚で世界中の人々を養うほど自由ではない。戦死者を蘇らせるほど自由ではないが、何か途方もないことをやるだけの自由はある。

わたしの言葉を信じなさい。彼は決まった道に縛られている。それは、ブルーバード社のレコード針が溝を回転するように、彼を引き寄せ、街なかをぐるぐる歩き回らせる。こうしてシティは、人を回転させるのだ。その人にシティのしたいことをさせ、設計された道路が命じるところへ行かせる。その間中、その人に自分は自由だ、茂みに飛び込むことができるのは、そうしたいからだと思わせる。ここには、茂みはない。もし刈った芝生の上を歩いてもよければ、シティはそう知らせるだろう。人はシティが敷いた道から外れることはできない。何が起ころうと、金持ちになろうが、貧乏のままだろうが、健康を害そうが、老年まで生きようが、人はいつも出発点に帰ってくる。みんなが手に入れそこなった一つのものを飢えたように求めて――若くて愛することができるもの。

それはドーカスだった。その通り。若いが賢い。彼女はジョー一人の甘いものだった――キャンディーのように。最上のものだった。もし若くて、シティに着いたばかりであれば。それと、クラリネット。それらさえ甘草の茎と呼ばれた。しかし、ジョーは二十年シティにいて、もう若くはない。わたしは、彼を十六歳あたりで発育が止まった男の一人だと想像している。内面のことだ。だから、セーターの前身頃のボタンを全部かけ、先の丸い靴をはいていても、彼はがきで、新芽に等しく、いまだにキャンディーを見ると口元をほころばせる。彼はあのペパーミントのキャンディーを一日中つづかせたいと思い、他のみんなも同じように考えていると思う。だから、道路の縁石のところでおどけているジスタンの息子にそれを差し出す。だが、男の子たちは、むしろチョコレートか、ピーナッツの入ったもののほうがいいと考えていることが、あきらかに見てとれる。ジョーについては考えてしまう。これらのすべてのいいものを彼はウインダミア・ホテルで買い、情事のために借りた部屋代とほとんど同額を、気の抜けたねばねばするペパーミントに払うのだ。彼のひそかなキャンディーの箱が彼のために開かれる部屋と同額を。ネズミ。この件があのように終わったことにふしぎはない。しかし、ああなる必要はなかった。もし彼が、スタックやジスタンや関心をもつかもしれない隣人たちに話すことができるほど長く、あの小さなすばやい生きものを追跡してまわるのをやめたとしたら、この件がどうなったか、いったいだれが知ろう？

「これは、他の男に話すような事柄ではない。たいていの男は、自分がひそかにはじめたものについて、互いに話しあいたくて待ちきれないことを、ぼくは知っている。自分のやったことをみんなに知らせたいのだ。男たちがそれを吹聴するのは、女はそれほど重要じゃないし、彼女について他の連中が何と言おうとかまわないからだ。せいぜいぼくがした最大のことはと言えば、マルヴォンヌに中途まで話したことで、そうしないわけにはいかなかった。だが、他の男に話すのは？　だめだ。とにかく、ジスタンならただ笑って、聞こえないところへ行こうとするだろう。スタックは自分の足を見つめ、ぼくがまずい状態になっていると誓って言い、それを直すには、どのくらいの量の精力剤が要るか、話してくれるだろう。どちらの男にも、彼女のことは話したくない。それはたぶん、親密な友達か、以前から、たとえばヴィクトリのようにずっと前から知っている人間をのぞけば、人に語ることではない。しかし、たとえその機会があったとしても、彼に話せたとは思えないし、もしヴィクトリに話せなかったのなら、それは自分にも話せないからで、そのわけは、それについて全部を知ってはいないからだ。ぼくの知ってることは、彼女がキャンディーを買うところを見た、すべてが甘かったということだけ。キャンディーだけではなく——その件全体とその構図が。キャンディーは、なめ、吸い、それから、呑み込んで、なくなってしまうものだ。いや。これは、それとは違うものだった。青い水や、白い花や、大気中の砂糖のほうに似ていたが。ぼくは、そこにいる必要があった。そこでは、すべてがほどよく混じりあい、それがあったところに、ドーカスがいた。

ぼくが例のアパートに行ったとき、ドラッグストアで見た子の名前は知らなかった。その上、ちょうどそのとき、ぼくは彼女の顔のことを考えてはいなかった。しかし、彼女がドアを開けてくれ、ぼくのために手で押さえていてくれた。パウンドケーキと、ソースをかけたチキンの匂いがした。女たちが集まっていて、ぼくはもっているものを彼女たちに見せた。その間彼女たちは笑い、女たちがよくすることをした。つまり、ぼくの上着から糸くずをはじいてくれ、ぼくの肩を押さえてすわらせた。それは、繕ったり、修理が必要だと考えるものを直したりする女たちのやり方だった。

彼女はぼくのほうを見もしなければ、何か言いもしなかった。しかし、ぼくは終始彼女がどこに、どういうふうに立っているかを知っていた。彼女は客間の椅子の背に腰を載せていた。女たちは、ぼくの態度を改めさせ、冗談を言うために、食堂からぞろぞろ出てくるところだった。そのとき、だれかが彼女の名前を呼んだ。ドーカス、と。すると、もう他のことはあまり耳に入らなくなったが、そこにとどまって、すべての商品を見せた。微笑して、売りはせず、彼女たちが自分を売り込むのに任せていた。

ぼくは信用を売る。物事をやりやすくする。それが最良の方法だから。けっして強引にはやらない。ウインダミア・ホテルで食堂の給仕をしていたときのように、ぼくはそこにいるが、必要とされるときだけだ。または、客室係をやっていたとき、コーヒーのように見せかけ、ウイスキーを隠して持っていった。人がぼくを必要とするときに、時間きっかりに、そこにいる。何かの酒をグラス四杯飲みたいのだが、四回頼みたくないという女性の用もつとめなければならなかった。だから、ぼくは彼女のグラスが三分の二減るまで待って、もう一度上まで満たしてやる。このようにして、彼女はグラス一杯しか飲まないけれど、男が四杯分払っていた。秘密の金は、二度ささやく。ぼくがそれを自分のポケットにすべりこませるときと、それがすべり出てくるときだ。

ぼくは待つ覚悟ができていた。彼女がぼくを無視しても待つ覚悟が。ぼくには計画はなかったし、あったとしても、うまくいかなかっただろう。ぼくは、強いレモンの味付けと、白粉と、あのうっすらとした女の汗のせいだと思うが、もうろうとして目がくらみそうだった。塩辛い汗。男の汗のように苦くはない。ぼくは今日の日まで、帰るときドアのところで彼女と話す勇気を与えたのは何だったのか、いまだにわからない。

ぼくは、人々の噂を思い出すことはできる。ぼくがヴァイオレットをお気にいりの家具のように扱った、ということ。それには、毎日家具をしっかりと、まっすぐ立てておく何かが必要だが、ぼくにはわからない。しかし、ヴィクトリ以来、ぼくはだれともあんまり親密になったことはない。ジスタンとスタックは親しいが、生まれたときから知っていて、いっしょに大人になった人間ほどじゃない。ヴィクトリなら、どんな気持ちか話しただろう。ジスタンとスタックにたいしては、彼らに言ったことが何であろうと、近いものにはなるが本当の感じにはならない。ぼくは、ドーカス以外だれとも話すことはできなかった。ぼくは彼女に、自分にも話したことのない事柄を話した。彼女といると、ぼくは新鮮になり、もう一度新しくなった。彼女に会う前、ぼくは七回生まれ変わった。最初のときは、自分に名前をつけたときだ。ぼくに名前をつけてくれた人はいなかったし、どんな名前になり得るか、なるべきか、だれも知らなかったからだ。

ぼくは、一八七三年に、ヴァージニア州のヴェスパー・カウンティに生まれ、そこで育った。ヴィエナと呼ばれる小さなところだった。ローダとフランク・ウイリアムズがすぐぼくを引き取り、六人の自分たちの子供といっしょに育ててくれた。ミセス・ローダがぼくを引き取ってくれたとき、彼女の末っ子は生後三ヵ月だった。それで、ぼくと彼とは、これまで見たことのある多くの兄弟より親密になった。彼の名はヴィクトリと言った。ヴィクトリ・ウイリアムズ。ミセス・ローダは彼女の父親の名を取って、ジョーゼフと名づけてくれたが、彼女もミスター・フランクもぼくに苗字を与えることを思いつかなかった。彼女は一度もぼくが実子であるふりはしなかった。雑用や好意を分配するときは、よくこう言った。『おまえは、本当にわたしの子みたいね』その〝みたい〟を聞いて、ぼくは、実の親はどこにいるのか訊きたくなったのだと思う――ぼくは、まだ三つにもなっていなかった。彼女は肩越しにぼくを見て、この上なくやさしい微笑を浮かべたが、なんとなく悲しそうにこう言った。『ああ、二人は跡形《トレイス》もなく消えちゃったのよ』そのとき聞いた感じでは、跡形もなく消えた〝跡形〟とはぼくのことのような気がした。

学校に行った最初の日、ぼくには二つの名前が要った。それでぼくは、教師にジョーゼフ・トレイスだと言った。ヴィクトリは座席にすわったまま、ぐるりと後ろを向いた。

『どうして、あんなこと言ったんだ?』と彼は訊いた。

『わからないよ』とぼくは言った。『そのわけはね』

『ママが怒るぞ。パパも』

ぼくらは、外の校庭にいた。そこは泥を踏み固めたすてきなところだったが、釘やいろんなものが落ちていた。二人とも、はだしだった。ぼくは、足の裏に刺さったガラスの破片を取ろうと一生懸命だった。だから、目を上げて、彼の顔を見ないですんだ。『いや、怒ったりしないさ』とぼくは言った。『きみのママはぼくのママじゃないもの』

『きみのママじゃないって言うんなら、いったいだれがそうなんだ？』

『別の女さ。帰ってくるよ。ぼくを連れに帰ってくるさ。ぼくのパパもだよ』ぼくが意識してそういうふうに考えたり願ったりしたのは、それがはじめてだった。

ヴィクトリは言った。『二人はどこにきみを置き去りにしたか、知ってるよ。だから、ぼくんちにやってくるよ。きみがウイリアムズ家にいると知ってるからね』彼は、おかしいほど関節が自由に動く姉のまねをして歩こうとしていた。彼女はそれが上手で、ひどく自慢していたので、ヴィクトリは機会があるたびにその練習をしていた。ぼくは目の前の土の上に彼の影法師が映っていたのを覚えている。『みんな、きみがウイリアムズ家にいるのを知ってるんだぜ。だから、きみは自分をウイリアムズって言わなくちゃいけないんだ』

ぼくは、こう言った。『人はぼくを区別しなくちゃならない。きみたちみんな、みんなから、ぼくを区別しなくちゃならない。ぼくは、トレイスさ。彼らが行ってしまったとき、もってかなかったものさ』

『それ、まったくひどいと思わないか？』

ヴィクトリはぼくを笑い、腕をぼくの首にまわして、ぼくを地面にねじり倒した。ガラスのかけらがどうなったかは覚えていない。一度も取り出せなかったから。ぼくを探しにきてくれた人もいなかった。自分のパパもけっしてわからなかった。母も、そうだな、ぼくは、ホテルの食堂で一人の女性がまったく人を面くらわせる話をしてるのを聞いたことがある。ぼくがコーヒーを注いでいるとき、彼女は他の二人の女に話していた。『わたしは、子供たちにとっては悪い母親みたい』と彼女は言った。『そのつもりじゃないんだけど、わたしのなかの何かがそうさせるのね。わたしはいい母親だけど、子供たちはわたしから離れたほうが幸せなの。わたしのそばにいるかぎり、あの子たちには何もいいことないんですもの。出て行った子は花開いて、残った子はつらい目に会ってるような気がするの。それを知って、わたしがどんな苦しい思いをしてるか、わかるでしょ？』

ぼくは、そっとその女《ひと》を見なくちゃならなかった。それを言うのは勇気が要ったはずだ。それは、認めろよ。

第二の変化は、ぼくが選ばれて男になる訓練を受けていたときのことだ。独立して、何であろうと自分で食っていくために。ぼくは、パパがいなくても寂しいとは思わなかった。第一に、ミスター・フランクがいてくれたから。岩のようにがっしりとして、子供たちの間ではぜったいにえこひいきしなかった。だが、大きな転機になったのは、ヴェスパー・カウンティの最上の男から、いっしょに狩りに行くよう選ばれたことだった。ヴィクトリもだ。自慢話ができるように。彼はカウンティ中の最上の男で、ぼくとヴィクトリを選んで、いっしょに狩りをして、教えてくれることになった。彼は狩りがとってもうまいので、おもしろ半分にライフルかついでるだけだって、みんな言ってたよ。彼は獲物の行動をずっと前から知っていたし、蛇のだまし方、小枝を曲げ、紐を使って兎やマーモットを獲る方法、水禽には逆らえない音の立て方を知っていた。白人のやつらは、彼を呪医だと言っていたが、ずばぬけて利口だと言わなくてすむからだよ。狩人中の狩人《ハンターズ・ハンター》、それが彼だった。ずばぬけて、利口だった。ぼくが生涯の教訓にしていることを二つ、教えてくれた。一つは、白人の親切の秘訣で、彼らは、まず憐れまなくちゃあるものを好きになれないんだとさ。もう一つは――そうだな、忘れたよ。

町より森のなかにいるほうが居心地よく感じられるようになったのは、彼と、彼の教訓のおかげだよ。どこか周りに垣根や手摺りがあると、ぼくはいらいらしてくる。みんなは、ぼくをぜったいに都会を自分のものにすることはできない人間だと考えていた。何階もの建物？　セメントの道？　ぼくが？　ぼくはちがう、ってね。

一八九三年は、三度目にぼくが変わった年だった。あれは、ヴィエナが焼け落ちた年だ。KKKの白いシーツがやり終えるのに長い年月を要したことを、赤い火がたちまちやってのけた。あらゆる行ないを取り消し、すべての畑を空にして、ぼくたちを住居からあんまり早く追い出してしまったので、ぼくらはカウンティの一部から別のところへ――または、どこにも行き場所がなく――走りまわっていた。ぼくは歩いては働き、働いては歩いた。

ぼくとヴィクトリは。パリスタインまで十五マイルを。そこで、ぼくはヴァイオレットに会った。ぼくらは結婚して、ティレルの近くのハーロン・リックスの農場に落ち着いた。彼はカウンティ中で最悪の土地をもっていた。ヴァイオレットとぼくは、二年間彼の作物のために働いた。土地が疲弊してしまい、岩が最大の収穫になったとき、ぼくらは射ち落としたものを食べた。それから、リックス老人はもうたくさんだと言って、ぼくらの借金といっしょに、クレイトン・ビードという男に農場を売った。彼のもとで、借金は百八十ドルから八百ドルに増えた。利息だよ、と彼は言った。それに、きみらが万屋《よろずや》から買った肥料や品物――彼が支払いをしたもの――の値段が上がったのでね、と彼は言った。ヴァイオレットはぼくらの農場の世話をした上で、彼の農場も耕さなければならず、他方ぼくはベアからクロスランド、そこからゴウシェンへ働きに行かなければならなかった。ときには松を伐り倒し、たいていのときは製材所で働いた。五年かかったが、ぼくらはそれをやり終えた。

それから、サザン・スカイの鉄道を敷く仕事に就いた。ぼくは二十八歳で、いまでは変化に慣れていた。それで一九〇一年、ブッカー・Tが大統領の家でサンドイッチを食べていたとき、ぼくはもう一度やり直せるほど大胆になって、土地を買おうと決心した。ばかみたいに、やつらが土地をもたせてくれると思ったんだ。ところがやつらは、ぼくが見たことも署名したこともない二枚の書類をつけて、ぼくらを追い出した。

そこで、妻をロームに連れていった一九〇六年、ぼくは四度目に変わった。ロームは彼女が生まれたところに近い駅で、そこから北行きのサザン・スカイに乗ることができた。彼らは、ジム・クロウ法を守るため、五回、四つの車両にぼくらを移動させた。

ぼくらは、テンダーロイン地区の安アパートに住んだ。ヴァイオレットはメイドになり、ぼくは白人の靴の皮から葉巻まであらゆる仕事をやった。葉巻作りの部屋では、ぼくらが煙草を巻いている間、やつらが本を読んでくれた。ぼくは、食堂のウェイターの仕事が見つかるまで、昼間は便所の掃除をして、夜は魚を洗った。そして、悪臭のするマルベリ通りとリトル・アフリカを出て、それから西五十三丁目の肉を食うネズミの住み家を出て、もっと北に引っ越したとき、ぼくは第五の自分、恒久的な自分に落ち着いたのだと思った。

その頃には、豚や雌牛はみんな姿を消していた。そして、かつては小さなバラックの農場だったところが、どこにもなくなり、ぼくが買おうと思った土地の大きさに近いところには、もっともっとたくさんの家ができていた。昔は黒人がその辺を歩いているだけで、撃たれたものさ。彼らは長屋と、大きな裏庭と野菜畑つきの一戸建ての家を建てていた。それから、ちょうど戦争の前、いくつかのブロック全体が黒人用の貸家になった。すばらしい。ダウンタウンとはちがう。これらの家には部屋が五つか六つあり、十部屋あるものもあった。もし一カ月に五十ドルか六十ドルひねりだすことができたら、そんな家をもつことができた。ぼくらが百四十丁目からレノックス街のもっと大きい家に引っ越したとき、ぼくらを締め出そうとしたのは、肌の色の薄い家主たちだった。ぼくとヴァイオレットは、彼らが白人であるかのように闘った。そして、勝った。その頃、不況が見舞って、白人地主も黒人地主も高い家賃を払う黒人を取り合った。ぼくらには好都合だった。ぼくらのうちの何人かは二部屋を又貸ししていたとはいえ、ぼくらは五部屋に住むことができたからだ。その建物は、写真で見るお城みたいだった。そして、ぼくらは最初からみんなの汚れものの掃除をしてきたので、だれよりも家をきれいにする仕方を知っていた。ぼくたち、ぼくとヴァイオレットは、鳥や植物をいたるところにおいた。ぼくは、肥料にしようと自分で街路の馬糞を拾ってきた。それから、正面の外側もかならず内側と同じように清潔にした。その頃には、ホテルの仕事をしていた。レストランの給仕より有利だった。ホテルのほうがチップをもらう場合が多かったからだ。給料は少なかったけど、ぼくの掌に落ちるチップは十一月のペカンの実より早かったね。

またまた家賃が値上げされて、店が住宅地の牛肉の値段を二倍に釣り上げ、白人の肉の値段は据え置きにしたとき、ぼくは近所で売るクレオパトラ化粧品の訪問販売という小さな副職を見つけた。ヴァイオレットは日雇いの仕事をやめて髪の美容だけしたりして、ぼくらはうまくやっていた。

それから、一九一七年の長い夏が来た。あの白人たちがぼくの頭のまわりからあのパイプをどけたあと、ぼくはたしかに、ぴかぴかに新しくなった。やつらは、もう少しでぼくを殺すところだった。たくさんの人々といっしょに。心ある白人が一人いて、そのときその場でぼくの息の根をとめようとする他の連中をとめてくれたからさ。

何が暴動の原因だったのか、はっきりとはわからない。新聞に書かれている通りかもしれないし、いっしょに働いていたウェイターの言う通りかも、またはジスタンの言う通りかもしれない——彼が言うには、一人の黒人を生きたまま焼き殺すのを見に来いと白人に招待状を送ったパーティのせいだという。何千人もの白人がやって来た、とジスタンは言った。ジスタンは、それがみんなの胸にあったから、その殺しが暴動を起こしたのでなかったとしても、何か他のことが起こしたはずだ、と言う。彼らは戦争中、働かせるために黒人の大群を連れてきていた。南部の貧乏白人は怒っていた。黒人が出て行くからさ。そして、北部の貧乏白人も怒っていた。黒人がやって来るからだよ。

ぼくは、これまでいろんなことを見てきた。ヴァージニアで。義理の兄弟の二人だ。ひどい怪我だった。ひどい。ミセス・ローダはそのため死にそうになった。女の子もいた。クロスランドのそばの親戚を訪ねていたところだった。ほんの少女だぜ。とにかく、ここでは、もし一人が何かやらかすと、百人がいっしょになって何かやらかすんだよ。

ぼくは何人かの小さい少年たちが通りを走っているのを見た。一人がころんで、すぐには起き上がることができなかった。それで、ぼくは彼のところへ走り寄った。それが、はじまりだった。暴動はぼくなしではじまって、その間ぼくとヴァイオレットは、ぼくの頭の手当てをしていた。だが、ぼくは生きのびた。たぶんそれで、二年後の一九一九年、ぼくは七回目に変わったのだろうと思う。その年、ぼくは三六九連隊といっしょに、全部を、全行程のいまいましい一歩一歩を歩き通したのだ。通りで踊った記憶はないが、みんなが踊った一度だけは覚えている。そのときの変化が最後だと思ったが、たしかにあれが最高だった。戦争がはじまって、終わり、戦争を戦った黒人の三六九連隊があんまり誇らしかったので、ぼくの心臓は二つに裂けそうだった。ジスタンが別のホテルの仕事を見つけてくれた。そこでは、折り畳んだ紙幣でチップをくれるときのほうが、貨幣のときより多かった。ぼくは確実に成功した。一九二五年には、ぼくらはみんな成功した。それから、ヴァイオレットが腕に人形を抱いて寝はじめた。遅すぎた。多少は気持ちがわかったけど。多少はね。

ぼくを誤解しないでくれ。これは、ヴァイオレットのせいではなかったのだから。みんな、ぼくのせいだ。みんな。ぼくは、自分があの娘にしたことをけっして克服できないだろう。けっして。ぼくは、あんまり変わりすぎた。あんまりたびたび自分を新しくしすぎたのだ。生涯を通じてぼくは新しい黒人だったと、言いたければ言ってもいい。だが、ぼくの変化の一つではなく、ぼくが生きてきたすべて、見てきたすべてが、彼女のためにぼくを準備してくれた。ドーカスのために。昔ぼくが二十歳でパリスタインにいたとき、胡桃の木の下ではじめて欲望を満足させたじゃないかと、きみは思うだろうね。

ぼくとヴァイオレットが田舎を出てきたときは、みんながびっくりした。シティは人をさびしくする、とみんなは言ったけど、ぼくはこれまで最高の森の住人に訓練されたから、さびしさなんて、ぼくに近づくことのできないものだった。くそっ。山だしの若者、田舎者さ。十八歳の娘が、人形と寝ている妻をもつ大人の男にけしかけることのできるものを、どうしてぼくに予想できただろう？　十五マイル四方に人間が一人もいない森のなかで、または、仲間としては生き餌のほか何もない川辺で、ぼくが一度も想像できなかったようなさびしさを知らせてくれたのだ。彼女の蜜を味わうまでは、あらゆるものの甘美な側を一度も味わったことがない、ということを確信させてくれた。蛇は最後に脱皮する前は、しばらく目が見えなくなる、という話じゃないか」

「彼女は長い髪と痛んだ肌をしていた。一日に二回、一クオートの水を飲めば、すぐきれいになるだろう。彼女の肌のことだ。でも、ぼくはそう言わなかった。あんなふうなのが好きだったから。彼女のほお骨の下に群がった小さな半月のような、かすかな蹄の痕のようなものが。そこと、彼女の額に。ぼくは、彼女が買えと言った品物を買ってやったが、全然効果がないのを喜んだ。ぼくの小さな蹄の痕を取り去ると言うのかい？　全然跡を残さないで、ぼくの許を立ち去ると言うのかい？　この世でただ一ついちばんいいことは、臭跡を見つけて、それにしがみついていることだ。ぼくはヴァージニアで、母親のあとを追ったことがある。そして、まっすぐ彼女のもとへたどりついた。今度は町から町へドーカスのあとを追った。ぼくは、そのことでは努力する必要さえなかった。考える必要さえなかった。臭跡が話しかけるときには、何か他のものがその肩代わりをするが、非常に強い徴候を送り出すので、ほとんど見る必要さえない。もし臭跡が話しかけなければ、人は椅子から立ち上がって、二、三箱の紙煙草を買いに行き、五セント白銅貨をポケットに入れて、ただ歩きはじめ、それから走り出し、終わりにはスタテン・アイランドのどこかに迷い込み、どこにいるのかまったくわからなくなって、いら立ち、ひょっとしたらここは、ロング・アイランドかもしれないなと叫び出すだろう。しかし、もし臭跡が話しかければ、行く道を何が邪魔していようと、人でいっぱいの部屋に入って、彼女の心臓に銃を突きつけているだろう。それが、その人なしでは生きていけない人の心臓であろうと、かまいはしない。

ぼくは、そこにいたかった。銃がパンと鳴り、ぼく以外そこにいる人々のだれも銃声を聞かなかった。だからこそ、群衆は、どことなく似ているワキアカツグミの群れのように散らないで、そこに押しあいへしあい留まって、ダンスと音楽の熱気にいっしょに縛られ、動けなくなっていたのだ。音楽が彼らを放そうとしないからだ。ぼくは、そこに留まっていたかった。そして、彼女が倒れて、怪我をする前に抱きとめてやりたかった。

ぼくは、臭跡を探してはいなかった。臭跡のほうがぼくを探しており、最初それが話しはじめたとき、ぼくにはその声が聞こえなかった。ぼくは、とりとめもなく歩いていた。シティ中を歩きまわった。銃をもってはいたが、それは銃ではない——きみに触れたがっている手だった。五日間とりとめもなく歩いていた。最初に百三十一丁目の〈ハイファッション〉に行った。火曜日にはきみが髪のセットの予約を入れていると思ったからだ。毎月最初の火曜だった。だが、きみはいなかった。何人かの女が、セイレム・バプティスト教会の魚のディナーをもって入ってきた。そして、盲目の双子が店のなかでギターを演奏していた。本当にきみの言う通りだった——双子のうちの一人だけが盲人だった。もう一人はただ計画通りにやってるだけだった。ひょっとしたら、双子どころか、兄弟でさえないかもしれない。ちょっとした余分の変化を求めて、彼らのママがでっちあげたことなのだろう。だが、彼らはよく演奏する福音曲《ゴスペル》ではなく、何かうら悲しい曲を演奏していた。魚のディナーを売っていた女たちは顔をしかめて、彼らの母親の悪口を言ったが、双子には一言も言わなかった。彼女たちはそれを聞いて楽しんでいたことが、ぼくにはわかった。いちばん声の大きい女の一人は、足で拍子をとっていて、ほとんど歯を吸うこともしなかったからだ。ぼくには、全然注意を払わなかった。その日、きみは予約してなかった、ということを教えてもらうのに、しばらく時間がかかった。ミニーは、きみは土曜日にタッチアップをした、と言った。タッチアップを彼女はなんと非難していたことか。全体を染めれば一ドル二十五セントなのに、タッチアップは五十セントだからというだけではなく、それが髪を痛めるからだ。染料の上を熱するのが、何よりもひどく髪を痛めるのだ、と彼女は言った。もちろん、全然熱しなければ、話は別よ。きみは何のためにタッチアップをしたのだろうか。ぼくが最初に考えたのは、そういうことだった。先週の土曜日？　きみは、シャイローで歌うためにコーラスといっしょにブルックリンに出かけるつもりだ、だから朝九時に出なければならず、夜まで帰ってこない、それが理由だ、とぼくに言った。それから、きみは前回のブルックリン行きをサボった、それを伯母さんが発見したので、今回は行かなければならない、そういうわけなの、と言った。だから、ぼくはヴァイオレットが出かけるのを待って、マルヴォンヌのアパートの鍵を開けなくてもいい。その必要はない、と。だが、先週の土曜日、どうしてきみは出発前にタッチアップをして、それでなお九時までに駅に行くことができたのか。おまけにミニーは、土曜にはお昼前に店を開けることは一度もないじゃないか。彼女は真夜中まで営業して、みんなを日曜のためにきれいにしてあげねばならないからだ。そして、きみは火曜日のいつもの予約をする必要はなかったのだね？　ぼくは、自分の心のなかの暗い疑念を忘れようとした。盲人の双子が演奏しているうら悲しい音楽がその原因ではないかどうか、はっきりしなかったからだ。そんなことがよくあるからね、ある種のギターの演奏には。クラリネットのようではなくて、ひそやかなものがある。その歌がクラリネットから出てきたら、ぼくにはすぐわかっただろう。だが、ギターは――ぼくを混乱させ、自分を疑わせ、ぼくは臭跡を失った。家に帰ったけれど、翌日までそれが見つからなかった。その日、マルヴォンヌがぼくを見て、手で口をおおった。だが、彼女は目を閉じることはできなかった。だから、そこから笑いが飛び出してきた。

きみが言ったことは本気じゃないってことはわかっている。きみを見つけだして、もう一度ぼくらの部屋に来てもらったあとでは。きみが言ったことは本気じゃないってことは、わかってる。でも、それで傷ついた。次の日ぼくは、病気になるほどそれについて悩みながら、凍りそうになってポーチの上に立っていた。そこにはだれもいなくて、マルヴォンヌだけがあたりの氷の上に灰を撒いていた。ぼくは通りを隔てて、三人のプレイボーイたちが鉄の手摺りに寄りかかっているのを見た。華氏三十度。朝は十度もなかっただろう。それなのに彼らは人工皮革のように輝いていた。なめらかに。二十歳か、二十二歳くらいだ。若い。それが、きみのシティだ。一人はスパッツをはき、一人はネクタイと同じ色のハンカチをポケットからのぞかせていた。コートを背中にひっかけて。彼らはそこに寄りかかって、笑ったりなんかしていた。それから、頭を寄せあわせ、指を鳴らしながら、からだを前に傾けて、小さな声で歌いはじめた。シティの男たち。ぼくの言うことはわかるだろ。外界から遮断され、自分たちだけになって。賢く、若い雄鶏たち。何一つする必要はなく——ひよっこがそばを通って、彼らを見つけるのを待っているだけ。ベルトつきの上着にネクタイと同じ色のハンカチ。マルヴォンヌは彼らの前で口を手でおおうと、きみは考えるだろうか。あるいは、木曜日に自分の家を使わせるために雄鶏たちに前金を払わせるだろうか。そんなことは、一度も起こらなかっただろう。雄鶏はマルヴォンヌなんか必要じゃなかったからさ。ひよっこたちが雄鶏を見つけ、場所も見つけるだろう。もし臭跡をたどる必要があれば、それもするだろう。彼女たちは見る。そして、品定めをする。雄鶏は待つ。彼らは待たれる者だから。だれの臭跡を探す必要もなく、美容院で、ぼくが出ていくのを待てない風情の女たちの前で、ばか面をして女の子の所在を訊く必要もない。そこで女たちは、うら悲しい音楽に合わせて軽く足を踏み鳴らしながら、いったいあいつは、まだ高校も出てない女の子について何を知りたいんだろう、あいつは年取った気違いヴァイオレットと結婚してるんじゃなかったの、と話しあう。ぼくのような年取った雄鶏だけが、ポーチから立ち上がって、言葉の途中でマルヴォンヌをさえぎり、インウッドまでずっと走らず歩いて行こうとする。インウッドでぼくらは、はじめていっしょにすわり、きみはひざのところで足を組んでいた。それで、ぼくはきみの緑色の靴を見ることができた。きみは、家を出るときにはいていたオクスフォード・シューズの代わりに、軽い靴音を響かせてレノックス街と八番街を駆け抜けてきたのは緑色の靴だということを伯母さんに知られないように、それを紙袋に入れて提げてきたのだった。きみが足をひょいと振り、ヒールに感嘆してもらうため足首をひねっている間、ぼくはきみのひざを見ていたが、触りはしなかった。アダムがリンゴとその芯を食べたのは、きみのせいだったと、ぼくはもう一度言った。エデンの園を出ていったとき、彼はゆたかな人間になっていたのだ、と。彼にはイヴがいたばかりでなく、死ぬまで口に残る世界の最初の味を味わったのだから。それがどんな味がするのか、いちばん先に知ったのだから。それに嚙みつき、嚙みくだしたのだから。がりがりという音を聞き、赤い皮で心を引き裂かれたのだから。

そのとき、きみはぼくを見た。なんだかぼくをわかってくれたようだった。それで、ぼくはこれこそ本当のエデンだと思った。ぼくは、まっすぐきみの眼を見つめることはできなかった。きみのほおの蹄の痕を愛でていたから。

ぼくはそこへ、なつかしい場所へ帰っていった。古い雪が空を柔らかく見せ、木の皮を黒く見せていた。犬がそこを歩き、兎も歩き、日曜日のネクタイのようにきれいな足跡を雪の上に残していた。そうした犬の一匹は、八十ポンドあったにちがいない。他の犬は小さなサイズで、一匹は足を引きずっていた。ぼくの足跡が、すべてをめちゃくちゃにした。自分が歩いてきたところを振り返って見たとき、ぼくは自分の姿を見た。ガロッシュではなく街靴をはいて、足首まで濡れて立っている姿を。しかし、寒さは感じなかった。ぼくらが親密だったときの気候を思い出していたからだ。あの十月の暖かさを、おぼえてるかい？　ムクゲはまだびっしり花をつけていた。ライラックの木、松。インディアンたちが集まっていたところにあったユリノキは、王さまのように見えた。ぼくらが最初にそこで会ったとき、ぼくはきみより先にそこに行った。二人の白人が岩の上にすわっていた。ぼくが彼らのすぐそばの地面の上にすわると、彼らは嫌気がさしたらしく、去って行った。そこの近くにいるためには、人は働いているか、働いているふりをしなくてはならない。だから、ぼくはいつもサンプルケースを持ち歩くのだ。何か重要なものを配達しているふりをするために。いかにも、そこは立入禁止のところさ。その通り。だが、当時、それをぼくらに大声で言う人はいなかった。だから、そこに行くことには、ぴりっとする快感があったんだよ。そこにいると、ぼくときみがいっしょにいること以上の危険があったから。ぼくは、前に白人がいた岩にぼくらのイニシアルを刻みつけた。DとJ。のちに、ぼくらの場所と、決まった日程ができたあと、ぼくはきみにおみやげをもって来た。そのたびに、きみを微笑させ、次のときにまた来てもらえるような何をもって行ったらいいか、頭を悩ませた。レコードは何枚？　絹のストッキングは何足にしよう？　ストッキングの伝線を繕う小さな裁縫具。覚えているかい？　シュラッフのチョコレートがいっぱい詰まっている、蓋に花の絵のついた紫色の金属の箱。娼婦のような匂いのする青い壜に入ったコロン。一度は花にしたら、きみはその贈り物には不満だった。だから、きみに一ドルあげて、何でも好きなものを買え、と言った。ぼくが若いときの、丸々一日の給料だ。きみ一人のために。すべてはきみ一人のためだった。しっかりと嚙みつき、芯を嚙み砕き、死ぬまで忘れない赤いリンゴの皮の味。窓に氷屋のための注文板がおいてあるマルヴォンヌの甥の部屋で。きみの最初のとき。そして、言うなれば、ぼくの最初のとき。そのためには、もう一度言うけれど、ぼくは悠々とエデンの園を出てくるよ、悠々と！　きみがぼくの手に摑まっていてくれるかぎり。ドーカス、ねえ、きみとぼくの最初のとき。ぼくは、きみを選んだ。だれも、きみをぼくにくれたわけじゃない。あの子はきみにぴったりだぜ、と言った者はだれもいない。ぼくが、きみを選びだした。悪い時期、そうさ。おまけに、妻には悪いよ。だが、選びだして、選択したんだ。ぼくがきみに惚れ込んだとか、きみにつまいたとか、ぜったいに考えるな。ぼくは恋に落ちたんじゃない。恋に立ち上がったんだ。きみを見て、心を決めたんだ。心を。そして、きみのあとに従おうと心を決めたんだ。それは、昔からやり方を知っていたことなんだ。たぶんぼくは、自分のその部分をきみに話さなかったのだろう。彼でさえ感嘆してくれた森のなかでのぼくの才能。彼はこれまでの人間のなかで最上の人なんだぜ。本当に。あの年取った人たち。彼らなら、みんなわかってくれる。きみに会う前、七回生まれ変わった話をしたね。しかし、あのとき、あそこでは、もしきみが黒人なら、または黒人だと主張するのなら、太陽が昇る毎日、そして太陽が沈む毎晩、きみは新しくなり、同時に同じままでなくてはならない。そして、ぼくに言わせてくれ、ドーカス、当時、それは心境以上のものだった、と」

危険だとわたしは言いたい。だれかの心境を推し量るのは。しかし、その人が、好奇心が強くて、発明の才があって、情報に通じている、わたしのような人であれば、それだけの苦労はする価値がある。ジョーは、生きていくために年寄り連中がやっていたことはすべてよく知っていたように振る舞うが、たとえばトルーベルについては、あまり知っていたはずはない。ヴァイオレットが祖母について彼に話したかどうか——母親については一度もない——疑わしいからだ。だから彼は知らなかった。わたしも知らない。どんな様子だったか、想像するのはむずかしくないけれど。

ボルティモアからヴェスパー・カウンティに帰ってきたときの彼女の心境は、一見の価値があろう。彼女は奴隷として郡庁の所在地ワーズワースを出て、一八八八年に自由な女として帰ってきた。娘と孫は、彼女が出てきた町から十二マイル北の、ロームと呼ばれる小さなみすぼらしいところに住んでいた。孫は四歳から十四歳にわたっていたが、そのうちの一人、ヴァイオレットは、トルーベルがやってきたとき十二歳だった。それは、男たちが家畜や鍋釜や娘のローズ・ディアがすわっていた椅子などを取りにきたあとだった。彼女が着いたとき、借りてきた藁ぶとんや彼らが着ていた衣服をのぞくと、残っていたのは、ローズの夫が署名して男たちに権限を与えた書類だけだった。どうしても雨が降らず、雨の代わりに空から石のような雹が降ってきて作物を茎まで打ち倒してしまったら、男たちはそれをする権利があり、わたしが思うに、その義務があると述べた書類。夫がニガーの投票に賛成する党に入ったことについては、書類には何も書かれていなかった。トルーベルが見いだした小さな悲しい家族は、家と土地を取りあげられ、隣人たちが探してやった廃屋にひっそりと住み、こうした隣人たちが分けてくれた食べ物と、女の子たちが漁ってきたものを食べていた。たくさんのオクラと、干し豆、それに、九月だったのであらゆる種類のベリー。しかし、二度ばかり牧師の息子が、ご馳走を食べられるようにと若いリスをもってきた。ローズは人々に、夫は自分の役立たずの背中と両手に呆れはて、うんざりした上、青トマトのフライとひき割りとうもろこしに食傷し、皮だけでなく何かの肉らしい肉を矢も楯もたまらないほど食べたくなり、コーヒーの値段と長女の足の形に怒り狂って、ぷいと出て行ったのだと言った。起き上がって、そのまま出て行ったのだ、と。どこかへ行って、すわってよくよく事情を考えるために、あるいは、すわって考えないために。自分の知っていることを吐き出すよりは、話をでっちあげるほうがよかった。この次、男たちは、つぼや鍋や家だけではなく、彼女を探しに来るかもしれなかった。彼女にとって幸運なことにトルーベルは死期が近くなっていて、人生の盛りをすべてボルティモアのミス・ヴェラ・ルイーズに捧げたあと、喜んでヴェスパー・カウンティで死にたがっていた。

トルーベルがついに死ぬまで、十一年かかった。だから、ローズを救い出し、埋葬し、ローズの夫が四回帰ってくるのを見、六枚のキルトと十三枚のシュミーズを作り、白人の女性と彼女二人の光だった人物についての話で、ヴァイオレットの頭をいっぱいにできるだけの時間はあった。この人物は、見ればはっきりわかる通りゴールデン・グレイという名がついた美しい若者だった。グレイというのは、それがヴェラ・ルイーズの苗字だったからだ（ずっと、ずっとのちになると、それは彼の眼の色にもなった）。ゴールデンというのは、新生児のピンク色の皮膚が頭の産毛といっしょに消えたあと、肌が輝くような金色《ゴールデン》になり、風にそよぐ黄色い巻き毛が頭と耳たぶをおおっていたからだ。その髪はどこも、かつてのヴェラ・ルイーズのような金髪ではなかったが、その太陽の色ときっちりした巻き毛を見ると、彼女にはいとしさがひとしお増すようだった。だが、すぐにではない。しばらく時間がかかった。しかし、トルーベルは彼を見た瞬間、大声で笑い、その後十八年間、毎日笑っていた。

ヴェラ・ルイーズ・グレイとトルーベルの両方が生まれたヴェスパー・カウンティから遠く離れたボルティモアの、エディソン通りの美しい砂岩の家にこの三人が住んでいたとき、この白人の女性が隣人や友人たちに話していたことの一部は、事実だった。すなわち、彼女は故郷の郡のせせこましいちっぽけなやり方には我慢できなかったということ。また、もっと洗練された暮らし方を経験したかったので、召使と目をかけていた孤児を連れてボルティモアへ来たのだということだ。

それは背教的で、婦人参政権論者のしそうなことだったので、隣人たちや、これから友達になろうとする女性たちは、できうるかぎり礼儀正しい距離をおいてヴェラ・ルイーズに接した。そうすればヴェラ・ルイーズは仕方なく態度を変え、夫を探さなければならないという事実を認めるだろうと思ったのだとすれば——彼女たちはまちがっていた。この他州から来た金持ちで頑固な新来者は、贅沢な暮らしに満足しており、彼女たちとの付き合いはあまり好きではなかったからだ。その上、読書と、パンフレットの執筆と、孤児にたいする愛情に完全に没頭しているように思われた。

最初から彼は、静かで影の多い家のともしびのようなものだった。彼女たちは毎日朝から、ただもう彼の姿に驚嘆させられ、彼が注ぎかける光を求めて競い合った。彼はヴェラ・ルイーズからは細かく気を配った甘やかし方をされ、トルーベルからは完全に寛大に扱われた。トルーベルは笑いに笑いながら、焼き加減を見るためのケーキを彼に与え、メロンは彼に食べさせる前に一つ残らず種を取り除いてやった。ヴェラ・ルイーズは彼にプリンス・オヴ・ウェールズのような服を着せ、真に迫る物語を読んでやった。

もちろんトルーベルは、ただちにすべてを理解していたのだろう。何よりもまず、ワーズワースではだれも多くを隠しおおせることはできず、地主たちの大きな屋敷《ビッグ・ハウシズ》では全然何も隠すことはできなかったからだ。たしかに、ミス・ヴェラといっしょに馬を走らせるためにヴィエナのほうから黒人の少年が呼ばれてくるのは週に何回か、彼女は森のどの方面に馬を走らせるのが好きかということは、みんなの目にとまらないではいなかった。トルーベルは、すべての奴隷が知っていることを知っていたが、それ以上のことも知っていた。彼女の唯一の仕事は、ミス・ヴェラ・ルイーズがしてもらいたいこと、必要とすることすべての世話をすることであり、これには洗濯が含まれていた。洗濯物の一部は、一ヵ月に一度、一晩中酢に漬けておかねばならなかった。だから、その必要がなくなれば、そして、個人的な下着をほかのものといっしょに洗ってもよいとなれば、トルーベルにはそのわけがわかり、ヴェラ・ルイーズも彼女が知っていることを知っていた。それについて語る必要は全然なかった。唯一の知らない人間は父親だった。トルーベルが判断できたかぎりでは、やがて父親になる男——黒人の少年——は、けっして見つからなかった。ヴェラ・ルイーズはけっして彼の名前を言おうとはせず、再び彼のそばには近づかなかったからだ。年老いた父親のワーズワース・グレイ大佐は、何一つ気づかなかった。何一つ。

ついに彼に告げるのは、彼の妻でなければならなかった。ついに。彼女はそれについて娘には一言も話さず、また、事実がわかってからは娘とは全然口を利かなかったが、大佐に知らせるのは妻でなければならなかった。そして、事実を知ったとき、彼は立ち上がり、それから腰をおろし、また立ち上がった。彼の左手は何かを求めて、まわりの空気をたたいた。一口のウイスキーか、パイプか、鞭か、猟銃か、民主党の演壇か、自分の心臓か——ヴェラ・ルイーズは知りようがなかった。彼は傷ついたように見えた。数秒間、深く、深く傷ついたように。それから、彼の怒りが部屋中にしみ込み、ガラス類をくもらせ、糊をつけたテーブルかけを柔らかくした。娘の身の上に起きた恐ろしい事実を認識して、彼は汗をかいた。彼の地所には七人のムラト（白人と黒人の二分の一の混血児）の子供がいたからだ。汗はこめかみを流れ落ち、あごの下にたまった。また、怒りが部屋を水浸しにして洪水のようにあふれたとき、汗はわきの下をびしょ濡れにして、ワイシャツの背中を濡らした。彼が額の汗を拭き、立ち直って適切なことをしたとき——ヴェラを給仕用テーブルの上に張り倒したとき——には、テーブルの上の蔦は元気を取り戻し、銀器は手で触れるとすべりやすくなっていた。

しかし、母親は最後の無常な仕打ちをした。彼女の眉は針ほども動かなかったが、ヴェラ・ルイーズがやっとのことで床から立ち上がろうとしたとき、娘に投げたまなざしは、あまりにも嫌悪にあふれていたので、娘は、母親の舌の下に集まってほおの内側を満たす、酸っぱい唾を味わうことができた。ひとえに育ちのよさ、注意深い育ちのおかげで、母は唾を吐くことはできなかった。そのときも、それ以後も、二人の間には一言も交わされなかった。次の水曜日、ヴェラの枕の上におかれたお金の詰まったランジェリーケースは、気前がよかっただけに、いっそう軽蔑の念は深かった。七カ月かそこら家から離れているにしては、世界中のどんな人間が必要とするよりも多い金。あまりに多かったので、それが伝える意味は疑問の余地がなかった。死ね、気が向けば生きてもいいが、家には帰ってくるな。

彼女はトルーベルを連れて行きたいと言い、実際に連れて行った。奴隷の女が、仕事と距離のためにとにかくあまり会えない夫のもとを去り、二人の娘を置いていくのが、どのくらいつらいことだったのか、わたしにはわからない。娘は年取った伯母が面倒を看てくれることになった。そのとき、ローズ・ディアとメイは、八歳と十歳だった。その年齢では、彼女たちの所有者にとってはいい手助けになるが、夫から何マイルも離れたワーズワースの金持ちの家に住んで、昼も夜も彼の娘の世話をしている母親には何の助けにもならなかった。彼女はしばらくの間ミス・ヴェラ・ルイーズとボルティモアに行かねばならなかったので、姉に夫と娘の世話を頼むのは、たぶんそれほどむずかしいことではなかっただろう。トルーベルは二十七歳だった。こんなことでもなければ、彼女はいつ大都会を見ることができただろう。

もっと重要なことは、ミス・ヴェラ・ルイーズが彼女たち全員を紙幣で買い取る援助をしてくれるかもしれないことだった。彼女はたしかに、たくさんの金を手渡されていたからだ。そうしたら、再び。あるいは、だめかもしれない。ひょっとしたら、ヴェラ・ルイーズは荷物用の馬車にすわって、現に旅している土地さえ見ることができず、トランクや箱といっしょに揺られながら進んでいるとき、顔をしかめていたのかもしれない。ひょっとしたら、気分が悪かったのかもしれない。とにかく、選択の余地はなく、トルーベルは夫と、姉と、ローズ・ディアとメイを残して出発した。彼女が悩んだとしても、ブロンドの赤ん坊が心を慰めてくれ、彼が出奔するまでの十八年間、気をまぎらせてくれた。

そういうわけで一八八八年、戦争が終わってまもなくミス・ヴェラがくれはじめた給料の二十二年分があったので（だが、使用人があらぬことを考えてはいけないので、信託財産にしてあった）、トルーベルは自分にも女主人にも自分が死にかけていることを納得させて、その金をもらい――十枚のイーグル金貨――、一度も会ったことのない孫娘のためにボルティモアみやげの話をたずさえてヴェスパーに帰り、ローズ・ディアの願いをかなえてやった。彼女は小さな家を借り、料理用のストーヴを買い、すばらしいゴールデン・グレイと共にした生活の話で少女たちを喜ばせた。彼女たちはどういうふうに、一日に三度彼を湯浴みさせたか、どういうふうに彼の下着には青い糸でGの文字が刺繍してあったか。浴槽の形、彼がときにはスイカズラのように、またあるときにはラヴェンダーの薫りがするように、水のなかに入れたもの。彼はいかに賢く、いかに完璧な紳士だったか。子供のときに彼が述べた陽気な大人っぽい批評、若者になったときに見せた騎士的な勇気。

そして、彼は父親を見つけに、幸運なら、そのあと彼を殺すために出かけたのだ。

彼が馬で出かけたあと、トルーベルは一度も彼を見なかったし、ヴェラ・ルイーズのほうも幸運に恵まれたかどうか、知らなかった。少年についての想い出だけで、彼女には充分すぎるくらいだった。

わたしは、彼についてたびたび考え、彼はトルーベルが愛し、ヴァイオレットも愛した通りの人間だったのかしら、と考える。あるいは、自分のコートと、上着についた象牙のボタンに頭を悩ます、うぬぼれの強いお高くとまった鼻つまみ者にすぎなかったのか、と。父親だけでなく父の人種を侮辱するために、遠路はるばる出かけて行ったのだろうか。

きれいな髪だったら、どんなに長髪でも似合うわ。ヴェラ・ルイーズは一度彼にそう言ったが、彼女はそういうことに詳しいように見えたので、彼はその言葉を信じた。彼女が言った他のことはたいてい嘘だったが、彼はその最後のささやかな情報だけは心に銘記すべき真実だと受け取った。それで、黄色い巻き毛は、農夫の髪のようにコートの衿をおおっていた。この髪の長さは、気むずかしいボルティモアでも正しいということは、嘘ばかり並べる女性が主張したが、彼女は彼の所有者なのか、母親なのか、親切な隣人なのか、という問題を含む事実上すべての事柄について、彼に嘘をついた。彼女が嘘を言わなかったもう一つのことは(それを認める余裕ができるまでに、十八年かかった)、彼の父親は黒い肌をしたニガーだということだった。

わたしは二座席の二頭立て四輪馬車に乗っている彼を見る。馬は、みごとな黒馬だ。馬車の後ろには、皮紐でトランクが結わえつけられている。大型のもので、美しいワイシャツや、リネン類や、刺繍入りのシーツや、枕カバー、葉巻のケースや、銀製の化粧道具がいっぱい詰まっている。濃い茶色の衿と袖口のついたヴァニラ色の長いコートは、きれいに畳んで彼のそばにおいてある。家からは遠く離れてしまい、雨がはげしく降りはじめたが、八月なので寒くはない。

左側の車輪が石にぶつかり、彼はドシンという音を聞く。または、聞いたと思う。トランクが落ちたのかもしれない。彼は手綱を引いて馬を止め、所持品に別状ないかどうか見ようと、馬車を降りる。そして、ロープがゆるんだため、トランクが外れて傾いているのを見つける。彼はすべてをほどき、しっかりロープを締めなおす。

自分の努力には満足したものの、大雨が衣服を損ない、旅程を遅らせているのに困惑して、彼は周囲を見回す。すると左側の木々の間に、ブラックベリーのように黒い裸の女を見る。女は泥におおわれ、髪には木の葉がついている。眼は大きくて恐ろしい。彼の姿を見るが早いか、彼女は飛び上がり、急に向きを変えて走りだす。しかし、向きを変えて目をそらせる前に、前に寄りかかっていた木に頭をぶつける。女の恐怖はあまりにもはげしく、眼が逃げる道筋を見つける前にからだのほうが逃げだしたのだ。その打撃が女を打ち倒す。

彼は女を見、帽子の縁を押さえて、急いで馬車に帰ろうと歩きだす。いま見たものとは何の関わりももちたくない――事実、自分が逃げようとしているのは、本物の女ではなく、「まぼろし」であることを、彼は確信している。手綱を取り上げたとき、馬も黒くて、裸で、濡れて光っているが、馬にたいしては安心と愛情を感じていることに気づく。これはおかしいぞ、と彼はふと思う。馬にたいする誇りと、女が呼び起こした嘔吐感。彼はほんの少し恥ずかしくなり、それがまぼろしであって、雑草のなかに横たわっている裸の黒人女などいないことを確認しようと心を決める。

彼は若枝に馬を繋ぎ、篠つく雨のなかを女がころんだ場所まで水を跳ねかえしながら引き返す。彼女はまだ手足を伸ばして横たわっている。口と両足を開いて。頭に小さな傷ができかけている。腹は大きく、張りかけている。彼は、黴菌の感染か、悪臭か、何かを恐れて、息を止めながらかがみこむ。彼に触れて、彼のなかに入りこむかもしれないもの。女は死んでいるか、深く意識を失っているように見える。それに若い。彼女のために自分がしてやれることは何もなく、それがわかって彼はほっとする。それから、女の腹が小刻みに震えているのに気づく。彼女のなかで何かが動いている。

彼は自分が彼女に触れているさまは想像できないが、心に浮かぶのは、自分がもう一度女から歩き去り、馬車に乗りこんで、再び女を置き去りにするところだ。そして、自分のこの姿に居心地が悪くなり、将来一瞬たりともそんな行動を取ったことを思いだしたくない、と思う。それからまた、自分がどこから、なぜやって来たか、どこへ、何の目的で行こうとしているのか、を考えると、執拗な故意の無謀さが内から湧いてくる。この情景は逸話となり、ヴェラ・ルイーズの気力を削ぐ行為となり、自分を父親殺しから守ってくれるだろう。たぶん。

彼は、そばの座席に丸めてあった長いコートを広げ、それを女の上にかぶせる。それから、彼女を両腕に抱えて、ころびながら、馬車まで運ぶ。女は予想以上に重いからだ。たいへんな苦労をして、彼は馬車のなかで彼女にすわった姿勢を取らせる。女の頭は彼からそむけられており、足のほうが、逸品だが泥にまみれた彼の長靴の一方に触れている。彼は、女の傾き加減が変わらないでくれたら、と願う。長靴に触れている汚い裸の足はどうしようもないけれど。女を再び動かせば、女は馬車のもう一方の側ではなく、彼の側に倒れかかるかもしれないからだ。馬を促して前へ進めながら、わだちや泥道のせいで女が前に倒れかかったり、多少とも自分をかすったりしないように、彼は体を動かさないようにしている。

彼はヴィエナと呼ばれる町から少し外れたところにある家に向かっている。そこは、彼の父親が住んでいる家だ。そして、いま彼は、ぐらぐら揺れる黒い女を腕に抱いて、これまで一度も会ったことのないこのニガー（ニガーのほうも、一度も彼に会おうとはしなかった）に会うとは、おもしろい、滑稽なことだとさえ思う。もちろん、彼女が目を覚まさず、腹の小波が軽いものだという条件で。それが彼を悩ませる——女が意識を取り戻して、彼の暗い目的以上のものになるかもしれないことが。

彼はしばらくの間、女を見ていない。いま見て、女のあごから首まで血が滴っているのに気づく。気絶の原因は、彼女が木にぶつかったときにできた傷ではない。倒れるとき、岩か何かに頭をぶつけたにちがいない。しかし、女はまだ息をしている。いま彼は、彼女が死なないでいてくれたら、と願う。まだ。トルーベルが幼稚で明解な絵に描いてくれた家に行き着くまでは、死なないでほしい。

雨に追いかけられているように思われる。雨はやみかけたと彼が考えるたびに、二、三ヤード先でさらにひどくなる。彼は少なくとも六時間旅を続けているが、宿屋の主人は暗くなるまでには行き着くと請け合った。だが、いま、彼の確信はゆらいでいる。この乗客といっしょでは、夜が来るのはありがたくない。だが、前に谷が開けているのを見て、彼の気持ちは落ち着いてくる。一時間かけてこの谷を渡れば、ヴィエナより一、二マイル手前の目的の家に着くからだ。まったくだしぬけに、雨が止んだ。それは、贅沢と苦痛の記憶に満ちたもっとも長い一時間だ。目的の家に着いたとき、彼は中庭に馬を乗り入れ、裏にうまやが二つある納屋を見つける。その一つに馬を引き入れ、注意深く馬のからだを拭いてやる。それから、馬に毛布をかぶせ、あたりを見回して水と飼いばを探す。これには長い時間がかかる。彼には重要なことだから。だが、家のなかのだれかから見られていないかどうか、はっきりしない。実は、見てほしいのだ。壁の役を果たしている板の隙間から、ニガーがポカンと口を開いて見ていてくれれば、と彼は願う。

だが、彼に言葉をかけに出てくる者はいない。だから、おそらく、だれもいないのだろう。馬の世話をしたあとで（彼は蹄鉄の一つを修理する必要があるのに気づく）、彼はトランクを取りに馬車のほうへ帰る。それから、皮紐を外し、トランクを肩にかつぐ。こうしてトランクを家まで運ぶと、チョッキと絹のワイシャツがさらに皺くちゃになる。小さなポーチの上では、ノックをしようとはしない。ドアは閉まっているが、かけがねはかかっていない。彼はなかに入り、トランクをおく適当な場所を探して、あたりを見回す。それから、土間にそれを下ろして、家を眺める。部屋は二つあり、それぞれに寝台、テーブル、椅子、暖炉があり、一つには料理用ストーヴがある。つつましい住まいで、だれか男が住んでいたらしいが、その他に持ち主の性格を示すものは何もない。料理用ストーヴは冷たくなっていて、暖炉には灰の山が残っているが、熾《おき》はない。住人はたぶん一日か、ひょっとしたら、二日留守にしているのだろう。

トランクを無事に運びこんだあと、彼は女を連れに馬車に戻る。トランクを外したので、重心が動き、馬車は心棒からほんの少し傾いている。彼はドアから手を伸ばして、女を引き出す。彼女の肌は熱すぎてさわれないほどだ。彼が女を家に運びこむとき、着せてあった長いコートが泥のなかを引きずられる。彼は女を寝台に横たえ、最初に毛布をめくっておかなかったことで、自分に悪態をつく。いま女は毛布の上に寝ているので、上にかけてやるにはコートしかないように見える。コートは永久にだめになってしまうだろう。彼は次の部屋に入り、そこの木製の箱を調べて、女の服を見つける。恐る恐る彼はコートを取り返し、変な匂いのする服で女をおおう。いま彼は自分のトランクを開き、白い木綿のワイシャツとフランネルのチョッキを選びだす。それから、新しいワイシャツを壁に打ちつけられた釘にかけて破ったりするよりはと、たった一つの椅子の背に垂らす。注意深く、彼は乾いているものを調べる。そのあと、火を起こす作業に取りかかる。木の箱と暖炉に薪があり、部屋のいちばん暗い角に灯油の缶がある。彼はそれを薪の上に振り撒くが、マッチがない。長い間彼はマッチを探し、ついに、缶のなかの亜麻布の切れ端に包んだマッチを何本か見つける。正確に言うと、五本だ。マッチを見つけだしたときには、灯油は薪から蒸発してしまっている。彼はこういうことをするのが下手だ。これまでの生活では、他の人々がいつも火を起こしてくれた。しかし、彼はやり抜き、ついに火はごうごうと音を立てて燃えはじめる。いま彼は腰をおろし、葉巻をふかしながら、そこの住人の帰宅に備えて心の準備をすることができる。彼が想定している男は、名をヘンリ・レストロイという。トルーベルの発音の仕方から判断すると、何か他の名前のようにも思えるけれど。臭跡を読み取る技術を示す一、二の冒険をもとにした臭跡追跡者としてのささやかな評判を除けば、大して重要性をもたない男。トルーベルによると、昔むかしのこと――すべての詳細な情報をくれたのは、トルーベルだった。ヴェラ・ルイーズは、彼が何か聞き出そうとするといつでも、寝室に閉じこもるか、顔をそむけるだけだったから。ヘンリ・レストーリとか、レストロイとか、何かそういう名前だったが、ニガーの名前が何であろうと、いったいだれが気にするものか。少しでも彼と知り合ったことを悔やみ、それを大声で言うよりは、自宅のドアを鍵で閉ざした女以外は。その上、この女は彼が与えた赤ん坊まで悔やんで、他人にやってしまったことだろう。その子が金色で、朝空やシャンペンの瓶を除けばいままで見たことのない色をしていなければ。トルーベルは、ヴェラ・ルイーズがほほえんで「でも、この子は金色よ。完全な金色よ!」と言ったということを、話してくれた。そういうわけで、彼女たちは彼にその名をつけ、彼をカトリックの孤児院に連れていくことをやめた。白人の女の子たちは、そこへ後悔の種をおきに行ったものだったが。

彼がそうしたことをすっかり知ってから七日、いまでは八日になる。それから父の名と、かつて父が生活していた家の所在を知ってから二日になる。情報は、彼が寄宿学校にいた間、ために炊事、洗濯をしてくれた女から教えてもらった。彼女は、ヴェラ・ルイーズのスモモのジャムや、ハムや、パンなどのかごを毎週送ってくれた。また、すりきれたワイシャツは、彼に着せるよりはぼろ屋にやった。彼を見るたびにほほえんで、頭を横に振った女。彼がふさふさしたシャンペン色の巻き毛でふくれあがった頭をした小さな少年で、彼女が差し出すケーキを食べていた頃でさえ、彼女の微笑は喜びというよりはおかしさの微笑だった。二人の女、白人の女とコックは、彼を湯浴みさせるとき、ときどき彼の掌と乾きかけた髪の手触りに、気遣わしげなまなざしを交わしあった。そう、ヴェラ・ルイーズは気遣っていた。トルーベルはほほえんだだけだった。いま、彼には彼女が何にほほえんでいたかがわかる。ニガーだ。だが、彼もニガーだった。彼はいつもニガーには一種類しかない、と思っていた――トルーベルの種類。黒くて無に等しいもの。ヘンリ・レストロイのような。寝台の上でいびきをかいている汚い女のような。しかし、別の種類――彼のような種類――もあったのだ。

どうやら、雨はすっかりあがったようだ。彼は調理する必要のないできあいの食べ物を探して、あたりを見回す。だが、酒のジョッキの他は何も見つからない。彼はその酒の試飲をつづけ、暖炉の火の前にゆったり腰をおろす。

雨がやんだあとの静けさのなかで、彼は蹄の音を聞く。ドアの向こうで、乗り手が彼の馬車を見つめているのが見える。彼は近づく。やあ。きみは、レストーリと関わりのある人かい？　ヘンリ・レストロイとか何とかいう人だけど？

乗り手はまばたきもしない。

「いいえ、ヴィエナにいます。まっつぐ帰ってきます」

彼には全然わからない。それに、とにかくいまは酔っ払っている。幸せに。たぶん、いまなら眠れるだろう。だが、眠ってはいけない。この家の住人が帰ってくるかもしれないから。さもなければ、ぐらぐらの黒い女が目を覚ますかもしれないし、死ぬかも、赤ん坊を産むかも……

彼が馬車を止め、外に出て馬を繋ぎ、雨のなかを取って返したのは、おそらく、濡れた雑草のなかに横たわっている恐ろしく見えるものが、彼が父だと考えているもの、それゆえ（それを抑えこみ、正体を突きとめることさえできれば）彼自身、にたいする適切な保護物であり、痛みを和らげるものであるばかりか、彼ではないすべてのものだったからだろう。でなければ、その姿、つまり彼がまぼろしだと考えたものは、ころぶ前に彼の心を打ったものだったからか。寄宿学校の使用人のそむけたまなざしのなかに見たもの。一ペンスもらおうとタップダンスをする靴みがき。彼の恐怖がいちばん研《と》ぎすまされた瞬間、快楽を覚えるほど心地よいわが家のようにさえ感じられたまぼろし。それにちがいない。だが、あのぼうぼう髪のなかに、だれが住めるだろうか。あの不可解な肌のなかに？　しかし、彼はすでに、それとともに、そのなかで生きてきた。トルーベルは彼の最初にして主な恋人だった。だからこそ、あの髪、あの肌から離れてかなりの距離を早駆けすること、あの髪と肌のないことが考えられなかったのだろう。彼女が自分に寄りかかり、眠っている間にちょっと左にずれて、現実に自分の肩に頭を載せる可能性に身震いしたとしても、彼がその身震いを克服したことも事実だ。たぶん、それを呑みこんで、馬を駆ったのだろう。

わたしは、そういうふうに彼のことを考えたい。馬車のなかにまっすぐすわって。雨が髪を衿の上にべったり貼りつかせ、長靴の間の空間に小さな水たまりを作っている。彼が篠つく雨のなかを透かして見ようとすると、灰色の眼が細くなる。それから、警告もなしに道が谷に入ると、雨がやみ、白いラードのような陽光が空に現われてくる。いま彼は周囲の音を聞くことができる。びっしょり濡れた葉が一枚ずつ剥がれてくる。木の実の落ちる音、実の中心からくちばしを出そうとするヤマウズラの羽ばたき。リスは木の枝の先まで走っていき、そこで立ち止まって、危険を推し量る。馬は、空中に舞うブヨの群れを追い払おうと頭を振る。非常に注意深く耳をすませていたので、彼はヴィエナと縦に彫りつけてある石の一マイル道標が目に入らない。それで、そのままそばを通りすぎ、それから五ファーロングもない前方に丸太小屋の屋根を見る。だれかの、だれか他人の持ち物かもしれない。だが、たぶん、腕のない揺り椅子が横ざまに倒れている土の中庭を囲む垣根の哀れなさまや、錠の代わりにロープで縛ってあるが蝶番のところが口を開けているドアから察すると、たぶん、父の家だろう。

ゴールデン・グレイは、馬の手綱を引きしめる。これは彼の得意なわざだ。もう一つはピアノの演奏。馬から降り、彼は家のなかの様子がうかがえるほど近くに馬を引いていく。どこかに動物がいる。その匂いがする。が、完全な捨て家ではないにせよ、小さな家はからっぽのようだ。たしかに持ち主は、馬と馬車が来ると一度も予想したことはないのだろう——垣根の入り口は、体格のいい女がどうやら通れるほどの広さがあるが、それ以上のものはだめだ。彼は馬具を外し、馬に右側に回る道を歩かせる。すると、小屋の後ろの名前を知らない木の下に、二つの戸のないうまやを見出だす。その一つには、いろいろな物がいっぱい詰まっている。馬を引いていくと、背後から女のうめき声が聞こえる。だが、女が目覚めかけているのか、死にかけているのか、座席から落ちかけているのか、彼は立ち止まって見ようとはしない。うまやに近づくと、いろいろな物とは、桶、袋、木材、車輪、折れた鋤、バターの圧縮機、金属製のトランクであることがわかる。杭もある。それで、彼は馬を杭に繋ぐ。水、と彼は考える。馬に飲ませる水。遠くからポンプと見えたものは、木株にめりこんだままの斧の柄だ。だが、どしゃぶりの雨が降った。そのため、薪割り台のそばの洗い桶にかなりの水がたまっている。それで、馬に水を飲ませることはできたものの、匂いはするが姿も見えず、音も聞こえない他の動物は、どこにいるのだろう？　梶棒を外されたので、馬は貪欲に水を飲む。トランクと女の位置の平衡が取れなくなって、馬車は危険なほど傾いている。ゴールデン・グレイは、綱で結わえた小さな家のドアのほうへ行く前に、トランクの金具を調べる。

そこが、彼についてわたしが心配するところだ。いかに彼はまず自分の衣服のことを考え、女のことは考えないか。いかに彼は金具を調べて、女の息は調べないか。それを見過ごすことはむずかしい。だが、彼は土間だけの小屋に入る前、ボルティモアの靴底についた泥をこそげ落とす。すると、わたしはもう彼を憎めなくなる。

　家の内部では、光はゆっくりと入ってくる。窓は後ろの壁にはめこまれているが、その周囲に詰めこんだ油紙を強引に通りぬけてくるため、光は弱まって、ゴールデン・グレイの腰から上には届くことができず、土間の上に安らっている。部屋のなかでいちばんすばらしいのは、暖炉だ。磨きたてた石で補強され、清潔で、新しい火を起こす準備ができていて、石壁からはやかんを載せるための二本の金属の腕が出ている。残りのものはと言えば、木製の寝台、薄くてでこぼこのマットレスの上にきちんと延べられた錆色の毛布。くもの巣はない。たしかに、羽も葉っぱもない。ぼろ。本当に使いものにならない織物の切れ端が、亜麻布の覆いのなかに押しこんである。それを見て、ゴールデン・グレイは、トルーベルが自分の足元に寝かせるために作ってやったキングの枕を思い出す。キングというのは、力強い雄犬の名前をもらってはいるものの、個性のない雌猫だった。個性がないからこそ、トルーベルは彼女が好きで、そばにおきたがったのだ。結果的には、二つのベッドと一つの椅子だ。ここに住んだ人は、一人でテーブルにすわったらしい。だが、ベッドは二つある。家自体のドアより頑丈で上等にできているドアで繋がった二番目の部屋に一つ。そして、その部屋、二番目の部屋には、箱が一つあり、中身のいちばん上には女物の緑色のドレスが畳んでおいてある。彼は無頓着に視線を走らせる。蓋を開けて、ドレスを見、もっと下を探る。だが、そのドレスがいちばん先に考えるべきものを思い出させる。

もう一つの部屋で、口から息をしている女。女を一人にしておけば、目を覚まして、逃げだし、選択の責任から解放してくれると彼は考えているのだろうか。あるいは、死ぬと？
結局、同じことだが。

彼が女を避けているのは、わかっている。大きなむずかしい仕事をしたあとだから。引き返して、ズボンにまといつく雑草から少女を抱きあげ、目に入る女の陰部を見ないようにして。そこのヘアは、ひとたび乾くと、指でかき分けなければならないほど密集していると知った衝撃。彼は女の髪の毛も見まいとした。そむけて草の穂のなかに向けられた顔も。すでに彼は、雨を透かしてじっと自分に注がれた鹿のような眼を見ていた。女があとずさりするとき、じっと自分に注がれた眼を。からだが向きを変えて逃げはじめるとき、じっと自分に注がれた眼を。女に鹿の感覚がなく、自分が進む方向をすばやく見て、事前にひとめ巨大な楓に目を留めなかったのは、気の毒だ。事前にひとめ。彼女を連れに戻ったとき、彼はまだ女がそこにいるかどうか、わからなかった。彼女は起き上がって、走り去ることもできたはずだ。だが彼は、鹿の眼が閉じていると信じ、そう願った。突然、彼は自信がなくなった。眼は開いているかもしれない。眼が開いていなかったときの感謝の思いが、女を抱きあげるのに必要な力を与えてくれた。

トランクをいじったあと、彼は中庭に出る。陽光《ひ》が眼を打ったので、思わず眼を閉じ、それから眼の上に手をかざして、陽光《ひ》に慣れるまで指の間からのぞく。彼は深い吐息をつき、力と不屈さを求めて飢えたように大気を吸う。すべての生命には力と不屈さが要るが、とりわけ彼の生命にはそれが要る。あなたには、乾いて風に鳴る、向こうの畑が見えるだろうか。どこからともなく舞い上がり、羽を打ち振り、それから姿を消す黒鳥の翼が？　目に見えない動物の匂いが、手に負えないほど茂ったミントと、摘まねばならぬ何かの果物の匂いといま混ざりあい、熱気のなかで強まっている。だれも彼を見ている人はいないが、彼は人がいるかのように振る舞う。それが彼のくせだ。つねに、感じやすいちょっとした知人の、吟味する視線にさらされているかのように、振る舞うのだ。

女はまだそこにいる。眠っている頭の上の、馬車の幌の影に溶けこんでいるかのよう。彼女については何もかも猛々しい。あるいは、そう見える。長いコートの下が裸身であるためだ。裸身の女は自分の腕のなかで爆発するか、さもなければ、さらに悪いことに、彼女の腕のなかで自分が爆発するとゴールデン・グレイは思う。この思いを妨げるものは何もない。彼女は少々のぼろといっしょに亜麻布のなかに押しこみ、目に見える胴体や動く四肢が見えないように布のなかに縫いこめなければならない。だが、彼女はそこにいる。彼は仕方なく影をのぞきこんで、彼女の顔を探す。必要なら、鹿の眼も。鹿の眼は閉じており、ありがたいことに容易には開かない。血でふさがっているからだ。額から半月形の皮が垂れ下り、そこから流れた血が、固まる前に、眼と鼻と片方のほおをおおっている。彼女の唇は血よりも黒いが、彼の心臓を笑い、引き裂くことができるほど厚い。

わたしは知っている。彼は偽善者であることを、また、だれかに、当然ながら父親に話す話を勝手にでっちあげていることを。いかに自分が馬車を走らせているうちに、この野性の黒い女を見て、救ったか。嘔吐感はなしにしよう。ぼくは、嘔吐感は感じなかった。ねえ、見てくれ、おかげでコートがまったく台無しだ。二度と同じものにはお目にかかれない上等なワイシャツが取り返しがつかないほど汚れてしまった。とても若い仔牛の皮で作った手袋はもってるが、彼女を抱きあげて運ぶときには、使わなかった。素手で女に触れたんだ。雑草から馬車に、馬車から、だれのものかもしれない丸太小屋に。だれかの小屋。最初にぼくは、彼女を寝台に横たえた。思ったより重たかったからだ。そして、急いだので、彼女にかける毛布を最初にめくっておくのを忘れた。血がマットレスを汚す、と考えていたのだと思う。でも、それがすでに汚れているかどうか、だれにわかる？　もう一度女を抱えあげたくはなかった。だから、もう一方の部屋に行って、そこで見つけたドレスをもって来て、できるだけ上手にかけてやった。そのとき、女はおおってやる前以上に裸に見えた。でも、その他にできることは何もなかった。

彼は嘘をついている。偽善者。彼は大きく太ったトランクを開いて、二枚の、手で刺繍したシーツの一枚か、自分の化粧着を取り出し、娘をおおってやることはできたはずだ。彼は若い。とても若い。彼は、自分の物語はすばらしく、ちゃんと話せば、その自発性と名誉心で父親に大きな感銘を与えると思っている。しかし、わたしのほうがよく知っている。彼は、この出会いの自慢がしたいのだ。道に迷った騎士が、怪物の心臓から槍を引き抜き、火を吐く鼻に生命を再び吹き込んでやったときの、自分の冷静さを自慢するように。ただ、この鱗も燃える息ももたない怪物のほうが、ずっと危険だということを除いて。彼女は動く四肢と燃える眼と心臓を引き裂く唇をもった、血まみれの顔をした少女だから。

どうして彼は女の顔を拭いてやらなかったのだろう、とわたしは思う。おそらく、このままのほうが、ずっと野蛮に見えるから。いかにも救いだしたという感じがするからだ。もし彼女が立ち上がって爪で引っかいたら、彼はいっそう満足して、ガラガラ蛇を救った男についてのトルーベルの警告を確認したかもしれない。男はガラガラ蛇を救い、養い、食べさせたあげく、地上で最後に得る知識はガラガラ蛇の不変の性質だ、ということを発見する。ああ、だが、彼は若い。若くて傷ついている。だから、わたしは彼の自己欺瞞と、大仰な偽の身ぶりを許してやる。そして、彼が少女の世話はしないで、コートのことを心配しながら、見つけたさとうきび酒を早くすすりすぎているさまを見ても、全然憎むことはできない。彼はトランクのなかにピストルと銀の葉巻ケースをもっているが、結局まだ少年なのだ。そして、テーブルの前のたった一つの椅子にすわって、新しい服に着替えようかと考えている。いま着ている服は、縫い目と袖口がまだ湿っていて、汗と血と土で汚れているからだ。前庭からこわれた揺り椅子をもってくるべきか。馬を見に行くべきか。彼はそれを、つまり、次の行動を考えている。そのとき、押し殺したような、ゆっくりした蹄の音が聞こえてくる。ちらと少女を見て、ドレスも血もそのままであることを確かめ、彼はドアを開けて、庭を透かして見る。垣根に沿ってまっすぐ彼のほうに漂ってくるのは、ラバにまたがった黒い少年だ。

朝ではなかったが、彼は「おはよう」と言うところだった。だが、よろめきながら階段を降りてくる男は白人で、許可がなければ話しかけてはいけない人だと思った。おまけに、酔っ払っている、と彼は考えた。男の服は、大きなパーティのあと、妻のベッドより庭で眠ったほうがいいと考え、犬が顔をなめに来て目をさます、といったたぐいの紳士の服だったから。この白人、この酔っ払いの紳士は、ミスター・ヘンリを探していて、いま野生の七面鳥が要るので彼の帰りを待っているのだ、と少年は考えた。チエッ、いまか。または、毛皮か、または、ミスター・ヘンリが約束したか、借りたか、売ったものが何かは知らないが、それが要るので、待っているのだろう。

「やあ」と酔っ払いの紳士は言った。黒人の少年が一瞬、男が白人かどうか疑ったとしても、挨拶といっしょに浮かんだ暖かみのない微笑が、白人だと確信させた。

「はい」

「きみは、この付近に住んでるの?」

「いいえ」

「いいえ、だって？　じゃあ、どこから来たんだね？」

「ヴィエナ街道の外れです」

「そうかい？　どこに行くところなんだね？」

たいていのときは、彼らが質問をしているほうがよかった。彼らが何かをぶっきらぼうに言うときは、だれも聞きたくないことしか言わないから。少年は、目の粗い麻布の袋をいじった。「家畜の世話です。ミスター・ヘンリが監督しろと言ったんです」

監督だと？　微笑は消えた。「ヘンリ？」と男は訊いた。男の顔色が変わった。どっと血が上ってきた。「きみはヘンリと言ったの？」

「そうです」

「彼はどこにいる？　近くにいるのか？」

「わかりません。行っちゃいました」

「彼はどこに住んでるんだ？　どの家に？」

ああ、この人はミスター・ヘンリを知らないんだ、でも彼を探している、と少年は考えた。「ここの、この家です」

「何だって？」

「この、ここが彼の家です」

「これが？　これが彼の家？　彼はここに住んでるの？」

顔から血が退いて、眼がずっとはっきりしてきた。「そうです。家にいるとき。いまは、家にいません」

ゴールデン・グレイは顔をしかめた。彼は、教えられないでも、それはすぐわかる、と思った。そして、そう考えたことに驚き、振り返って、その家を見た。「きみ、確かかい？　ここが彼の家だというのは、本当か？　ヘンリ・レストロイか？」

「はい、そうです」

「彼はいつ帰ってくるんだね？」

「いまにでも」

ゴールデン・グレイは、親指で下唇をなでた。彼は少年の顔から目を上げ、まだ風に鳴っている畑のほうを眺めやった。「きみは、何のためにここに来たと言ったの？」

「彼の家畜の監督です」

「どんな家畜だ？　ここには、ぼくの馬の他は何もいないよ」

「外の裏のほうです」少年は眼と手の身振りで、そちらを指した。「ときどき歩き回るんです。ミスター・ヘンリはぼくに、家畜が出て行ったら、ちゃんと帰るように監督しろって言ったんです」

ゴールデン・グレイは、少年の声にこもった誇りを聞き取らなかった。「ミスター・ヘンリはぼくに……」彼はひどく怖くなって、笑ったからだ。

では、これがそうなんだ。彼が訪ねようとした目的の家。そこへ、世界中でいちばん黒い男がいまにも帰ってこようとしている。「じゃあ、いいよ。仕事にかかりたまえ」少年はチェッ、チェッとラバに言ったが――どうやら、無益だったようだ。それで、クリーム色の踵でラバの横腹を蹴ると、ようやくラバは従った。「おい！」ゴールデン・グレイは、片手をあげた。「仕事が終わったら、ここに戻ってきてくれ。きみに手伝ってもらいたいことがあるから。聞いたか？」

「はい。戻ってきます」

ゴールデン・グレイは、着替えをするために二番目の部屋に入った――今回は、正式で優雅なものを選んだ。着替えをするには、ちょうどよい潮時だった。特上のワイシャツを選び、それにぴったりしたダークグレイのズボンを広げる。だれであれヴィエナの人間が彼を知るかぎり、たった一度の、ちょうどよいときに、彼が着ていたのは、そのときの服だった。彼が選んだ服――黄色いワイシャツ、ボタン隠しに骨製のボタンのついたズボン、バター色のチョッキ――を取り出して寝台の上に注意深く並べたとき、ベッドの上に並んだこの取り合わせは、片方の腕を下に折りこんだ、からっぽの男のように見えた。彼はズボンの折り返しのそばの粗いマットレスの上に腰をおろした。布地の上に黒いしみができたとき、彼は自分が泣いているのがわかった。

いまになって、と彼は考えた。自分に父親がいるとわかったので、ぼくは彼の不在を感じなければならないのだろうか。父がいるべきだったのに、いなかった場所。以前ぼくは、だれも彼も、ぼくのように一本腕だと考えていた。いまは外科手術を感じる。骨が切り離されたときの、ガリガリいう音。薄切りにされた肉、切開された血管。血液の循環に与える衝撃、神経の攪乱。神経は垂れ下がり、よじれる。ずきずきする痛み。痛みの音で目が醒め、ぼくが深く眠っているときには、痛みがコツコツとたたき、夢を窒息させて奪ってしまう。痛みのために打つべき手はなく、父のいない場所から、かつていた場所、今後行くかもしれない場所に行くことしかできない。垂れ下がり、よじれた神経に、欠けているものを見させ、父がかつていた場所、いまもいるかもしれない場所の、彼が踏んだ土に合わせて、痛みに歌わせることしか。ぼくは癒されることはない。つまり、ぼくから取り去られた腕を見つけることはない。ぼくは、痛みを新しくして、鋭くしよう。ぼくら二人に、それが何のためか、わかるように。

いや、ぼくは怒ってはいない。その腕は要らないのだから。しかし、腕があったらどんな感じがするか、ぜひとも知りたい。それは、どんな裂け目、どんな枝の下に横たわっていようと、ぼくが見なければならないまぼろし、ぼくを支えてくれるまぼろしなのだ。ひょっとしたら、油っこい太陽に照らされた、木のない開けた場所を意気揚々と歩いているかもしれない。ぼくを知らないこのぼくの一部は、一度もぼくに触れたこともなく、そばに留まっていたこともない。この去ってしまった腕は、踏み越し段を越えるとき、一度も手助けしてくれたことはなく、龍のそばを通りすぎる案内をしてくれたこともなく、つまずいて落ちた溝からぼくを引き上げてくれたこともない。ぼくの髪をなで、食べ物を食べさせてくれ、ぼくが運びやすいよう荷物の片側をもってくれたこともない。ぼくのからだから伸びて、一度も前に差し出されたことのないこの腕は、ぼくが細いレールや、丸くてすべりやすく危険な丸太の上を歩くとき、平衡を取ってはくれなかった。ぼくが見つけたら、それは手を振ってくれるだろうか。身振りをして、おいで、と手招きしてくれるだろうか。または、ぼくがだれで、どんな人間か、わかってさえくれるだろうか。そんなこと問題じゃない。切り離された部分が、その強奪行為と、瑕瑾《きず》の一片を思い出すことができるように、ぼくはそれを探そう。そうすれば、たぶん、腕はもはやまぼろしではなくなり、それ自身の形を取り、自分の筋肉と骨を育てるだろう。するとその血は、セレナーデの目的を見いだした大声の歌声からポンプで送り出されてくるだろう。アーメン。

だれが、ぼくの一部を取るのか。石鹼で恥辱を洗い流すか。それから抜け出せるように、ぼくの足元に泥が落ちてしまうまで石鹼水ですすぐか。彼はそうしてくれるだろうか。市場ではほとんど価値がないが、取り戻せば測り知れないほど本物の価値が出てくる貴重な質札のように、ぼくを買い戻してくれるか。彼の肌の色がどうであろうと、母との交渉がどんなものだろうと、ぼくが気にするものか。ぼくが彼に、または彼の残骸に会ったら、ぼくの失われた一部についてすっかり彼に語り、彼の恥辱の泣き声に耳をすまそう。そのとき、交換をしよう。彼にぼくのものを取らせ、ぼくは自分のものとして彼のものを取り、ぼくらは二人とも自由になり、腕をからませ、完全なものとなろう。

父親がだれで、どんな人間かを聞いたとき、彼は激動した。繋がれるもののない、迷える者になった。彼は最初、母親の何枚かの服にさわり、それから引き裂いた。そして、草の上にすわって、心のなかと同じように芝生に散乱したものを眺めた。虫のように動く小さな光が彼の目の前でたわむれ、絶望の息は不快な匂いを放った。手を貸して草の上から彼を立ち上がらせ、石鹼で彼のもつれた髪を洗い、何をするべきかを語ってくれたのは、トルーベルだった。

「行きなさい」と彼女は言った。「彼を、でなければ、彼の残骸の見つけ方を教えてあげる。あんたが彼を見つけようと、見つけまいと、それは重要じゃないわ。重要なのは、行くということよ」

それで彼は、集めなければならないと彼女が言ったものを集め、すべての荷造りをして、出発した。旅行の間、彼は自分がどういうふうに見えるか、どんな鎧《よろい》をまとえばよいか、ひどく頭を悩ませた。トランクと、顎を引き締めることより他には、何もない。しかし、覚悟はできた。自分を悩ませ、腕を切り取った野蛮な黒人に会う覚悟ができた。

その代わりに彼は野性の黒人女に出会い、女は恐怖のあまり頭を打ち割る結果になった。

その女はもう一つの部屋に横たわっており、他方黒人の少年は外で家畜をまとめている。彼は、女が自分の槍となり盾となってくれると思ったが、いまは自分で身を守らねばならなかった。明け初めた自分の灰色の眼で、鹿の眼をのぞきこまねばならない。そのためには勇気が必要だが、彼にはそれがある。マールバラ公爵夫人（マールバラ初代公爵の妻で、幼時からのアン女王の親友だったため、大きな力を行使した）がいつもすることをする勇気がある。つまり、将来を握った愛される蕾であることをやめて、あえて大きく花を開き、幾重もの花びらを平たく寝かせ、雄蕊の群れの死んだ中心を見せるのだ。

わたしは何を考えていたのだろう？　どうしてこれほど貧弱な彼の姿を想像できたのだろう？　彼の肌の色、その下を流れる血と関わりのない傷には気づかなかった。だが、偽りの顔や、笑いのないにたにた顔や、おしゃべりの姿勢を身につける必要もなく、努力せずにこの場所を占める権利と、本物に憧れる何か他のものに関係がある傷。わたしは不注意で、愚かだった。自分がどんなに頼りない人間であるかを（再）発見すると、猛烈に腹が立ってくる。彼の馬でさえ、一、二度軽く鞭を当てると、ゴールデン・グレイを理解し、運んで行った。道のない谷、横断する渡しや橋のない川を、着実に歩いていった。目は道の少し上を見つめ、蹄のあたりに飛びかかる小さな生命に気をそらされず、大きな胸を前に大きく波打たせながら、もてる力にしがみつき、さらなる力を奮い起こしつつ、歩いていった。馬はどこへ行こうとしているのかを知らず、道も知らないが、仕事の性質は知っていた。そこへ行け、と蹄が言った。そこへ、たどりつきさえすれば。

わたしは、たとえ別の誤解をする運命にあろうと、注意深く、これについて徹底的に考えてみなければならない。彼を憎まないだけでは足りない。挫けてはならない。彼を好きにならなければならず、愛することは無益だ。わたしは物事を変えねばならない。人生から取り残された死者の微笑のように、彼の幸運を祈る影にならねばならない。彼のためにいい夢を見、彼の別の夢を見たい。シーツの一本の皺になって彼の隣に横たわり、彼の苦痛を考え、そうすることで、それを軽くし、減らしたい。彼に幸運を祈り、彼の名を語り、彼が目を開かねばならないときには彼を起こす、言葉になりたい。わたしは彼に、深い水のなかに小枝や木の葉が落ちないように、木立のないところに掘られた井戸の隣に立ってもらいたい。石の縁に指先を触れて美しい光のなかに立っている間、視線は一つのものに留まらずあたりをさまよい、彼の心は悲しみに濡れて、しぼるほどだ。あるいは、あまりにわずかしか知らず、あまりに感じすぎるため陥った絶望で、乾いて、脆くなっているだろうか（あまりに脆く、乾いてしまうと、彼は逆の危険に陥る。つまり何も感じないで、すべてを知る）。そのとき、そこで、濡れるか、乾いた心のほか役立つものは何もなく、井戸のほうを見さえせず、その苔だらけの不快な臭気や、縁をうごめく小さな生命にも気づかず、光も届かない井戸の隣に、落ち込まずに立っていると、残された微笑の集まりが身動きし、短い、慈愛にみちた愛が、暗やみから立ちのぼってくる。彼が見、聞くものは何もなく、そこに留まる理由もないが、彼は留まる。最初は安全のため、次には仲間のため。それから、彼自身のため――一種の自信と能力を備え、剃刀の刃のようにきらめいたかと思うと隠れてしまう穏やかな力をもった自分。しかし、いま彼はその力を感じている。それは、再び戻ってくるかもしれない。多くの他のものも、たしかに戻ってくるだろう。疑いも起こり、ときどき物事は不透明に見えるかもしれない。しかし、ひとたび剃刀の刃がきらめけば――彼はそれを思い出し、思い出せば、呼び戻すことができるだろう。ということはつまり、彼はその力を自由にできるのだ。

少年は十三歳で、生者と死者の区別がわかるほど多くの鋤の上に倒れた人、出産のあと静かになった人、水に溺れた子供などを見ていた。寝台の上に緑色の光るドレスにおおわれて横たわっているものは、生きていると彼は思った。少年は一度も少女の顔から目を上げなかった（ゴールデン・グレイが、「ぼくはそのドレスをあそこで見つけて、彼女にかけてやったんだ」と言ったときを除くと）。そのとき彼は、二番目の部屋をちらと見て、白人だと思う男に視線を戻した。少年はドレスの袖をもち上げて、少女の額の切傷をそっとたたいた。彼女の顔は火のように熱い。血は乾いて、皮膚のように見えた。

「水」と彼は言って、小屋を出て行った。

ゴールデン・グレイはあとを追おうとしたが、進むことも退くこともできず、戸口に立っていた。少年は井戸の水を入れたバケツと、からっぽの麻の袋をもって、帰ってきた。彼はコップを水のなかに入れ、彼女の口に少し滴らした。だが、彼女は飲みもせず、動きもしなかった。

「彼女はどのくらい意識がないんですか」

「一時間にはなってないな」と、ゴールデン・グレイは言った。

少年はひざまずいて、彼女の顔を洗いはじめた。ゆっくりと、彼女のほお、鼻、片方の眼、次いで、もう一方の眼から、血の痕を拭きとった。ゴールデン・グレイはそれを眺め、その鹿の眼が開いても対応できる用意はある、と考えた。

そのようなことが、人に害を及ぼすこともある。ゴールデン・グレイがその少女を見て、からだを固くしてから十三年後、彼女が及ぼす害はまだ生きていた。妊娠した少女はいちばん傷を受けやすいが、祖父たちも同じだった。どんなものに魅惑されても、新生児に傷痕を残す可能性がある。メロン、兎、藤、ロープ。蛇の脱け殻以上に、野性の女はいちばん悪い。だから、女の子たちが受けた警告は、母親の乱心を切望したり好んだりする赤ん坊が生まれてきては困るので、用心しなければならないものの全リストの一部にすぎなかった。老人にも注意して、彼女を見たり、嗅いだり、声を聞くことさえしないように言いきかせて、警告しなければならないと、いったいだれが考えただろうか。

彼女は近くにいる、と人々は言った。遠い森のなかや、川床の下でさえなく、砂糖きび畑のどこかに。畑の端にいる、と言う人たちもいた。でなければ、たぶん、そのなかを歩き回っているのだろう、と。近くに。ときどき、砂糖きびを刈っていて、逆上することもあった。若い男たちが、彼女がすぐそこに、隠れている、たぶん、こちらを見ている、という感じに襲われたときのことだ。もし彼女が厚かましく近くに寄りすぎると、鎌を一振りしただけで彼女の首を切り落とすかもしれない。だがそうなったら、彼女が悪いのだ。それは、刈り方がうまくいかないときに起こるだろう――砂糖きびの茎が飛び上がって顔を打つとか、または、鉈鎌がすべって、そばの共同作業者を傷つけてしまうようなときだ。近くにいようと遠くにいようと、彼女のことを考えるだけで、午前中の仕事全体がだめになってしまうこともあった。

砂糖きび刈りをする年ではないが、まだ茎を縛るとか、砂糖桶の補給の仕事ができるほどには元気な祖父たちは、かつては安全だと考えられていた。だがそれは、祖父たちがハンターズ・ハンターと呼ぶ男が、彼女以外のものではあり得ない指先で肩を叩かれるまでのことだった。その男がさっとからだを起こすと、砂糖きびの茎が揺れているのは見えたが、草を踏みしだく音一つ聞こえなかった。彼は耕作生活より森の生活のほうに慣れていたので、何かの眼が自分を見つめているとき、それが木の上か、小丘の後ろか、この場合のように地面と同じレベルであるのか、見分けることができた。指先は肩の上にあって、眼は足元にあるので、彼がいかに混乱したか、わかるだろう。最初に心に浮かんだのは、およそ十三年前、彼が自分で名付けた女だった。彼女の世話をしていたとき、この言葉が頭に浮かんだからだ。ワイルド。最初彼は、心根はやさしいけれど、ひどい目に会った若い女の看護をしているのだと確信していたが、彼女に噛まれたとき、彼はこう言った。ああ、野蛮《ワイルド》だな。こういうふうなものもあるさ、と考えながら。それ以上、推し量るのは無駄だった。

しかし、彼は彼女の笑い方を覚えていた。また、噛まれたあとの最初の数日間、いかに彼女がおとなしかったかを。だから、彼女の指先が触れても驚かなかったが、かえって悲しくなった。あんまり悲しかったので、彼女を認めたことを同僚の作業者に言わなかった。同僚たちは彼と同じような老人で、もう終日刈ることはできなくなっていた。警告されていなかったので、彼らは彼女をちらと見たとき、いかに血が騒ぐか、さもなければ、あの幼女のような笑い声を聞くと、いかに足が震えてくるか、それに対応する準備ができていなかった。妊娠した娘たちは赤ん坊に気をつけたかどうかは知らないが、祖父たちは——警告されていなかったので——頭がおかしくなり、シロップ小屋からふらふら出ていき、夜はベッドを抜け出て、おしっこを漏らし、大人になった子供たちの名前も、革砥のおき場所も忘れてしまった。

人々がハンターズ・ハンターと呼ぶ男が彼女を知っていた——看護した——頃、彼女は怒りっぽかった。彼がこの気質をうまく扱ったら、彼女は家に留まって、赤ん坊に乳を飲ませ、服の着方や人々への話し方を習ったかもしれない。ときどき彼は、彼女のことを考えて、彼女は死んだのだと確信した。何カ月もの間、彼女のしるしも音さえまったく途絶えたとき、彼はため息をついて、自分の家が母親のないものでいっぱいになっていた時代

──母なし子のうちの主なものは、ワイルドの子供だった──をもう一度生きた。近隣の人々は、子供たちや妊娠した若い女たちに用心させるため、彼女の話をしたが、落ち着く代わりに彼女がまだ飢えていることを知って、彼は悲しくなった。正確に言って何に飢えているのか、彼にはわからなかった。それが、名前と同じ色の若い男の髪にたいするものでなければ。彼ら二人をいっしょに見るのは、いつになっても一つの衝撃だった。犬の尻尾ほども長い黄色い髪をした青年の頭と、その隣の黒いウールのかせのような頭をいっしょに見るのは。

彼はそのことを触れて歩きはしなかったが、とにかくニュースは広まった。ワイルドはまだ、砂糖きびの刈り手が鎌の刃の下にその首を思い描いた、昔むかしの狂った娘の話にはなっていなかった。また、わがままな子供たちに即刻何かをやめさせる手段にもなっていなかった。彼女はまだ外の、そこにいた。そして、現実の存在だった。ハンターズ・ハンターと呼ばれる男が飛び上がって自分の肩を摑むのを見、彼が振り返って砂糖きび畑を見渡し、だれかに聞こえるほどのつぶやき声で「ワイルド。ワイルドでなきゃ、ついてこい」とつぶやくのを聞いた人もいた。そのニュースを聞いて、身重の娘たちは吐息をついただけで、掃除や土の庭の水撒きを続けた。若い男たちは、刃が笛のように鳴るまで鎌の刃を研いだ。しかし、老人たちは夢を見はじめた。彼らは、いつ彼女が来たか、どんなに見えたか、どうして留まっているか、そして、彼女がとても大事にした奇妙な青年のことを覚えていた。

その青年を見た人々は多くない。最初に見たのは、ハンターズ・ハンターではなかった。彼は売るための狐を探しに出かけていたからだ。最初に見たのは、パティの息子のオーナーだった。彼はミスター・ヘンリの留守中、彼の家を見回りに来ていたが、そうしたある日のこと——ひょっとしたら、ちょっと草取りをしてもいいし、豚と鶏がまだ生きているかどうか、見ようと——立ち寄った。午前中はずっと雨が降っていた。雨の帳《とばり》が、いたるところに午後の虹を作っていた。あとで母親に語ったところによると、丸太小屋全体が虹に包まれていて、その男がドアから出てきたとき、オーナーは彼の黄色い髪とクリーム色の肌を見て、幽霊がその家に取りついたのだと思った。それから、自分が白人を見ているのに気がつき、白人の男が自分はミスター・ヘンリの息子だと言ったとき、彼の面影を見たけれど、一度も白人でないとは思わなかったという。

ヘンリ・レストーリ、すなわち、森に精通していたのでハンターズ・ハンターになった男（噂話をしたり、話しかけたりするとき、人々は彼をそう呼んだ）は帰ってきて、馬車と美しい馬がうまやの近くに繋がれているのを見たとたん、警戒心を抱いた。彼の知っている人はだれも、そのような馬車を駆ってはいないし、たてがみをそのように刈りこまれ、梳いてもらっている馬は、カウンティ中に一頭もいなかった。そのとき、パティの息子が乗っているラバが目に止まり、少し心が落ち着いてきた。彼は戸口に立って、自分が見ている光景を理解するのにひどく苦労した。パティの息子のオーナーは、妊娠した娘が横たわっている寝台のそばにひざまずき、金髪の男が二人の上にそそり立っていた。白人は一度も、彼の家の内部に入ったことはない。ハンターズ・ハンターは唾を呑みこんだ。これまでにした苦労はみんな、水の泡だ。

ブロンドの男が振り向いて彼を見たとき、その灰色の眼は大きく見開かれ、それから閉じられた。それから、ゆっくりとハンターの長靴から膝へ、胸から頭へとすべり上がってくる男の眼は、舌のようだった。灰色の眼が彼の眼と同じ高さになったときまで、ハンターは、自分の家で罠にかかったという感じを払いのけようと苦闘しなければならなかった。寝台からのうめき声さえ、見知らぬ男のからみつく視線を断ち切りはしなかった。彼についてはすべてが若くて柔らかだった――眼の色をのぞいては。

オーナーは、一方から他方を見た。「帰ってきて、うれしい、ミスター・ヘンリ」

「この人たちはだれだね？」

「二人とも、ぼくより先にここにいたよ」

「この人たちはだれだね？」

「わかりません。女の人はとても悪いけど、いま生き返りかけてるよ」

金髪の男は、ハンターが見たところ、ピストルはもっていなかった。そして、彼の革の薄い長靴は、一度も田舎道を歩いたことのないものだった。服は牧師にため息をつかせるようなもので、ハンターはその女のような手から、この見知らぬ男はメロンを打ち割るほどにも堅くこぶしを握ったことがないことがわかった。彼はテーブルのほうへ歩いて行き、小袋をその上においた。それから、手を一振りして、ヤマシギの番《つが》いを隅のほうに投げた。しかし、腕を曲げてもっていたライフルは離さなかった。帽子も頭にかぶったままだ。灰色の眼は、彼の一挙手一投足を追った。

「見たとこじゃ、女の人はひどい転び方をしたみたい。この、ここにいる紳士の人が、彼女をここに運んできたんです。できるだけ血を拭き取ったんだけど」

ハンターは、女をおおっている緑色のドレスを見た。袖の上に黒い血のしみができている。

「ぼく、鶏と豚はおおかた入れたんだけど。ブッバはだめだった。やつは若いけど、大きくなってきたから、ミスター・ヘンリ。大きくて意地が悪くて……」

蓋をしてない砂糖きび酒の瓶がテーブルの上にあって、ブリキのコップがその隣においてある。ハンターは中身を調べて、蓋をしめ、もてなし方の規則を全然知らないこの奇妙な男は、どこの地方から来たのだろうか、と考えた。白人、黒人を問わず、森の住人や、この地方の人たちはみんな、差し掛け小屋、狩人の狩猟小屋には、自由に入ることができた。必要なものをもっていき、できるものを残していけばいい。そこは通過地点で、だれでも、全員が、避難所の必要品を使うことができた。だが、お互いにかなりよく知っている間柄でなければ、絶対に、絶対に、だれも男の家で彼の酒を飲んではならなかった。「われわれは、お互いに知り合いですかな？」わざと「旦那」という言葉を使わなかったことが、ハンターには砲声のように大きく響いたような気がした。しかし、男はそれを聞いていなかった。自分自身の砲声を放ったからだ。

「いいえ、父さん。知り合いではありません」

彼は、それはありえないとは言えなかった。また、自分を納得させるには、産婆や、ロケットの肖像写真が要るということも。だが、それでもやはり衝撃は大きかった。

「おまえがこの世にいたとは、全然知らなかった」というのが、ついに彼が口にした言葉だったが、金髪の男が、言わねばならないこと、答として言おうと計画していたことを述べるには、しばらく待たねばならなかった。ちょうどそのとき、女が叫び声をあげ、肘をついてからだを起こし、もち上げた膝の間を見たからだ。

都会育ちの男は気絶したように見えたが、オーナーとハンターは、農村の人たちが見るふつうの、予定の出産を観察してきたばかりでなく、あらゆる種類の産道から新生児を引っ張ったり、ねじったりしてきた。この赤ん坊は、容易には生まれなかった。それは、泡立つ洞窟の壁にしがみついていて、母親は事実上、何の助けにもならなかった。ついに赤ん坊が生まれたとき、ただちに問題がはっきりした。この女は赤ん坊を抱きもしなければ、見ようともしなかった。ハンターは少年を家に送り出した。

「おまえのおっかさんに、女の人を一人ここへ来させるよう言ってくれ。ここに来て、赤ん坊を世話してくれるように。さもなければ、朝まで生きていまい」

「はい！」

「それに、砂糖きび酒がそのあたりにあったら、もってきてくれ」

「はい！」

ハンターはそれから、かがみこんで母親を見た。彼女は例の叫び声以来、一言も言っていない。顔に汗が吹き出ており、彼女は荒い息をしながら、上唇から汗の玉をなめとった。彼はいっそう近くかがみこんだ。石炭のように黒い肌をレースのように飾っている垢の下に、悪いものの痕があった。煙草の汁か、塩水《ブライン》か、職人の遊び心のしるしのように。彼が頭を回して、彼女にかけてある毛布の具合を直そうとしたとき、彼女はからだを起こして、彼のほおに噛みついた。彼はあわてて身を引き、傷ついた顔に軽く手を触れながら、くすくす笑った。「野蛮《ワイルド》だな、え？」彼は振り返って、自分を「父さん」と呼んだ青白い少年のような男を見た。

「おまえは、どこで野蛮な女を拾ったんだね？」

「森のなかです。野蛮な女が育つところですよ」

「自分がだれか、名乗ったか？」

男は首を振った。「ぼくが、彼女を驚かせたんです。それで、彼女は岩板で頭を打ったんですよ。ぼくは、彼女をそこへ置いとけなかったものだから」

「そうだろうな。だれが、おまえをここへ送ったんだ?」

「トルーベルです」

「ああ」ハンターはほほえんだ。「彼女はどこにいる? 彼女がどこへ行ったか、一度も聞かなかったな」

「いっしょの人は?」

「大佐の娘といっしょに行ったさ。ワーズワース・グレイ大佐だ。だれだって、それは知っていたよ。それにまた、すばやく行っちゃったね」

「なぜか、わかりますか」

「いまは、推し量る必要ないな。おまえがこの世にいるなんて、全然知らなかった」

「彼女のことを考えましたか。どこにいるかなって、思いましたか」

「トルーベルかい?」

「いいえ! ヴェラ。ヴェラ・ルイーズですよ」

「ああ、そうか。おれが、白人の娘がどこに行ったか、心配するように見えるか?」

「ぼくの母ですよ!」

「心配したとしたら、え? 次はどういう手段を取るんだね? 大佐のところへ行くのか? たとえば、こう言うのか? グレイ大佐、あなたの娘さんはどこへ行かれたのか、お伺いしたいんですが、ってね。しばらく、二人で馬に乗ってないんです。あなたにこうして頂きたいんです。わたしが待ってるから出てくるようにって、娘さんに言ってください。彼女はわたしたちが会う場所は知ってます。それから、あの緑色の服を着るように、言ってください。草のなかじゃ、彼女を見分けるのがむずかしい服ですから、ってね」ハンターは、片手であごをなでた。「おまえは、彼女たちがどこにいたか、言ってないな。どこから来たんだ？」

「ボルティモアです。ぼくの名はゴールデン・グレイと言います」

「似合わない、とは言えないな」

「それが、ゴールデン・レストーリだったら、あなたに似合いますか」

「このあたりじゃ、だめだな」ハンターは赤ん坊の毛布の下に手を入れて、その心臓が動いているかどうか確かめた。「この赤ん坊の男の子は弱いな。まもなく、乳をのませなきゃならない」

「なんてご親切なことだ」

「よく聞け。おまえは何がほしい？　いまのことさ。いま、何がほしいんだ？　ここにいたいのか。歓迎するぜ。おれを懲らしめたいのか。そんな考えは心から捨ててしまえ。反対の言葉は聞かないぞ。おまえはここへやって来て、おれの酒を飲み、おれの持ち物をかき回して、おれと押し問答ができると思ってるのか。おまえが、おれを父さんと呼んだだけで？　もし彼女が、おれがおまえの父親だと言ったのなら、おれに話してくれたことより、もっとたくさんのことをおまえに話したにちがいない。しっかりしろ。息子って者は、女の言う通りのものじゃない。息子とは、男らしい行動をする者のことだ。おれの子らしく行動したいのなら、そうしろ。でなけりゃ、さっさとおれの家から失せろ！」

「ぼくは、あなたに求愛し、あなたの許可を得るためにここへきたんじゃありません」

「おまえが何のために来たか、わかってるさ。おれがどのくらい黒いか、見にきたんだろう。おまえは、自分を白人だと思っていたんだろ？　おそらく、彼女がそういうふうに思わせたにちがいない。おまえにそう考えてほしかったんだ。誓って言うが、おれだってそう考えるだろうよ」

「彼女はぼくを守ってくれたんです！　もし彼女が、ぼくはニガーだということを公けにしたら、ぼくは奴隷になったかもしれませんからね！」

「自由なニガーもいたじゃないか。いつだって、何人か自由なニガーはいたもんだよ。おまえは、その一人になったかもしれん」

「ぼくは自由なニガーなんて、なりたくない。自由な人間になりたいんです」

「おれたちみんな、そうじゃないか。おい。白人だろうと、黒人だろうと、おまえのなりたい者になれ。選ぶがいい。だが、もし黒人を選んだら、黒人の振る舞いをしなけりゃならん。その意味は、男らしさを引き上げろってことだ。すぐに。そして、白人の男の子の生意気な態度をおれのところにもって来るな」

ゴールデン・グレイは、いまはしらふになっていた。そして、彼のしらふの考えは男の頭を撃ち抜いてやりたい、ということだった。明日。

彼に決心を変えさせたのは、そこにいた女の子だったにちがいない。

女の子にはそれができる。男の舵をとって死から救いだすこともできるし、まっすぐ死に追いやることもできる。眠りから引き出すこともできる。男は木の下の地面の上で目を覚ます。だが、その木は二度とけっして見つからない。男は迷子になったからだ。ひょっとして、その木が見つかっても、同じではない。ひょっとすると、その木は内側から割れているかもしれないし、それぞれの生き方をしなければならない地を這う生きものから穴をあけられているかもしれない。こうして這われ、ひだをつけられ、嚙まれ、穴を穿たれて、ついには、それが他に及ぼす営みの結果、全体が穴だらけになってしまう。あるいは、木がひとりでに倒れてしまう前に、人々が伐り倒してしまうかもしれない。子供たちがじっと見つめる大きな暖炉のための薪になっているかもしれない。

ヴィクトリなら、おぼえているだろう。彼は、ジョーが選んだ兄以上の存在だった。ジョーの親友で、二人はいつもいっしょに狩りをし、ヴェスパー・カウンティのたいていの場所でいっしょに働いた。保安官の地図にもジョーが落ちた胡桃の木は記されてないが、ヴィクトリなら覚えている。その木はいまだにだれかの家の裏庭にあるかもしれないが、棉畑と黒人地域はくしゃくしゃにかき回されて、押しつぶされてしまった。

噂があったのは一週間、荷物を詰めるのは二日間で、九百人のニグロが銃と麻縄に追い立てられて、ヴィエナをあとにした。荷車に乗ったり、歩いたりして、当てもなく、行く先もわからず（どこへ行こうと、だれが気にかけよう）、町を出た。二日間の予告で？ どうして行く先の計画が立てられよう？ 歓迎してくれる場所を知っていたところで、そこへ行く金はどこにあるのか。

彼らは駅の周囲に立ったり、道路の端の畑に群れをなして野宿したりした。そして、ついには、人々を襲った胴枯れ病として、シーッ、シーッと追いはらわれた。彼らがたしかに感じるやるせなさを動かない水のように映すから、また、労働者に支払った犯罪的な給料を他の人々に思い出させるからだ。

ワイルドが隠れ、窺い、大声で笑い、または静かに留まっていた砂糖きび畑は、何ヵ月も燃えつづけた。砂糖の匂いが煙のなかに漂い——大気を重苦しくした。彼女には、それがわかっただろうか、と彼は思った。この火は彼女のほうへ動いていく光や花ではなく、飛んでいく金色の髪の毛でもないことが、彼女にわかっただろうか？ それに触れたり、キスしようとすれば、こちらの息まで呑み込んで消してしまうということが？

手作りの十字架や、ときには、覚えておいてほしいと注意深い活字体で彫りこんだ石の指標が立っていた小さな墓地でさえ、生き残ることはできなかった。

ハンターは、立ち去ることを拒否した。いずれにしても、彼は丸太小屋にいるよりは森のなかにいるほうが多かった。そして、自分がいちばん居心地よく感じる場所で、最後の日々を過ごすのを楽しみにしているように見えた。だから、彼は身の廻り品を荷車に積みこもうとはしなかった。あるいは、ジョーやヴィクトリのように働き場所を求めて、ベアへ、それからクロスランドへ、それからゴウシェンへ、それからパリスタインへ、てくてく道を歩いていきもしなかった。雑木林を伐採する見返りとして十三歳の黒人の少年に眠る場所と食べ物をくれる農園、あるいは、飯場のついている製材所を探して。ジョーとヴィクトリは、他の人々といっしょにしばらく歩いたが、そのあとは別れた。二人は、胡桃の木のそばを通ったとき、クロスランドをはるかにあとにしたことがわかった。家から遠く離れて狩りをしていたとき、胡桃の木の高い枝の上に冷たい空気があれば、夜はよくその上で眠ったものだった。そして、道をはるかに振り返って見たとき、二人は、ヴィエナの畑と砂糖きびの残りからまだ煙が立ち上っているのを見ることができた。彼らは、ベアの製材所で短期の仕事を見つけ、それから、クロスランドで午後切り株を引き抜き、ついに、ゴウシェンで安定した仕事を見つけた。それから、ある春のこと、カウンティの南の三分の一に白い太った、棉の玉がはじけ、ジョーは、ゴウシェンの鍛冶屋の手助けをしていたヴィクトリを置いて、およそ十五マイル離れたパリスタインの外れで行なわれていた、もっと収入のよい棉摘みの仕事に出かけた。だが、まず最初に、彼は母親だと思っている女性がまだそこにいるか、あるいは、火と髪を混同して息を奪われてしまったかどうか、知らなければならなかった。

彼は彼女を見つけるために、全部で三回、孤独な旅をした。ヴィエナでは、最初は彼女を恐れ、それから嘲笑し、最後には妄執に憑かれ、そのあと彼女から拒否された。彼女が彼の母親だと、ジョーに話した者はいない。あからさまには言わなかった。だが、ハンターズ・ハンターはある晩、彼の眼をまっすぐ見て、言った。「彼女には理由があったんだ。たとえ気が狂っていても。気が狂った人間には理由があるものだよ」

彼らは、自分たちの獲物を食べたあとの片付けをしていた。ジョーはあとで、それは鳥だと思ったが、毛皮のついたものだったかもしれない。ヴィクトリなら覚えているだろう。ジョーが焚火のあとをならしている間、ヴィクトリは葉っぱで焼き串を拭いていた。

「おれはきみたち二人に、いたいけなものはけっして殺すな、できることなら雌は殺すな、と教えてきた。人間のことを言って聞かせなけりゃならんとは思わなかった。さあ、これをようく覚えておけ。彼女は獲物じゃないんだ。きみたちは、そのちがいを知らなきゃならん」

ヴィクトリとジョーは冗談に、たまたまワイルドに出会ったら彼女を殺すには何がいいか、推測しあっていた。もし三人がときどき見かけて追ったこともある彼女の臭跡をたどって、まっすぐ彼女の毛皮に行き着いたら。そのとき、ハンターが右の言葉を言ったのだ。狂った人間には彼らなりの理由がある、と。そのとき、彼はまっすぐジョーを（ヴィクトリではない）見ていた。消えかけた火が彼の凝視に異様な力を与えていた。「わかるだろう。あの女はだれかの母親なんだ。だから、だれかが面倒を見なけりゃならんのだ」

ヴィクトリとジョーは目を見交わしあったが、ジョーはすーっと肌が冷たくなったのを覚え、唾を呑み込もうとしたが、呑み込めなかった。

そのとき以来、彼は野性の女が母親だという考えと闘った。ときには、恥辱のあまり涙が出てきた。他のときには怒りが狙いを狂わせ、彼は乱暴に撃ちまくるか、獲物の効果のない場所にめちゃくちゃに撃った。彼は、この考えを否定しよう、自分がハンターの言葉を、何よりも彼のまなざしを誤解したのだと思いこもうとして、多大の時間を費やした。それでいて、ワイルドはつねに心に引っかかっていて、もう一度彼女を見つける努力をしないではパリスタインに出発することはできない、と感じた。

彼女はいつも砂糖きび畑にいたわけではない。また、白人の農場にある森の裏手にいたわけでもない。彼とハンターとヴィクトリは、こうした森のなかに彼女の跡を見た。こわされた蜜蜂の巣、盗んだ糧食のかけらと食べ残し。そして、たいていのときは、ハンターがいちばん頼りにしていたしるし——ワキアカツグミ。翼に赤い筋のついた青黒い鳥。彼女には鳥の好きな何かがあるのだろう、とハンターは言った。ワキアカツグミを四羽かそれ以上見かけると、それはつねに彼女が近くにいる、という意味になった。ハンターは、そこで彼女と二度話したことがある、と言った。だがジョーは、この森は彼女のお気に入りの場所ではないことを知っていた。彼女を探した最初のときは、二時間あまりの目覚ましい魚釣りのあとで、あまり気が乗っていなかった。川の向こう側で、鱒《ます》とスズキがたくさんいる場所の先になるが、川が製材所の方向の地下にもぐってしまう前、土手が急勾配の周囲を回るところがある。川から約十五フィート高くなったその勾配の天辺に、雨露をしのげそうな岩のくぼみがあった。入り口は、年を経たハイビスカスの垣根で塞がれている。一度、夜明け後の一時間で十尾の鱒を釣り上げたあと、ジョーはその場所を通りすぎたことがあった。そのとき、最初は流れる水と梢をわたる風の組み合わせのように思われた音を聞いた。世界が作る音楽。漁師や羊飼いには親しいものだが、森の住民もそれを聞く。それは哺乳動物を魅了する。雄鹿は頭を上げ、ホリネズミは凍りつく。注意深い森の男はほほえみ、目を閉じる。

ジョーはそれだと思い、ただ嬉しく耳を傾けただけだったが、やがて、その音に一、二の言葉がすべりこむような気がした。世界が奏でる音楽には言葉が入らないことを知っていたので、ジョーはじっと立ちつくし、周囲をすかしてみた。反対側の土手には銀色の線が重なり、太陽が紺青色の夜の最後の帳に切りこもうとしている。頭上も左側も、年を経た野生のハイビスカスの茂みに囲まれている。花は閉じて、昼になるのを待っている。歌の切れ切れは、女ののどから出てくるものだった。ジョーは垣根を抜け、からみあった野生ぶどうの蔓、ヴァージニア蔦、年を経て錆色をしたハイビスカスを打ちたたき、かきわけながら、しゃにむに勾配を登っていった。岩のくぼみの入り口を見つけたが、その角度からは中へ入れなかった。彼は岩の上に登ってから、その口へすべり下りなければならない。光はあまりにもわずかだったので、自分の脚もほとんど見えなかった。だが彼は、彼女がそこにいるとわかるだけのしるしを見た。

彼は大声で言った。「だれか、そこにいるの？」

歌はやみ、その代わりに小枝を折るようなポキッという音がした。

「おい！　そこにいるんだね！」

動くものはない。そして彼は、自分のほうに漂ってくる匂いは蜜と糞の混ざりあったものではないと、確信することはできなかった。そのとき彼は、嫌悪感をおぼえて立ち去ったが、少しも恐れてはいなかった。

二度目に彼女を探したときは、追放されたあとだった。煙を見、舌の上に砂糖の混ざった大気を味わったあと、彼はパリスタイン行きを遅らせ、ヴィエナのほうに後戻るまわり道をした。燃えた地面と黒焦げになった茎ばかりの畑の端を通り、かつては洗濯だらいがあったところに、いまはただ熱い煉瓦が残っているばかりの丸太小屋から目をそむけながら、彼は川のほうへ、鱒が蠅のように繁殖していた穴のほうへ進んだ。そして、川の曲がりのその場所に着くと、革紐で背中にかけたライフル銃をずらせて、腰をおろした。

ゆっくりと、静かに口で息をしながら、彼は、太陽と大気のなかで無慈悲に茂る緑の植物で遮られた岩のほうへ這っていった。彼女のしるしはない。何も認めることはできなかった。彼はどうにかこうにか開口部の上へ登ったが、すべり下りて、岩の入り口に入ったとき、女が使えそうなものは何一つ目につかず、人間の住んだ跡は冷たくなっていた。彼女は走って、逃げたのだろうか。または、煙と、火と、恐怖と、無力感に追いつかれたのだろうか。ジョーはそこで待った。ついに、耳をすませているために眠くなり、一時間か、それ以上眠ってしまった。目を覚ましたときには、日は移っていて、ハイビスカスは彼の手ほども大きく開いていた。彼が勾配を下りて、立ち去ろうとしたとき、ワキアカツグミが四羽、ホワイトオークの下枝から飛びたった。巨大な、孤立したその木は、似つかわしくない土壌で成長し——自分の根にからみつかれている。すぐさまジョーは四つんばいになって、ささやいた。「あんたかい？ そう言ってくれ。何でもいいから言ってくれ」彼のそばで、だれかが息をしている。振り向いて、彼は自分がいま出てきた場所を調べた。あらゆる動きと葉のさやぎが彼女らしい。「では、しるしをくれ。何も言わなくていい。あんたの手だけ見せてくれ。どこかから突き出すだけでいい。そうしたら、ぼくは帰るから。約束するよ。しるしだけ」彼は懇願し、彼女の手を求めたが、ついに光はいちだんとかすかになった。「あんたは、ぼくのお母さん？」はい。いいえ。両方。どちらでもいい。

だが、この無だけは耐えられない。ハイビスカスの花梗《かこう》にささやきかけ、息に耳を傾けているうちに、突然彼は、自分が狂っているばかりでなく汚い女を求めて、泥のなかを這いまわっているのに気がついた。かつてハンターが知っていて、たまたま自分の秘密の母親だが、自分の赤ん坊を養い、大事に育て、彼といっしょに家に留まるよりは、むしろ彼を孤児にしたほうがいいと考えた女。子供たちを怖がらせ、男たちにナイフを研がせ、花嫁が食べ物を外に出してやる女（あり得ることだが——そうでなければ、彼女はそれを盗んだのだ）。カウンティ中に、下の躾のできていない、だらしのない自分の跡を残していく女。ヴィクトリ以外のすべての人々の前で、彼を恥じ入らせる女。ヴィクトリは、ハンターがあの言葉と、とくにあのまなざしで仄めかしたと、ジョーが信じていることを打ち明けたとき、笑いもせず、彼を横目で見ることもしなかった。「彼女はタフなんだね」というのが、彼の答だった。「一年中外であんなふうに生きるとは、タフにちがいないよ」

たぶん、そうなのだろう。しかし、そのとき、ジョーは自分が頭に糸くずの詰まった阿呆になったような気がした。泥のなかですべり、黒い根の上でつまずき、シロアリといっしょに這い、泥の上を足をひきずりながら歩いている自分は、彼女より狂っていて、彼女と同じほど野性的ではないか。彼は森が好きだった。ハンターが好きになる方法を教えてくれたからだった。しかしいま、森は彼女でいっぱいだった。あまりに愚かで、生きるために物乞いさえできない、ひたむきな女。あまりにしなびた脳をしているので、もっとも卑しい雌豚にできることすら、しない女。すなわち、産んだ子を養うこともしない。小さな子供たちは、彼女を魔女だと信じていたが、まちがっている。この生きものには、魔女になれるほどの知性はなかった。彼女は無力で、目には見えず、どうしようもないほど愚かだった。いたるところにいて、どこにもいない。

世の中には、娼婦の母親をもっていて、それを克服できない少年たちがいる。ジュークボックスのある酒場のドアが音立てて閉まってしまうと、町の通りをよろめき歩く母親をもった少年たちもいる。子供を投げ捨ててしまったり、お札のために子供を売ったりする母親。ジョーはできることなら、ものを言わず、行儀も知らず、物陰にひそむ狂人よりは、このうちのどの母親でも選んだことだろう。彼がホワイトオークの枝を狙った射撃は、何物をも動かさなかった。弾丸はポケットに入っていたからだ。引き金は、無害にカチッと鳴っただけだった。叫び、すべり、落ちながら、彼は全速力で急勾配を駆け下り、川底をたどって、そこから出た。

そのとき以来、彼の仕事ぶりは狂気じみてきた。パリスタインへの途中、彼は提供されたり、小耳にはさんだ仕事はみんな引き受けた。木々や砂糖きびを伐り、ほとんど腕が上がらなくなるまで耕し、鶏の羽をむしり、棉を摘んだ。木材や穀物を運び、岩や丸太を切り出した。ある人々は彼のことを金に飢えている、と考えたが、他の人々は、ジョーは静かにしているのが嫌いなのだろう、または、怠け者だと思われるのが嫌なのだろう、と推測した。ときどき彼は、非常に長いこと晩くまで働いたので、確保しておいた寝棚に一度も帰らないこともあった。それから、ときどき例の胡桃の木の近くで働けるほど幸運であれば、よく外で寝るようになった。必要なときに備えて人々がそこにかけておいた、防水布のなかで揺れながら。パリスタインで、棉を摘み終え、梱に入れて、表示がすんだあと、ジョーは結婚して、さらに一生懸命働くようになった。

ハンターは、火事のあとヴィエナの近くに留まったのだろうか。ワーズワースへ帰ったのだろうか。カウンティの奥のほうでささやかな住みかを作り――そうするとよく話していたように――自分の流儀で世過ぎをしているだろうか。一九二六年、これらのすべての場所から遠く離れて、ハンターが越していったのは、たぶん、ワーズワースの近くだろう、とジョーは考えた。もし訊くことができれば、ヴィクトリなら正確に覚えているだろう（彼がまだ生きていて、監獄が彼にガラガラいう鎖をつけていなければ）。ヴィクトリはあらゆることを覚えていて、いろんなことをはっきり記憶することができたからだ。孔雀の雌はある巣を何度使ったか、というようなことを。茶褐色になった松葉のカーペットのどこが、脛の骨に達するほど深いか、特定の木――その根が幹のところまで伸び上がっている木――が、二日前、あるいは、一週間前に莟をつけていたこと、そして、正確にどこにあるか、ということなど。

ジョーは、一月の凍りつきそうなある日のこと、こういうことをみんな思い返している。彼はヴァージニアから遠く離れていて、エデンからはさらに遠い。武器をもって、ドーカスを探しに出かけるとき、コートを着て縁なし帽子をかぶると、実際にヴィクトリがそばにいるような気がする。彼女に害を加えることを考えているわけではないし、また、ハンターが注意したように、何かいたいけなものを殺そうと思っているわけでもない。彼女は女だ。それに、獲物ではない。だから、そんなことは全然考えない。だが、彼が狩っているのはドーカスで、狩りの間、銃はヴィクトリと同じほど自然な仲間なのだ。

彼は大股でシティを歩いて行くが、シティは反対も邪魔もしない。それは、一年の最初の日だ。大部分の人は、前夜のことで疲れている。しかし、黒人たちは昼間の集まりをして、まだ新年を祝っている。この宴は夜まで続くことがある。街路は滑りやすい。シティは小さな町と同じほど、人が住んでいないように見える。

「ぼくはただ、彼女に会いたいだけです。彼女が言ったことは本気じゃなかったということは、わかってると言ってください。彼女は若いから。若い人たちは自制心を失うことがありますからね。かっとなって、爆発するんです。あのとき、弾をこめてない散弾銃で木の葉を撃ったぼくみたいに。『いいよ、ヴァイオレット。きみと結婚するよ』と言ったぼくみたいに。ただ、野性の女が手を出したのか、出さなかったのか、見えなかったというだけの理由で」

彼が歩く通りは黒くて、つるつる滑る。コートのポケットには、ライフルを質に入れて買った四五口径が入っている。それを扱ったときは、笑った。大砲みたいな大きな音のする、太った、赤ん坊の銃。複雑なところは何もありませんよ。狙いを外すには、自分と闘わねばならないくらいでさあ。だが、彼は狙いを外さない。狙いさえしないからだ。あのにきびのできた肌は狙わない。けっして。けっして若いものは傷つけない。巣の卵、はらご、ひな鳥、幼魚……

トンネルの口から風が吹き上がってきて、彼の帽子を飛ばした。彼は、それが飛んでいった溝から拾い上げようと、走っていく。だが、ホワイト・オール印の葉巻の紙の輪が帽子の天辺にくっついているのは、目にはいらない。ひとたび電車のなかに入ると、どっと汗が吹き出すので、彼は上着を脱ぐ。すると、紙の袋がどさりと床に落ちる。ジョーは、一人の乗客の手が袋のほうに伸びて、それを彼に返すのを見下ろす。ジョーはお礼の会釈をして、袋を元通り上着のポケットに突っ込む。ニグロの女性が、彼に向かって頭を横に振る。紙袋に？　その中身に？　いや、汗をかいている彼の顔にだ。彼女は、汗を拭けと、新しいハンカチを差し出す。彼は断って、また上着を着て、ドアのほうへ行き、速やかに動いている闇を見つめる。

電車は唐突に止まって、乗客を前に投げ出す。まるで、ジョーが彼女を見いだすつもりなら、ここが降りなければならない停車駅だということを、たったいま思い出したというかのように。

三人の娘たちが電車から重なりあうように降りてきて、靴音を響かせながら氷の階段を降りていく。待っていた三人の男が彼女たちを迎え、みんな二人ずつに分かれる。刺すように寒い。娘たちは赤い唇をしており、その脚は、絹の靴下を通してお互いにささやきあう。赤い唇と、絹が力をきらめかす。彼女たちが征服され、貫通される権利と引き換える力。彼女たちのそばの男たちは、それを愛している。結局、最後に彼らは、そのなかに入りこみ、長くなり、その力の背後に戻って、それを捉え、支配するのだから。

三度目にジョーが彼女を見つけようとしたとき（そのとき、彼は既婚者になっていた）、丘の中腹でその木を探した――根がさかさに生えている木。あたかも従順に地中に降りたものの、不毛だとわかり、必要なものを求めて幹まで戻ってきた、と言うかのように。挑戦的に、論理に逆らって、木の根は上に登っていた。葉や、光や、風のほうに。その木の下には、白人たちがトリーゾン（裏切りの意）と呼ぶ川があった。そこでは、魚が釣り竿まで跳び上がってきた。そして、そのなかで泳ぐと、大騒動になるときもあれば、穏やかなときもあった。だが、そこに行くには、歩いている当の地面に裏切られる危険を冒さねばならない。川に向かってゆるやかに下る斜面と低い丘は、いかにも歓迎しているように見えるが、その下は、蔦や芝や野ぶどうやハイビスカスやカタバミが生い茂っていて、地面はふるいのように穴だらけになっていたからだ。一足踏みだすと、その足か、からだ全体を取られてしまうこともある。

「彼女は雄鶏をどうしたいというのか。隅でときを作り、仔細に監督しようと、ひよっこを見ているだけの雄鶏。彼らが持っているもので、ぼくのもののほうが上等でないものはない。その上、ぼくは女性の扱い方を知っている。ぼくは、これまで一度も女性を虐待したことはないし、これからもけっしてないだろう。女性に洞窟の犬のような生き方は絶対にさせない。雄鶏なら、するだろう。彼女もよくそう言っていた。若い連中が、いかに自分のことしか考えられないか。運動場や、ダンスパーティで、そうした男の子たちが考えるのは、いかに自分たちのことだけか。ぼくが彼女を見つけたら、わかってる――命を賭けてもいい――彼女はそんな男の子の一人と冬ごもりはしない。彼の衣服が、彼女のものと混ざりあうことはない。彼女はちがう。ドーカスはちがう。彼女は一人だろう。頑固で。野性的とさえ言えるが、一人だ」

その木の向こう、ハイビスカスの後ろに、丸石があった。その背後に開口部があったが、偽装の仕方があまりにも下手なので、人間以外のものの仕業とは思えなかった。どんな狐も、小鹿を産もうとしている雌鹿も、これほどだらしのない仕事はしない。彼女はそこに隠れていたのだろうか。彼女はそれほど小柄なのだろうか。彼はしゃがんで、もっと近くから彼女のしるしを探したが、何も見つからなかった。とうとう彼は頭を突っ込んだ。真っ暗だ。糞か毛皮の匂いはしない。その代わりに、家庭的な匂いがした――油、灰――それが、彼を誘った。這い、髪の毛をかするほど低い空間に身をよじって入る。ちょうどそこから引き返そうと心を決めたとき、手の下の土が石に変わり、非常に強い光が射したので、彼はたじろいだ。彼は数等身分の長さの暗やみを通り抜けて、岩面の南側から外を眺めていた。自然の隠れ場。どこにも通じてはいない。斜面の一つのカーヴから次のカーヴへ折れ曲がっているだけだ。下にトリーゾン川が光っている。なかでは方向を変えることができないので、彼は頭からもう一度もぐろうと、全身を引き出した。外の大気のなかに出ると、たちまち家庭的な匂いが強まった。刺すような太陽の光の下に、炊事油の匂いが洩れている。そのとき、彼は裂け目を見た。彼が尻を下にしてすべりこむと、やがて床にぶつかってすべりが止まった。まるで太陽のなかに落ちていくようだった。正午の光が溶岩のように、彼のあとから石の部屋に入ってきた。そこでは、だれかが油で調理していた。

「彼女は説明しなくてもいい。一言も言わなくてもいい。ぼくには事情がわかっている。これは嫉妬だと彼女は考えるかもしれないが、ぼくは温和な男だ。ぼくがいろんなことを感じないというわけではない。つらい時代を経験してきた。そして、切り抜けてもきた。

ぼくの感じ方は、他のみんなとまったく変わらない。

彼女は一人だろう。

彼女はぼくのほうに向くだろう。

彼女は両手を差し伸べ、みっともない靴をはいて、ぼくのほうへ歩いてくる。だが、顔はきれいで、ぼくは彼女が誇らしい。彼女の固すぎる編み髪が痛いので、ぼくのほうへ歩いてくるとき、彼女はそれを解く。ぼくが見つけ出したことを、彼女はとても喜んでいる。柔らかく、からだを反らせ、ぼくにしてほしいと言う。してくれと頼む。ぼくだけに。ぼくのほか、だれにも頼まない」


最初、彼は平和を感じたが、何かが待っているかのように、一種の警戒心も抱いた。だれかが食べるのを待っているときのような、食事前の感じがあった。そこは、世間には閉ざされている開口部をもった私的な場所だったが、ひとたびなかに入ってみると、好きなことをすることができた。事物をこわそうが、ひっかきまわそうが、触れようが、移動させようが、すべてを一度も予想したこともないように変えようが、自由自在だった。石壁の色は、彼が立ち去るときには、金色から魚のえらのような青に変わっていた。彼はそこにあるものを見た。緑色のドレス。腕のない揺り椅子。調理のための石の輪。つぼ、かご、ポット、人形、錘《つむ》、イアリング、写真、木切れの山、銀のブラシと銀の葉巻入れのセット。

その上。その上、骨製のボタンのついた男のズボン。注意深く畳まれた、縫い目以外は色褪せた淡いクリーム色の絹のワイシャツ。縫い目の部分は糸も布地も新しく、太陽のような黄色だった。

だが、彼女はどこにいるんだろう？

そこに、彼女はいる。ここには、ダンスが上手な兄弟はいないし、白い電球が青に変わるのを息を止めて待っている少女たちもいない。これは大人のパーティで――ここで行なわれていることは、明るい光のもとで行なわれる。違法な酒は秘密ではないし、秘密は禁じられていない。入るときに一、二ドル払えば、あなたの言うことは、自宅の台所よりずっと粋に、おもしろく聞こえる。あなたの機知は、何度も何度も表面に顔を出す。泡がグラスの縁にさっと上がってくるように。笑いは、綱を引く手の要らない鐘の音のように響く。あなたが疲れきってしまうまで、笑いは延々と続く。あなたは、もしその気になれば、安全なジンを飲むことができる。あるいは、ビールで通してもいい。だが、どちらも要らないだろう。偶然か計画的かは知らないが、かすかに膝に触れた手が、血をかきたてるからだ。禁酒法時代以前のバーボンの一杯か、乳首をつまむ二本の指のように。あなたの気分は高揚して、天井に届き、しばらくそこを漂いながら、下の着飾った裸身を楽しく見下ろす。ドアの閉まった部屋のなかでは、何かよからぬことが行なわれているのはわかっている。だが、ここには、めくるめくものと悪戯が充分ある。ここでは、胸を引き裂く歌に励まされて、パートナーたちが互いにしがみついたり、相手を変えたりしている。ドーカスは満足して、喜んでいる。二本の腕に抱かれて、自分の肩にほおを載せることができるから。他方、彼女の手首は、男の首の後ろで交差している。彼らがダンスをするのにあまり空間を取らないのは、いいことだ。空間はないからだ。部屋には人が詰まっている。男たちは満足のうめき声を出し、女たちは期待でハミングしている。音楽は撓《しな》い、ひざをつき、彼らをみんな抱きしめて、少しは生きなさい、とはげます。やればいいじゃないの？　それこそ、あなた方が求めていることなんだから。

ドーカスのパートナーは、彼女の耳にはささやかない。彼の約束は、彼女の髪に押しつけたあごと、動かない指先で、すでに明らかにされている。ドーカスは伸び上がって、男の首を抱く。男はからだを少し曲げて、彼女が抱きやすいようにしてやる。二人は、ウエストから上のことも、下のことも、すべてに同意している。筋肉、腱、関節、骨髄が協力する。そして、ダンスをしている人々がためらい、一瞬疑惑に捉えられるとしても、音楽がどんな問題も解決し、溶かしてくれる。

ドーカスは幸せだ。いままでにないほど。パートナーの口ひげには、白髪の筋は一本もない。彼は精力的だ。鷹の眼をして、疲れを知らず、ほんの少し残酷だ。彼は一度も彼女に贈り物をしたことがなく、それについて考えたこともない。ときどき彼は、いる、と言ったところにおり、ときには、いない。他の女たちが彼をひどくほしがるので、彼はより好みをする。彼女たちがほしがり、彼が与える賞は、経験を積んだ彼自身だ。彼に比べたら、一足の絹の靴下なんて、いったい何だろう？　競争にならない。ドーカスは幸運だ。それを知っている。そして、これまでのどのときよりも幸せだ。

「彼は、わたしを連れにくる。彼がくるのはわかっている。彼に来るな、と言ったとき、彼の眼がどんなに光を失ったか、知ってるから。そして、そのあと、いかに躍りあがったか、を。わたしは上手に言えなかった。上手に言おうとしたんだけど。わたしは要点の練習をした。鏡の前で一つ一つ、おさらいをした。こそこそしたり、彼の奥さんや、いろんなこと、すべてだ。わたしたちの年齢やアクトンのことは、何も、一度も、言ったことはない。アクトンのことは何も。だが、彼はわたしと口論をした。だから、わたしは言った。ほっといてよ、って。ほっといて。わたしに近寄らないで。もう一本コロン水の壜をもってきてよ。わたしを一人にしてくれなければ、それを飲んで、死んじゃうから。

彼は言った。コロン水じゃ、死ねないよ。

わたしは言った。わたしの言うこと、わかるでしょ。

彼は言った。妻と別れてもらいたいのかい？

わたしは言った。ちがうわ！　わたしと別れてもらいたいのよ。わたしのなかに入ってもらいたくないの。そばにいてもらいたくもないの。この部屋は大嫌い。ここには、いたくない。わたしを探しに来ないで。

彼は言った。どうして？

わたしは言った。それは。それは。それは。

彼は言った。それは、何だい？

わたしは言った。あなたを見ると吐き気がするからよ。

吐き気？　ぼくを見たら吐き気がする？

自分に吐き気がするし、あなたにも吐き気がするの。

その部分は本気じゃなかった……吐き気がするってことは。彼はそんなじゃない。吐き気がするってことはない。彼にわかってもらいたかったのは、わたしにはアクトンに会うこの機会があって、それがほしかったし、その話をする女友達がほしかった、っていうこと。わたしたちがどこに行って、彼が何をしたか、っていう話を。いろんなことについて。何やかやについて。だれにも、それについて話すことができないのなら、秘密なんてどこがいいの？　わたしはフェリスに、ジョーとわたしのことをちょっと仄めかしたけど、彼女は笑ったわ。そのあと、わたしをじっと見て、それから顔をしかめた。

わたしは、そんなこととみんな彼に話せなかった。わたしが練習したのは他のことで、みんな、ごっちゃになってしまったから。

でも、彼はわたしを連れにくる。それが、わかる。彼はいたるところで、わたしを探しまわっている。たぶん、明日わたしを見つけるだろう。今夜かもしれない。はるばる、ここまで来て。わざわざ、遠い、ここまで来て。

わたしたち、わたしと、アクトンと、フェリスが、路面電車を降りたとき、わたしはその、キャンディー・ストアの隣の入り口に彼がいる、と思った。でも、彼じゃなかった。まだだ。どこにでも彼の姿が見えるような気がする。彼が探していることは、わかってるし、いま、彼が来ることもわかってる。

彼は、わたしがどう見えようと気にしない。わたしは、どんなになってもいいのだ。何をしても――それが、彼を喜ばせた。そのことが何かしら、腹が立った。よくわからないけど。

さてアクトンは、わたしの髪型が気に入らないときは、そう言う。そうしたら、わたしは彼の好きな髪型にする。彼といっしょのときは、わたしはけっして眼鏡をかけない。わたしは彼のために笑い方を変えた。彼の気に入るような笑い方に。彼はそれが気に入っていると思う。以前は好きじゃなかったのも、知っている。いま、わたしは食べ物をもてあそぶ。ジョーは、わたしがみんな食べて、もっとほしがるのが好きだった。アクトンは、わたしがお代わりをすると、黙ってじっと見つめる。彼は、そんなふうにわたしのことを気にかけているのだ。ジョーは、けっして気にかけなかった。ジョーは、わたしがどんな女であってもかまいはしない。かまうべきだ。わたしはかまう。わたしは個性をもちたかったし、アクトンといっしょにいると、それができかけている。いまわたしは、ルックスがよくなった。ペンシルで眉を細く描いた私の顔は夢のようだ。ブレスレットはみんな、肘のすぐ下につける。ときどきわたしは、靴下を膝の上でなく、下で留める。足の甲には三本のストラップがかかってるし、家には、レースのような細かいカットの入った靴がある。

彼は、わたしを連れにくる。たぶん、今夜。たぶん、ここに。

彼がもし来たら、わたしとアクトンがいかにぴったり寄り添って踊っているかを見、目にするだろう。どんなにわたしが、彼のほうに差し出した腕の上に頭を載せているか。わたしたちが前後左右にからだを揺すっているとき、わたしのスカートのヘムが後ろに垂れ下がり、わたしの足の脛をたたいている。わたしたちの体の前方は、ぴったりくっついている。何一つわたしたちの間には入りこめない。とても親密なのだから。ここにいるたくさんの女の子が、彼とこれをやりたがっている。わたしが目を開けて、彼の首の後ろのほうを眺めやると、彼女たちが見える。わたしは親指の爪を彼の襟足にこすりつける。女の子たちが彼をほしがっているのを、わたしが知ってることが、彼女たちにわかるように。彼はそれが嫌いで、頭を回して、そんなふうにわたしが彼の首に触るのをやめさせようとする。わたしはやめる。

ジョーなら気にしないだろう。わたしは、彼のどんなところでもこすることができた。彼は、鏡がなければ見えないようなところにも、口紅で絵を描かせてくれた」

このパーティが散会したあとで起こることは、何であれ、重要ではない。重要なのは、いまだ。これは戦争に似ている。だれも彼もハンサムで、他の人々の血のことだけを考えて、光り輝いている。自分たちのものでない血管から噴き出る赤い液体は、光り方を専売特許にしているメークアップ化粧品のようだ。元気が出る。魅力的だ。あとで、事件のなりゆきについてのおしゃべりや、要約がなされるだろう。しかし、行為それ自体を彷彿とさせるものも、心臓をはげしく搏《う》つ興奮もない。戦争やパーティの場では、みんなが手練手管を使い、策略を弄する。目標が決められ、やがて、変更される。同盟の組み替えが行なわれる。パートナーとライヴァルはやっつけられ、新しい二人組が凱歌をあげる。目を見張るような可能性が、ドーカスを圧倒する。ここでは——大人を相手にする場合と戦争のときは——みんなが本気で行動してるから。

「彼が、わたしを連れにくる。来たら、彼は、わたしがもう彼のものじゃないことがわかるだろう。わたしはアクトンのもの。わたしが喜ばせたいのはアクトンだ。彼は、それを期待している。ジョーといっしょのとき、わたしは自分を喜ばせた。彼が、それを勧めたから。ジョーといっしょのとき、わたしは力を手にして、世界の指揮棒を振った」

ああ、この部屋――音楽――戸口に寄りかかっている人々。カーテンの後ろでシルエットがキスをしている。戯れの指が探り、愛撫する。ここは、いろんなことがもち上がるところだ。身振りがすべての市場だ。稲妻のようにすばやく舌がなめ、親指の爪が、紫色のプラムの分かれ目をなぞる。靴紐の解けた濡れた靴をはき、コートの下に上までボタンをかけてセーターを着た、しょぼくれた恋人は、ここでは他所者だ。ここは、年とった男たちの来るところではない。ここは、ロマンスの舞台だから。

「彼はここにいる。ああ、見て。なんてこと。彼は泣いている。わたしは倒れてる？ どうして倒れるのかしら？ アクトンが支えてくれてるけど、とにかく、わたしは倒れる。人々の頭が振り向いて、わたしの倒れた場所を見ている。暗い。いまは明るい。わたしはベッドに寝ている。だれかが額の汗を拭ってくれるが、わたしは寒い。とても寒い。人々の口が動いているのが見える。みんなが何かをわたしに言ってるが、わたしには聞こえない。遠いベッドの足のところに、アクトンが見える。上着に血がついていて、彼は白いハンカチでそれをたたいている。いま、一人の女性が彼の肩から上着を取る。彼は血がついたのを気に病んでいる。あれは、わたしの血だと思う。その血は、彼の上着を通してワイシャツまで汚した。女主人が叫んでいる。彼女のパーティが台無しになったのだ。アクトンは怒っているように見える。女が上着を返してくれるが、彼の気に入っていた以前のままの、きれいな服にはなっていない。

いまは、彼らの言葉が聞こえる。

『だれだ？　だれが、こんなことをした？』

わたしは疲れた。眠い。大きく目を開いていなければならないのに。何か重要なことが起こりかけているのだから。

『だれがこれをやったのか、おい？　だれがきみをこんな目に合わせたの？』

彼らはわたしに彼の名前を言わせようとする。ついに、それをみんなの前で言え、と。アクトンはワイシャツを脱いだ。人々が入り口をふさいでいる。よく見ようと、後ろから伸び上がっている者もいる。レコードの演奏は終わった。彼らが待っていただれかが、ピアノを弾いている。女も歌っている。音楽はかすかだが、わたしは歌詞を暗記している。

フェリスが近々とのぞきこむ。彼女はわたしの手をきつく握りすぎている。わたしは、もっと近くに来て、と自分の口で言おうとしている。彼女の眼は、天井の照明装置より大きい。彼か、と彼女は訊く。

彼らは、わたしに彼の名を言わせようとする。彼を追跡できるように。ロシェールと、バーナディーンと、フェイが入ったサンプルケースをもち去れるように。わたしは彼の名を知っているが、ママは言わないだろう。世界は、わたしの手が振る指揮棒の下で揺れていたのよ、フェリス。あそこの、窓に氷の注文板がおいてあった、あの部屋で。フェリスはわたしの唇に耳をつけ、わたしは彼女に金切り声で叫んでいる。金切り声で叫んでいる、と思う。叫んでいると思う。

みんなは帰りはじめた。

いま、はっきりしてきた。戸口からテーブルが見える。その上に、茶色の木製のボウルがある。平たい。低くてお盆に似ている。こぼれるほどオレンジが盛られている。わたしは眠いが、いまは、はっきりしている。とてもはっきりしているので、黒いボウル、オレンジの山。オレンジだけ。明るい。聞いて。歌っているあの女はだれか知らないけど、わたしは歌詞を暗記してるわ」

恋人《スイートハート》。それが、この天気の呼び名だった。恋人天気。一年のいちばんきれいな日。そして、あれがはじまったのが、この日だった。これほど空気が澄みきって安定した日には、木々はお洒落をする。コンクリート舗装の真ん中に立って、生命がなくなるのではないかとおびえ、木々はお洒落をする。ばかな。その通り。だが、そんなたぐいの日だった。わたしは、レノックス街が広がり、男たちがそれを眺めに店から出てくるのを見ることができた。両手をエプロンの下に入れるか、後ろのポケットに突っ込んで立ち、この日を抱えこもうとわが身を広げている通りをただ見回しているさまを。半分軍服で、半分私服を着ている障害者の退役軍人は、働いている男たちを見て暗い顔をするのをやめた。彼らはディヴァイン神父の炊き出し車へ行き、食べ終わったら、紙煙草を巻いて歩道の縁石に腰をおろす。まるで、そこがダンカン・ファイフ（ニューヨーク市の家具製作者。1768〜1854）様式の椅子であるかのように。また、歩道でカタカタ踵を鳴らしていた女たちは、ときどき歩道の割れ目につまずいた。彼女たちは、あの純粋で柔らかいが、安定した光がどこから来るのか見ようと、木々を見上げていたからだ。路面電車のM11とM2の低い回転音は遠く、はるかだったし、パッカードもそうだ。大きな音を出すフォードでさえ静まり、警笛を鳴らしたいとか、運転席の窓からからだを突き出して、のろのろ横断する歩行者を辱《はずかし》めようと思う人はいない。その日の甘美な空気がみんなをくすぐり、ピカピカの黒いヒールを歩道の割れ目に引っかけてころんだ女性に向かって、こう叫ばせる。「ぼくのもってるもの、全部あげるよ！　だから、ぼくといっしょに家に来ないか！」

屋上にいる若者たちは、音を変えた。唾を吐き、しばらく楽器の吹口をいじり、それから口に当て、ほおをふくらませたとき、それはちょうどその日の光のようだった。澄み切って安定していて、この上なくやさしい。聴く人は、彼らの演奏のように、すべては許されたと思うだろう。木管楽器のクラリネットには問題があった。金管楽器は非常に繊細にできていて、木管楽器が好む低い調子ではなく、若い女の子が足首まで冷たい水のなかに浸けて、川のほとりで時間つぶしに歌っているときのように、高く美しい音を出すからだ。金管楽器をもっていた若者たちは、おそらくそのような娘や川を一度も見たことはないだろうが、その日彼女を作りあげた。屋上で。ある者は、保護柵のない二百五十四番地の屋上で。別の男は、青リンゴ色の給水タンクのついた百三十一番地の屋根で。また、一人は、すぐ隣の百三十三番地で。そこには、ラードの缶に植えたトマトと、夜寝るための藁ぶとんがある。冷気を求め、蚊を避けて寝るための。蚊は、それほど高く飛ぶことはできない。

さもなければ、街灯のそばの柔らかい首の肉を離れるのが嫌らしい。そういうわけで、レノックス街からセントニコラス街まで、百三十五丁目を横切ってレキシントン街へ、コンヴェント街から八番街まで、わたしは男たちが楓糖《メイプルシュガー》の心を奏でているのを聞いた。男たちは、それを樹齢四百年の木々からたたきだし、幹を伝って滴らせ、空費する。それを受けるバケツもなければ、バケツをほしがってもいないからだ。彼らはただ、その日それを滴らせ、気が向けばゆっくりでも速くでも、あふれんばかりの樹液を放出させ、存分に流れさせたいだけだった。

それが、金管楽器を奏するその日の若者たちの演奏ぶりだった。己れに確信をもち、聖なる存在であることを確信して、そこの屋上に立ち、最初はお互いに向き合ったものの、クラリネットを凌駕したことがあきらかになると、お互いに背中を向け、トランペットをまっすぐ空に向け、澄み切って安定していて、この上なくやさしい光と一つになろうとした。

安い窓ガラスのようにすでにこなごなになった生活を、破壊する日ではない。だが、ヴァイオレットは……さて、あなた方はヴァイオレットを知る必要がある。これからしなければならないのは、ディー博士の神経・筋肉強壮剤入りのモルトを飲み、ポークを食べることだけだ、と彼女は考えていた。そうすれば、ドレスの後ろを満たすだけの体重が身につくだろう。ヴァイオレットは、このような暖かい日にはいつもコートを着ていた。彼女が通りすぎるとき、歩道の縁石のところにいる男たちから、憐れんで首を横に振ってもらいたくなかったからだ。しかし、この日、このやさしくきれいな日、彼女はお尻に肉がないのを気にしていないようだった。ドアから外へ出て、肘を両手で抱え、靴下は足首まで巻きおろして、ポーチに立っていたからだ。彼女は、ジョーのすすり泣きに音楽が割り込むのを聴いていた。すすり泣きはいま、鎮まってきた。たぶん、彼女がドーカスの写真をアリス・マンフレッドに返したからだろう。だが、写真があった空間は現実のものだった。おそらく、お尻のことは気にしないでそこのポーチに立っていたヴァイオレットが、石段を上がってこちらへやってくるものを、四本のマルセル・ウエーヴなどがあって生前の姿にそっくりのもう一人のドーカスだと簡単に信じこんだのは、そのためだろう。

その女は、腕の下にオケ社のレコードを抱え、ピンク色の肉屋の紙に包んだ半ポンドのシチュー肉をもう一方の手に下げていた。肉をもって通りをうろうろするには、日ざしが強すぎるけど。彼女が急がなければ、肉は色が変わり——調理用ストーヴに行き着くまでに、煮えてしまうだろう。

怠惰な娘。両手はふさがっていても、頭のなかはからっぽに近い。

彼女はわたしをいらいらさせる。

彼女を見ると、この晴れた天気は一日以上もつかしら、と考えてしまう。すでに、青く遠いところからまわりの街路に落ちてくる灰が、わたしの心の平和を乱している。窓敷居の上にすけた薄い膜ができ、窓ガラスをおおいはじめている。いま、彼女はわたしの心を脅かす。あのように陽光《ひ》の箭《や》のなかを、ぶらぶら歩く彼女の姿を見ていると、自分のことを疑問に思ってしまうから。いま、階段を上がってくる。ヴァイオレットのほうへやってくる。

「母と父も、タキシードウに住んでいたの。ほとんど会えなかったけど。わたしは祖母と暮らしていて、祖母はこう言った。『フェリス、あの人たちはタキシードウに住んじゃいないよ。あそこで働いて、わたしたちと住んでいるの』って。言葉だけなのね。住む、働く、ってこと。わたしは三週間ごとに一回、二日半、父母に会った。クリスマスとイースターはまる一日ずつだった。それで、数えたの。半日も入れると、四十二日プラス二日の休日で、四十四日になる。でも、わたしは半日を数えない。その日の大部分は、荷物を詰めたり、汽車に乗ったりしてつぶれるから。だから、本当は、三十四日しかない。半日は数えちゃいけないんだもの。一年に三十四日よ。

父母は家に帰ってくると、わたしにキスして、いろんなものをくれた。オパールの指輪みたいなものよ。でも、二人が本当にしたかったのは、どこかにダンスしに行くか（母のほう）眠るかする（これは父）ことだった。日曜には教会へ行ったけど、母はそのことでも悲しがっていた。教会でしなければならないこと――夕食会、集会、日曜学校のパーティのための地下室の掃除、お葬式のあとのレセプション——に行けない、と言わなければならなかったから。タキシードウの仕事のためよ。そういうわけで、母が何よりも望んでいたのは、A地区の懇親会の女性たちと、近所の事件の噂話をすることだったの。それから、ほんの少しダンスすることと、賭けホイストをすること。

父は化粧着のままで、気分転換に今度はお給仕してもらうことが好きだった。その間、わたしと祖母が父のために取っておいた新聞を読むの。《アムステルダム》、《エイジ》、《クライシス》、《メッセンジャー》、《ワーカー》。そのうち少しは、タキシードウにもって帰ったわ。あそこでは、新聞を取れないから。新聞だったら、きちんと畳んであるのが好き。雑誌には指の痕や、食べ物の痕がついてちゃいけないの。だから、わたしはあんまり読まなかった。祖母は読んだけど、皺にしたり汚したりしないよう、とてもとても気をつけていた。くしゃくしゃに畳んである新聞を開くときほど、父が怒ることはなかったから。父は新聞を読みながら、うなったり、鼻を鳴らしたりするの。そして、ときどき笑った。でも、祖母が言うには、そんなもの一生懸命読むから、血が騒ぐんだそうだけど、父は絶対に読むのをやめなかった。父のいいところは、何もかも読んで、今度は読んだものについて母や、祖母や、トランプをいっしょにする友達と話し合うことよ。

一度わたしは、貯めておいた新聞を読んだら、父と話し合うことができるだろうって考えた。でも、選んだものが悪かった。わたしは、ニグロを何人か殺して捕まった白人警官の記事を読んだので、捕まってよかった、そういう時代なのよね、って言ったの。すると、父はわたしを見て、どなったわ。『その話が新聞に載ったのは、それがニュースだからだ。おい、おまえ、ニュースなんだぞ！』って。

わたし、なんと答えてよいかわからないで、泣きはじめたの。そうしたら、祖母が『おまえさん、どっか他のところへ行って、おすわり』って言った。母は、『ウォルター、あの子にそんなこと話すの、やめてよ』って言ったわ。

母が、父の言った意味を説明してくれた。おまわりが毎日ニグロを殺してるのに、それにたいしては全然だれも逮捕されてないってことを。そのあと母は、タキシードウの上役がほしがっているものを買いに、わたしを連れてってくれた。わたしは、どうして休みの日に、その人たちの買物をしなくちゃならないの、って母には訊かなかった。そんなこと言ったら、三十七丁目のティファニーの店に連れていってくれないから。あそこの店は、牧師さんが一分間黙禱しましょう、って言ったときより静かなの。黙禱のときは、足をひっかいたり、だれかが鼻をかむ音が聞こえる。でも、ティファニーの店じゃだれも鼻をかまないし、カーペットがどんな靴音も吸い取ってしまう。タキシードウみたいに。

何年も前わたしが小さかったとき、学校にあがる前よ、父母はわたしをタキシードウに連れてったわ。わたしはずっと静かにしてなくちゃならなかった。二度連れてってくれて、わたしは丸々三週間いたわ。でも、やめになった。父母は仕事をやめる話をしてたけど、やめなかった。祖母に引っ越してきてもらって、わたしを見てもらうことにしたの。三十四日。わたしはいま十七歳だから、合計すると六百日弱ってことになるわね。十七年のうちの二年足らず。ドーカスは、それでもわたしは幸運だって言ったわ。少なくとも両親はそこに、つまり、どこかにいるわけだから、わたしが病気になったら親に助けを求めることができるからって。または、汽車に乗って会いに行けるからって。彼女のご両親は二人とも、とてもひどい死に方をしたそうよ。彼女は、両親が死んでから、葬儀屋が始末をしてくれる前に二人を見たって言ったわ。ドーカスは、書き割りみたいな作りものの椰子の木の下にすわっている二人の写真をもっていた。お母さんは立っていて、片手をお父さんの肩に載せていた。お父さんはすわって、本をもっていたわ。わたしには悲しそうに見えた。でも、ドーカスは、二人ともどんなに美貌だったか、忘れられないみたいだった。

彼女はいつも、だれがきれいで、だれがそうでないか、っていう話をしていたわ。だれの口がくさくって、だれがすてきな服をもってるか、だれにダンスができて、だれがお高くとまってるか、って。

祖母は、わたしたちが友達なのを、あまりよく思ってなかったみたい。理由は一度も言わなかったけど、わたしには、なんとなくわかった。わたし、学校ではあまり友達がいなかったの。わたしの学校の、男の子じゃなくて女の子は、肌の色でグループ分けされていたわ。わたし、そんなこと大嫌い。ドーカスもそうよ。わたしと彼女は、その点では他の人たちとはちがっていた。だれか口の悪いのが『おーい、黒蠅さん、バターミルクはどこ?』とか、『へーイ、縮れっ毛、相棒はどこ?』ってどなると、わたしたち、舌を突き出し、指を鼻の上において、連中を黙らせたわ。でも、それが功を奏さなければ、ぶん殴ってやった。そんな喧嘩の一つで、わたしの服はだめになったし、ドーカスの眼鏡は割れたわ。でも、ドーカスといっしょにあんな女の子たちと喧嘩するのは、いい気持ちだった。彼女は一度も怖がらなかったし、わたしたち、最高に楽しかった。わたしたちの行ったどの学校も、毎日が。

でも、おしまいになったわ、楽しい日々が。二カ月ばかり。彼女があの老人と会いはじめたから。わたし、あの件ははじめから知ってたけど、わたしが知ってることをドーカスは知らなかった。これは秘密だって、彼女に思わせておいたから。彼女はそれを、秘密にしたがっていたんだもの。最初わたしは、彼女が恥じているんだと思った。でなきゃ、彼を恥じているけど、贈り物に惹かれてつきあっているんだって。でも、彼女は秘密なことが好きだったの。どういうふうにミセス・マンフレッドをだまそうか、って計画したり、策略をめぐらしたりするのが。わたしの家でそっと妖婦みたいな下着を着て、外を歩きまわったり。いろんなものを隠したりして。彼女はいつも、秘密めかした行動をしてた。彼のこと、恥じてもいなかったわ。

彼は年寄りだった。本当に年寄り。五十ですもの。でも、彼女の言う美貌の基準には合っていた。彼のために、それは言っておくわ。ドーカスは、もっときれいになれたのに。ちょっとなりそこなったのね。美貌の要素もみんな、もってたのに。長い髪、波打ってて、半分よくて、半分悪かった。淡い色の肌。一度も肌の漂白剤を使ったことなかったわ。すてきな体型。でも、何か足りなかったわね。一つ一つ見ていくと、みんなすてきに見えた――髪、肌の色、体型。でも、いっしょにすると、ぴったりこなかった。わたしたちが通りを歩くと、男の子たちは彼女を見て、口笛を吹いて、気の利いたことをどなったわ。学校でも、あらゆる男の子が彼女と話したがった。でも、途中でおしまいになって、何も成就しなかった。性格のせいじゃないわ。彼女は話がうまかったし、冗談言ったり、からかったりするのが好きだったから。冷淡なところは全然なかったし。何が原因かわからない。押しつけが原因でなければ。わたしの言いたいのは、彼女はいつも他の人に何かおっかないことをやらせたがっていた、ってことよ。ものを盗むとか、店に引き返して、彼女にサービスしなかった白人の女店員の顔をひっぱたくとか。または、剣突をくわせた人を徹底的に罵倒するとか。よくわからないけど。彼女には、すべてが映画みたいなものだったのよ。そして彼女は、鉄道線路の上に気絶していたり、族長《シーク》のテントにとらえられているのに、そこに火がかけられたりするって役だった。

わたしは、そういうわけで、最初、彼女はあの老人がとても気に入ったのだと思う。秘密にしなきゃいけないことと、彼に妻があることよ。彼女が最初に会ったとき、彼は何か危険なことをしたのにちがいない。でなきゃ、彼女が彼とこそこそ歩きまわったりしないもの。とにかく、こそこそ歩きまわってる、と彼女は思ってた。でも、二人の美容師があのナイトクラブ〈メキシコ〉で、彼女が彼といっしょにいるところを見たの。わたしはあそこで、彼と彼女や、デートに出かけるあらゆる種類の他の人たちについて、あの人たちが話していることを聞いて、二時間費やしたわ。あの人たち、主にドーカスと彼の話をして楽しんでいた。彼の奥さんが嫌いだったから。彼女が、あの人たちの仕事を奪ったからよ。だから、あの人たち、彼女のことは全然よく言わなかったわ。狂ってるけど、髪のセットは上手だってことを除いては。そして、あれほど狂ってなければ、あの人たちの仕事を奪う代わりに資格が取れるだろうに、って。

でも、彼女についてのあの人たちの判断はまちがってる。わたし、指輪を取りに行ったんだけど、彼女は全然狂っていなかったから。

わたし、母が指輪を盗んだことは知ってるの。母は、ボスの女性がくれた、って言ったけど、わたし、あの日、それがティファニーの店にあったのを覚えてる。オパールというなめらかな黒い石のはまった銀の指輪よ。女店員は、母が受け取りにきた包みを取りに行っていた。母はその人にボスの女性からの手紙を見せたので、母に渡そうってことになったの（入り口でも見せたのよ。だから、入れてくれたの）。店員がいない間、わたしたちは指輪ののったベルベットのトレイを眺めてたわ。一つか二つ取り上げて、はめてみようとしたら、きれいなスーツを着た男の人がやって来て、首を横に振ったの。ほんの少し。『ミセス・ニコルソンの包みを待ってるんです』って母が言った。

すると、その男の人はほほえんで、こう言ったわ。『もちろん。ただ規則になってますので。わたしどもは用心しなくちゃなりませんのでね』店を出てきたとき、母が言った。『何に？　彼は何に用心しなくちゃならないの？　あの人たちは、みんなが商品を見ることができるようにトレイを外に出しておくんじゃないの？　それなら、彼は何に用心しなくちゃならないの？』

母は顔をしかめて、ガタガタ言い、わたしたちは家に帰るのに、長いことタクシーを待った。母は、その件であえて父に何か意見を言わせようとした。次の日、父母が荷造りをすませて、タキシードウ・ジャンクションへ帰る汽車に乗る準備ができたとき、母はわたしを呼んで、その指輪をくれたの。母はボスの女性がくれた、って言った。大量に作ってるのかもしれないけど、わたしは、母がベルベットのトレイからそれを取ったのを知ってるわ。腹立ちからだと思う。でも、母はそれをわたしにくれて、わたしはとっても気に入った。ドーカスには貸しただけ。彼女がしつこく頼むし、その銀が肘のところにはめていた彼女のブレスレットによく合ったから。

彼女はアクトンによい印象を与えたかったのよ。むずかしいことだったけど。彼は何にでもケチをつけたから。彼は一度も、老人のように贈り物はしなかった。彼女が老人からいろんなものをもらったのは、するするした下着とか絹の靴下をドーカスに買ってあげるくらいなら死んだほうがましだと、ミセス・マンフレッドが考えているからだって、わたしは知ってるの。ドーカスが家にいるときや、教会に行くときには着られないものを。ドーカスがアクトンと付き合うようになってから、わたしたちは前みたいに会うようになったけど、彼女は変わったわ。老人が彼女にしてくれたことをアクトンにしていたの——老人やミセス・マンフレッドからだまし取ったお金で小さなプレゼントを買って彼にあげてたわ。ドーカスが仕事を探してるところをだれも見た人はいないけど、アクトンに贈り物をするお金をひねりだそうと一生懸命に働いてたの。とにかく彼の気に入らないものを。安物だったから。彼はけっして、あの醜いネクタイピンや絹のハンカチは使わなかった。色のせいよ。老人は彼女に、人にやさしくする方法を教えてあげて、彼女はそれをアクトンに無駄使いしたのだと思う。アクトンはそれを当然だと考え、彼女のことも、彼を好きな女の子のことも、当たり前の顔して受け取ったから。

わたしは、彼女が老人と別れたのか、アクトンのために彼を裏切っていたのかは知らない。祖母はあの件を、身から出た錆だと言うの。人生を楽しんで、その代価を払ったんだからって。

わたしし、家に帰らなきゃ。ここにあんまり長居をすると、男の人は、わたしが楽しい思いを求めていると思うでしょ。もう求めない。ドーカスの身に起こったことのあとでは。わたしの望みは指輪を返してもらうことだけ。それを戻してもらって、まだもってるところを母に見せなきゃならないの。ときどき指輪のこと、訊くんですもの。母はいま病気で、もうタキシードウでは働いてないの。父にはプルマン寝台車の仕事ができて。いままで見たこともないほど幸せそうよ。新聞や雑誌を読むとき、いまだにぶうぶう言ったり、活字に話しかけたりしてるけど。でも彼は、きちんと折られたままの新聞を最初に読むし、口論するときもあんまり大声は出さなくなった。『おれは、いまじゃ世界を見てきたよ』と言ってるわ。

父が言ってるのは、タキシードウと、ペンシルヴェニア州、オハイオ州、インディアナ州、イリノイ州の汽車の停車駅のことよ。『それに、この世にあるかぎりの白人の種類を見たね。二種類あるよ』って父は言うの。『おれたちを気の毒だと思う連中と、そう思わない連中さ。両方とも同じ穴のむじなだよ。その間のどこにも尊敬はないからな』って。

父は前と同じほど理屈っぽいけど、前より幸せなの。汽車に乗って、ニグロが野球をするのを見に行けるから。『現場で、当の本人をだよ、まったく』白人が正々堂々とニグロと渡りあうのを怖がっているのが、彼の虚栄心をくすぐるのね。

祖母は動きが遅くなってきたし、母は病気なので、たいていのときは、わたしが炊事をするの。母はわたしに、いい人を見つけて結婚してもらいたがっているわ。でも、わたしはまず、いい仕事がほしい。自分のお金をかせぎたいから。母や、ミセス・トレイスのように。ドーカスが死ぬ前、ミセス・マンフレッドがしていたように。

わたし、彼が指輪をもってないか訊くために、あそこに立ち寄ったのよ。母はしょっちゅう指輪のことを尋ねるし、お葬式のあと、ミセス・マンフレッドの家をかき回して探したとき、見つからなかったんですもの。でも、別の理由もあった。老人はすっかりだめになった、って美容師は言ってたわ。一日中、昼も夜も泣いているんですって。仕事もやめて、何もしないんですって。ドーカスがいなくて寂しいんだと思う。それに、自分はなんていう人殺しかって思うからでしょ。でも、彼はドーカスと知りあうべきじゃなかった。ああ、彼女はなんて押しつけが好きだったのかしら。アクトン以外は全員に。でも、彼女がもっと長生きしてたら、または、十分長い間彼との仲が続いてれば、アクトンにも押しつけたでしょうよ。ただ注意を惹いたり、興奮がほしかったりするだけのためだけど。わたしはあのパーティに行ってたし、ベッドの上で彼女が話したのは、わたしなの。

あの件については三カ月考えたわ。それで、彼が泣いたりなんかして、まだその件でくよくよしてるって聞いたとき、彼女のことを話してあげようと決心したの。彼女がわたしに言ったことを。だから市場からの帰り道、母がほしがってたレコードを買おうと、フェルトンの店に立ち寄ったの。それから、ドーカスが彼とよく会ってたレノックス街のビルのそばを通ったわ。すると、そこのポーチの上に、みんながヴァイオレントと呼ぶ女の人がいた。ドーカスのお葬式のときに、彼女がやったという行為のせいで。

わたし、お葬式には行かなかった。彼女がばかのように死ぬのを見たし、あんまり腹が立って、お葬式に行く気がしなかったの。故人との対面にも行かなかったわ。わたし、あのあとじゃ彼女を憎んでた。だれだって、そうだと思うわ。結局、ただの友達づきあいしかしてくれなかったんだから。

わたしのほしかったのは指輪だけ。それから、老人にそんな嘆き方はやめなくちゃいけないって言うことだけ。わたし、彼の奥さんは怖くなかった。ミセス・マンフレッドが彼女の訪問を許しているんですもの。それに、二人はうまくいってたみたい。ミセス・マンフレッドがどんなに厳しいか、どの人もこの人も絶対に家には入れないと言い、ドーカスにも絶対に話しかけてはいけないって言ってたことを知ってるから、ヴァイオレントが彼女が家に入れるほどいい人なら、わたしが怖がらなくてもいいほどいい人だと思ったの。どうしてミセス・マンフレッドが彼女の訪問を許すか、わかるわ。嘘をつかないの、ミセス・トレイスは。たいていの人の言うことは信用できないけど、その意味じゃあ彼女の言うことは嘘じゃない。ドーカスのことで彼女が言った、最初と言えば最初の言葉は、『彼女は醜いね。外も中も』ってことだった。

ドーカスはわたしの友達だけど、ある意味じゃ彼女の言う通りだと思う。あの美貌の要素とレシピは、みんな役に立たなかった。わたし、ミセス・トレイスはただ嫉妬してるんだ、って思ったの。彼女自身はとても黒くて、学校の女の子なら靴墨のように黒い、って言うでしょうね。彼女がきれいだなんて意外だったけど、でも、きれいなの。彼女の顔見てて、けっして飽きないもの。祖母が楊枝みたいに細いっていうタイプの人で、髪はまっすぐ、平らにして、男の髪みたいに後ろに撫でつけていた。いま大流行のスタイルだってところがちがうだけ。耳の上ですてきに切り揃え、後ろも同じ。後ろを切ってくれるのは、ご主人にちがいないと思う。他にだれがいる？　彼女は一度も美容院には行かないし、美容師たちがそう言ってたもの。ご主人が彼女の襟足を切ってあげてるところを想像できるわ。はさみと、たぶん剃刀さえ使って、そのあとパウダーをはたいてあげるの。彼はそんなタイプの人よ。そして、パーティのとき、ドーカスがあの女の人のベッドを血まみれにしながら話していたことが、なんとなくわかるような気がするの。ドーカスはばかだったけど、わたし、あの老人に会ったとき、なんとなくわかったの。彼には独特の個性があるし。それにハンサム。老人にしては、ってこと。たるんだところは全然ないの。すてきな形をした頭。名士のような身のこなし。タキシードウ・ジャンクションにくすぶっていたときじゃなくて、誇り高いプルマンのポーターになって、世界を見、野球を見ているときの父さんみたい。でも、彼の眼は、父さんの眼みたいに冷たくないわ。ミスター・トレイスは、人をじっと見つめるのよ。左右がちがう眼をもってて、それぞれがちがう色なの。人に自分の心のなかまで見せる悲しい眼と、相手の心のなかまで見すかす澄み切った眼。わたし、わたしを見つめるときの彼が好き。よくわからないけど、おもしろい、って思う。彼がわたしを見ると、自分に深みが出てきたような気がする。わたしが感じたり考えたりすることが重要で他の人とちがっていて……興味深いような。

彼は女性が好きだと思う。あんな人、他に知らないわ。浮気をするっていうことじゃないの。わたしが言いたいのは、浮気しなくたって、女性が好きだってこと。それに、こんなこと言ったら美容師たちはあわてるでしょうけど、彼は奥さんが好きなんだ、って本当に思うわ。

わたしが最初にあそこに行ったとき、彼は窓辺にすわって、小路を見下ろしていた。何も言わないで。あとで、ミセス・トレイスが老人用の食事がいっぱい入っているお皿をもってきてあげた。お米やなんかが入った野菜料理で、いちばん上にはコーンブレッドが載っていた。彼はこう言ったわ。『ありがとう、ベイビー。半分はきみがお食べ』その言い方に何かがあるの。彼が感謝してるかのような。父さんがありがとうって言うときは、言葉だけ。ミスター・トレイスは、本気だっていう振る舞いをする。そして、部屋を出て、奥さんのそばを通りすぎるとき、ちょっと触れるの。ときには頭に。ときには、ちょっと肩をたたくだけ。

いままで二回、彼が微笑するのを見たわ。大声で笑ったのは一度。そんなとき、彼がいくつか、だれにもわからないでしょうね。笑うと、子供みたいに見えるの。でも、彼が笑うのを見るまでに、三回か四回、訪問を繰り返さねばならなかった。あれはわたしが、動物園の動物は自由だったときより幸せだって、言ったときよ。だって、狩人からは安全なところにいるんですもの。彼は何も言わなかった。ただほほえんだだけ。わたしの言ったことが新しくって、本当におかしい、っていうみたいに。

だから、わたし、また行った。最初は、彼がわたしの指輪をもってないか、どこにあるか知らないか、訊きに行ったの。それから、ドーカスについてあんまりくよくよするのはやめなさい、たぶん、ドーカスはその価値はないかもしれない、って言いに。次のとき、ミセス・トレイスが食事に招いてくれたので、彼の様子を眺め、ミセス・トレイスの変わった話し方を聞く機会ができたわ。いつも彼女をトラブルに巻き込む話し方よ。『わたし、自分の人生をメチャクチャにしたわ』って、彼女は言った。『北に来る前、わたしは正気だったし、世間もそうだった。わたしたちには何もなかったけど、なくて寂しいとも思わなかった』

これまでだれが、そんなこと聞いたことある？ シティに住むのは、世界で最上のことだったのに。田舎で何ができて？ わたしが子供のとき、タキシードウを訪ねたことがあって、そのときでさえ、退屈したわ。木は何本見ることができる？ わたしが彼女に言ったのも、そういうことだった。『木は何本見ることができる？ それに、どのくらい長く？ だから、どう？』って。

彼女は、そんなふうなことじゃない、って言った。木々を見るようなことじゃない、って。彼女はわたしに、百四十三丁目に行って、角の大きな木を見て、それが男か、女か、子供か見ろ、って言ったわ。

わたしは笑った。でも、彼女が狂ってるって言った美容師たちの意見に賛成しようと思ったちょうどそのとき、彼女は言った。『好きなように作り変えることができなきゃ、世界は何のためにあるの？』って。

『わたしの好きなように？』

『そうよ。あんたの好きなように。あんたは、世界が現状よりほんの少しちがっていてくれたら、と思ったことはないの？』

『それに、どんな意味があるの？　わたしには変えられないわ』

『そこに意味があるのよ。あんたに変えられなきゃ、世界があんたを変える。それは、あんたのせい。あんたが黙認したからよ。わたしは黙認した。そして、自分の人生をメチャクチャにした』

『メチャクチャって、どういうふうに？』

『忘れたの』

『忘れた？』

『わたしの人生だってことを忘れたの。わたしの人生。わたしは、自分がだれか他の人間だったらいいのに、って思いながら、通りを走って行ったり来たりしていたの』

『だれ？　あなた、だれになりたかったの？』

『だれってはっきり言えるような人じゃないけど。白人。淡い肌。もう一度若くなって』

『いま、そうじゃないの？』

『いまは、母が長生きしなかったので見られなかった女の人になりたい。あのひと。母も好きになったはずだし、かつてわたしが好きだったひと……祖母がよく小さなブロンドの子供の話をしてくれた。彼は男の子なんだけど、ときどき彼のことを少女として考えたの。兄弟として、ときにはボーイフレンドとして。彼は、わたしの心のなかに住んでたわ。モグラのようにおとなしく。でも、ここに来るまで、それがわからなかった。わたしたち二人。それを追い払ってしまわねばならなかった』

彼女はそんなふうに話したわ。でも、わたしは彼女の言ってることの意味がわかった。自分とは似ても似つかない別の自分を心のなかにもってるってことですもの。ドーカスとわたしは、よくラヴシーンを考えだして、お互いにそれを述べあったわ。とてもおもしろくって、ほんの少しいやらしい話だった。でも、そのうちの何かがひっかかったの。恋愛の部分ではなくて、それをしている自分の様子なの。全然わたしらしくないから。わたしは自分を、映画か雑誌で見ただれかとして見てたのね。でも、そうすると、うまくいくの。現実のままの自分を想像したら、うまくいかないのよ。

『どうやって彼女を追い払ったの？』

『殺したの。それから、彼女を殺したわたしも殺したの』

『だれが残ったの？』

『わたしよ』

わたしは何も言わなかった。『わたしよ』と言ったときの彼女の表情のせいで、たぶん、美容師の言うことが正しいかもしれないって、また考えはじめたの。彼女は、その言葉をはじめて聞いたような顔をしたから。

そのとき、ミスター・トレイスが帰ってきたの。そして、しばらく外にすわっていよう、って言った。すると、彼女は『いいえ、ジョー。ここにいなさいよ。彼女は嚙みつきゃしないから』って言った。

彼女はわたしのことを言ったんだけど、その他の意味はわからなかった。彼はうなずいて窓辺にすわり、『じゃあ、しばらくね』と言ったわ。

ミセス・トレイスは彼を見てたけど、『あんたの小さな醜い友達は、ジョーを傷つけたのよ。そして、あんたは彼に彼女のことを思い出させるの』と言ったとき、彼女はわたしに話していることがわかったの。

わたしは、ほとんど口がきけなかった。『わたし、彼女には似てないわ！』

わたし、大声で言うつもりはなかったんだけど。二人とも振り返って、わたしを見たわ。

それで計画してなかったけど、あれを言っちゃった。指輪のことを訊きもしないうちに、言っちゃった。『ドーカスは、自分で死んだのよ。弾は彼女の肩に入ったの、こういうふうに』わたしは指差して見せたわ。『彼女は、だれにも自分を動かさせなかったの。眠いだけ、そのうちに快くなるって言ったのよ。朝になったら病院に行く、って』『だれも呼ばせないで』と彼女は言った。『救急車も、警察も、だれも呼ばないで』わたしは、彼女が伯母さんのミセス・マンフレッドに知らせたくないんだと思った。彼女の居場所とか、そんなことよ。そして、パーティを開いていた女性は、オーケーと言ったわ。警察を呼ぶのが怖かったからなの。あの人たち、みんなそうよ。みんなはその辺にただ突っ立って、しゃべりながら待ってたの。彼女を下に運んで、車に乗せ、救急病院に連れて行きたいって言う人もいたけど、ドーカスがいやだって言うの。大丈夫だって言ったのよ。お願いだから、一人にして、休ませて、って。でも、わたしはやった。救急車を呼んだ、ってこと。でも、朝まで来なかった。わたし、二度も電話かけたのに。道が凍ってるからね、って言ったけど、本当は、黒人が呼んでるからだった。ドーカスは、あの女性のベッドのシーツからマットレスまで出血して、死んだの。あの女性はそれがまったく気に入らなかった。本当に。そのことしか話さなかったから。彼女とドーカスのボーイフレンドは。血のこと。それから、なんてめちゃくちゃになったんだろう、って。あの人たちが話してたのは、それだけよ。

わたし、そこでやめなくちゃならなかった。息がきれたし、泣いてたから。

わたし、あんなにぐしょぐしょに泣くのはいやだった。

でも、二人のどちらもわたしを止めなかった。ミスター・トレイスは、自分のハンカチを渡してくれたけど、わたしが泣きやんだときは、びしょ濡れになっていた。

『はじめてかい？』と彼が訊いたわ。『彼女のことで泣いたのは、はじめて？』

わたし、そんなこと考えてもみなかったけど、事実だった。

ミセス・トレイスは『ちきしょう』って言った。

それから、二人がじっとわたしを見つめたわ。もう別の言葉は絶対に言わないのだろうと、わたしが考えてたとき、ついにミセス・トレイスがこう言った。『夕食にいらっしゃいね。金曜の夕方に。鯰《なまず》は好きでしょ？』

ええ、もちろん、とわたしは言った。でも、行くつもりはなかった。指輪なんか、どうにでもなってしまえ。でも、前日の木曜になると、ミスター・トレイスがじっとわたしを見つめた様子や、彼の奥さんが『わたしよ』と言ったときの言い方を思い出したの。

彼女の言い方よ。だれかタフな人とか、見せかけのために彼女が作り上げただれかが言う『わたし』じゃなくて、そのう、そのう、彼女のお気にいりで、当てにできる人っていうみたいに。気の毒に思ったり、闘ってあげたりする必要のない秘密のだれか。白人にうらみを晴らすため指輪を盗んで、それから、うそをついて白人からの贈り物だと言う必要のないひと。わたしが指輪を返してもらいたかったのは、まだ見つからないの、って母が訊くからだけじゃないの。それがきれいだから。でも、それはわたしのものなんだけど、わたしのものじゃない。わたし、それが大好きなんだけど、ごまかしがあるわね。わたしのものだと言うと、そのごまかしに加担することになる。ミセス・トレイスの頭のなかに住んでる、ずるいブロンドの子供を思い出すわ。白人から盗んで、わたしにくれた贈り物。わたしが幼くて、要らないとも言えないときに。

指輪はドーカスといっしょに埋められたの。わたしが鮐の夕食に行ったときに、それがわかったわ。ミセス・トレイスは、柩のなかのドーカスに切りつけたとき、その手に指輪がはまっているのを見たんですって。

わたしは胃のなかがおかしくなって、唾も飲みこめないくらい、からからになった。でも、結局、彼女に訊かないではいられなかった。どうしてあんなふうにお葬式をめちゃめちゃにしたの？　って。ミスター・トレイスは、自分がその質問をしたかのように彼女をじっと見つめたわ。

『女の人を失ったから』と彼女は言った。『どっかで彼女を下ろしたけど、どこだか忘れた』

『どうやって、彼女を見つけたの？』

『見たの』

わたしたち、そこにしばらくすわっていたけど、だれも何も言わなかった。それから、ミセス・トレイスが立ち上がり、ドアのノックに応えて開けに行った。話し声が聞こえたわ。『ここと、ここだけ。二分くらいしか、かからないから』

『わたしは、二分の仕事はしませんよ』

『お願い、ヴァイオレット。絶対に必要じゃなかったら頼まないわ。わかってよ』

彼女たちは食堂に入ってきた。ミセス・トレイスとカールを頼んでる女性が。『ここと、ここだけ。そして、たぶん、ここは下へ向けてくれられるんじゃないかしら。カールするんじゃなくて、向きを変えるだけ。わたしの言うこと、わかる?』

『あんた方は表に行っててちょうだい。すぐすむから』わたしたちが急ぎのお客に『こんばんは』と言ったあと、彼女がミスター・トレイスとわたしにそう言った。でも、だれも、紹介しようとはしなかった。

ミスター・トレイスは、今度は窓辺にすわらず、ソファのわたしの隣にすわった。

『フェリス、きみの名は、幸せっていう意味なんだろ? きみは、幸せ?』

『もちろん。いいえ』

『ドーカスは醜くなかった。内側も外も』

わたしは肩をすくめた。『彼女は、人を利用したわ』

『人が彼女に利用してもらいたいときだけさ』

『あなたは、彼女に利用してもらいたかったの？』

『もらいたかったかもしれないね』

『へーえ、わたしはいや。彼女がもう人を利用できなくなって、ありがたいわ』

わたしは、セーターを脱がねばよかった、と思った。どうしても、ドレスの胸の部分が目立ってしまうから。彼は、わたしの体ではなく、顔を見つめていた。だから、彼と二人きりでその部屋にいて、どうしてわたしが神経質になったのか、わからない。

それから、彼は言った。『彼女が死んだので、きみは怒っている。ぼくも、そうだ』

『彼女が死んだのは、あなたのせいよ』

『わかってる。わかってる』

『たとえ即座に殺さなくても、彼女が死ぬほうを選んだとしても、張本人はあなたよ』

『ぼくさ。ぼくの人生の終わりまで、ぼくだよ。いいことを教えてあげよう。これまでの生涯で、彼女ほど何かを必要としている人は見たことがない』

『ドーカス？　あなたは、まだ彼女に執着してるの？』

『執着？　そうだな、もしきみが、彼女にたいする自分の感情が気に入ってるのかって訊いているのなら、ぼくはまだ、その感情に執着していると思う』

『ミセス・トレイスはどうするの？　彼女はどうするの？』

『ぼくらは、努力しているところなんだ。いまは思ったより早く、ね。きみが立ち寄って、いろいろ話してくれたからね』

『ドーカスは冷たかったのよ』とわたしは言った。『最後までずっと、彼女は乾いた目をしていたわ。どんなことがあっても、彼女が涙をこぼすのを見たことなかったわ』

彼は言った。『ぼくは見たよ。きみは、彼女の冷たい側を知ってるんだね。ぼくは、やさしい側を見たんだ。ぼくが幸運だったのは、その面に心を配っていたことだ』

『ドーカスが？　やさしい？』

『ドーカスさ。やさしいよ。ぼくの知ってた娘。鱗があるからって言って、彼女が幼魚でないってことにはならないさ。ぼく以外、そんなふうに彼女を知ってた人はいなかった。ぼくより前に彼女を愛そうとした人はいなかった』

『彼女を愛していたのなら、どうして撃ったの？』

『怖かったんだ。愛し方を知らなかったから』

『いまは、知ってる？』

『いいや、きみは、フェリス？』

『そんなことに時間を使ってる暇はなかったわ』

彼はわたしを笑わなかった。それで、わたしは言った。『わたし、あなたに全部話してないのよ』

『もっとあるの？』

『話しておくべきだったわ。これは、彼女が最後に言った言葉なの。彼女が……眠る前に。みんなが叫んでいたわ。「だれがあんたを撃ったの？　だれがやったの？」彼女はこう言った。「わたしを一人にして。明日言うわ」彼女は、翌日は起きられるようになると思ってたにちがいないわ。わたしにも、そう思わせたの。それから、わたしの名を呼んだ。わたしは彼女のそばにひざまずいていたのに。「フェリス、フェリス。もっと、もっと近くに来て」わたしは、すぐそばに顔を寄せた。彼女の息の果実酒の匂いさえ嗅ぐことができたわ。彼女は汗をかいていて、独り言をささやいていたわ。目を開けていられなかったみたい。それから、大きく開けて、本当に大声で言ったのよ。「リンゴは一つしかないわ」って。「リンゴ」のように聞こえたわ。「一つだけよ。ジョーにそう言って」
ほら、わかるでしょ？　最後の瞬間に彼女の心にあったのは、あなたのことよ。わたしはそこに、ちゃあんとそこにいたの。彼女の親友だと思ってたわ。でも、彼女にとっては、救急治療室に行って、生きていようと思うほど親しくはなかったのね。彼女はわたしの指輪やら何やらをもって、わたしの目の前で自分から死んで行ったんだわ。わたしは彼女の心のなかにすらいなかった。そうなの。そういうことなの。言っとくけど』
彼がほほえむのを見たのは、それが二度目だけど、嬉しそうというよりは悲しそうだった。
『フェリス』と彼が言った。それから言い続けたの。『フェリス、フェリス』って。父も含めてだけど、たいていの人みたいに一音節でなく、二音節で。

髪をカールしてもらった女性が、ドアのほうへ行こうとして、そばを通りすぎた。おしゃべりして、こう言いながら。本当にありがとうまたねジョーお邪魔してごめんなさいさよならあなたの名前は聞きそこなったけどあなた本当にいい人ねヴァイオレット本当にいい人さよなら。

わたしは、もう帰らなければならない、と言った。ミセス・トレイスはドシンと椅子に腰を下ろして、頭を後にのけぞらせ、両腕をだらんと垂らした。『みんな、けちね』と彼女は言ったわ。『本当にけち』

ミスター・トレイスは言った。『いいや、滑稽だよ、彼らは』

そのとき、彼は自分の主張を証明しようとして、少し笑った。すると、彼女も笑った。わたしも笑ったけど、なんとなくしっくりしないような気がした。その女の人は、それほどおかしくはないと思ったから。

小路の向こうの家でだれかがレコードをかけ、開いた窓を通して、音楽が漂ってきた。ミスター・トレイスはリズムに合わせて頭を動かし、奥さんも調子を取って、指を鳴らした。それから、彼の前でちょっとステップを踏み、彼はほほえんだわ。やがて、二人は踊りはじめたの。老人たちが踊ってるときみたいに、おかしかったわ。それで、本気で笑っちゃった。二人が本当におかしく見えたからじゃなくって、そこの何かの雰囲気のせいで、そこにいちゃ悪いって気がしてきたから。踊っている二人を見ていちゃ悪いっていう気がしたの。

ミスター・トレイスは言った。『おいでよ、フェリス。きみは何が踊れるか、見ようじゃないか』彼は手を差し出した。

ミセス・トレイスも言った、『ええ。さあ、急いで。もう終わりそうよ』

わたしは首を振ったけど、本当は踊りたかったの。

二人が踊り終わって、わたしがセーターをくれと言ったとき、ミセス・トレイスは言った。『いつでも、またいらっしゃい。とにかく、あんたの髪をセットしたいわ。ただで。端を切らなくちゃならないわね』

ミスター・トレイスは腰を下ろして、伸びをした。『ここには、鳥が要るねえ』

『それに蓄音機』

『言葉に気をつけろよ、きみ』

『蓄音機買うんだったら、何枚かレコードもってくるわ。髪をセットしてもらいに来るときに』

『聞いた、ジョー？　彼女がレコードもってきてくれるんですってよ』

『じゃあ、また仕事を見つけるのがいちばんいいだろうな』彼はわたしのほうを向き、わたしがドアのほうへ歩いて行くとき、肘に触れた。『フェリス。きみは正しい名前をつけてもらったよ。それを忘れないで』

わたしは母に本当のことを言おう。わたしは知っている。母があのオパールを盗んだこと、盗んでもいないのに盗んでいると考えた白人に復讐するつもりで、そんな大胆なことをしたのを誇りに思っていることを。母はとても正直なので、人から笑われるくらいだ。支払いをすませた一組の手袋の代わりに、店員が二組くれたときは、店まで返しに行ったし、電車の座席で二十五セント銀貨を見つけたら、車掌にあげる。まるで都会暮らしは知らないかのように。母がそんなことをすると、父は額に手を当てるし、店の人や車掌さんは、確かに頭がおかしい、っていうふうに母を見る。だから、指輪を盗むのが、母にとってどんなに大変なことだったか、わかるの。一度だけ自分の規則を破ったことを、母はなんて誇りに思ってたことか。でも、わたしは、そのことは知っていた、わたしが本当に愛しているのは指輪ではなく、母のしたことだって、母に言おう。

ドーカスが指輪をもってるのが嬉しい。それは、彼女のブレスレットにぴったりだったし、パーティがあった家にもよく合ってたわ。壁は白く、窓には銀と空色のカーテンがかかっていた。家具の布地も空色で、女主人が丸めて、予備の寝室に敷いてくれた小さい絨毯は白だった。食堂だけは暗くて、表側の部屋のようにきちんと整理されてはいなかった。おそらく彼女は、好きな色で室内装飾をやり直す機会がなかったのだろうし、クリスマス

・オレンジを盛った鉢を唯一の飾りにしたのだろう。彼女自身の寝室は白と金色だったけど、彼女がドーカスを寝かせた予備の寝室は、暗い食堂からちょっと外れたところにあって、質素だった。
わたしはパーティにいっしょに行く男の子がいなかった。だから、ドーカスやアクトンといっしょに行ったの。ドーカスはアリバイが必要で、わたしがその役だった。わたしたちは、彼女がミスター・トレイスに会うのをやめて、〝掘出物〟といっしょに歩きまわりはじめたあと、友情を新たにしたばかりだった。わたしたちより年上の女性たちがほしがっていて、所有したこともある〝掘出物〟。ドーカスはその点が気に入っていたの。他の女の子たちが嫉妬するのが。彼が他の女の子より彼女を選んだこと、彼女が勝ったことが。これは彼女の言った言葉なの。『わたしは彼を勝ち取ったわ。勝ったのよ！』おやまあ。人が聞いたら、彼女は戦ってたと思うでしょうね。

いったい彼女は何を勝ち取ったの？　彼は彼女をひどく扱ったのに、彼女はそうは思わなかった。だから、どうやって自分に関心をもたせ続けようかって考えて、時間を使ってたの。割り込んで来ようとする女の子を、どうしてくれようかと策略をめぐらせて。それが、わたしの知ってる女の子たちの考え方よ。どうやって男の子を手に入れ、それから彼にしがみついているか、っていうのが。策略の大部分は、友達をもつことだけど、あなたに彼を手に入れてほしいと思うのが友達で、そう思わない人は敵なの。この件じゃこういう考え方をしなければならないと思うけど、それがいやだったら、どうなるのかしら？

今夜は暖かいわ。たぶん、春はなくなって、すぐ夏にずれこむんでしょう。母は喜ぶわ――寒さに弱いから――それから、父は〝現場で現実の〟黒人の野球選手を探して、追いかけまわし、友人にゲームの話をして聞かせるとき、どなったり、飛び上がったり、飛び下りたりしてるけど、彼も喜ぶわ。木々はまだ花を咲かせないけど、とても暖かいわ。花はまもなく咲くでしょう。あそこの、あの花は咲きたくてたまらないみたい。雄木じゃないわ。子供の木だと思う。ひょっとしたら、雌木かもしれないわね。

彼女の鯰は、かなりおいしかったわ。祖母がよく作ってくれたものほどではなかったけど。または、母の胸が衰弱してしまう前によく作ってくれたものにはかなわないけど。ミセス・トレイスが調合する振りかけ粉には、唐辛子が入りすぎているの。彼女の感情を害さないように、わたしはお水をたくさん飲んだわ。ひりひりする痛みを和らげてくれるから」

痛み。わたしには、それにたいする愛情、一種の偏愛があるような気がする。一閃の稲妻、遠雷のせせらぎ。そして、わたしは嵐の目だ。裂けた木、屋根の上で飢えかけている雌鶏を悼み、どうすればそういったものを救えるか、思いめぐらす。彼らは、わたしがいなければ、自分の身を救えないのだから。なぜって――えーと、それは、わたしの嵐なのだから。そうじゃない？　人生は修理して元に戻せることを証明しようとして、わたしはそれをこわす。苦しむのは彼らだが、わたしもそれを分かちあっている。そうでしょ？　もちろん。もちろん。その他のやり方はしたくない。でも、この件は、その他のやり方になってしまった。わたしはいま、居心地が悪い。ちょっとだましたような気がする。思いをいたすいくつかの鮮やかな血痕がなかったら、わたしは何者で、何の存在理由があるのかしら、と思う。的を定め、それから的を外す、痛烈な言葉がなかったら？

ここから出ていかなければ。窓は避けよう。自分の生活をもつ代わりに他人の生活に入りこもうとして、わたしがドアに開けた穴は残しておこう。わたしの気をそらせ、わたしにあらぬことを考えさせたのは、シティへの愛情だった。シティの大きな声を代弁し、その声を人間らしく響かせることができると、わたしに考えさせたのは。それで、すっかり人間を取り逃がしてしまった。

　わたしは彼らを知ってると思い、彼らが本当の意味でわたしのことを知らなくても心配しなかった。いま、彼らがなぜあらゆる曲がり角でわたしの思惑とは違う行動を取ったのか、そのわけがわかる。彼らは、終始わたしを知っていて、目の隅からわたしを見ていたのだ。そして、わたしが口を固く閉ざして沈黙し、人から観察されることはないので、自分の姿は他人にはまったく見えないと思いこんでいたとき、彼らはわたしについてささやきあっていた。彼らは、わたしがいかに当てにならないか、何もかもわかっているというわたしの自惚れが、自分の無力さを包み隠そうとするいかに貧しく、いかにみすぼらしい手段にすぎなかったか、を知っていたのだ。わたしが彼らの話をでっちあげている間——これは、とてもうまくいってるような気がした——わたしは完全に彼らの手中にあり、情け容赦なく彼らに操られていた。わたしは、窓やドアの隙間から彼らを眺めていた間、実にうまく自分の身を隠していると思っていたので、あらゆる機会を捉えて彼らのあとを尾《つ》け、彼らの噂話をし、彼らの生活のブランクを埋めた。ところがその間中、彼らの方がわたしを眺めていた。ときどき彼らは、わたしを気の毒にさえ思っていた。彼らの憐憫を考えただけで、わたしは死にたくなる。

だから、わたしはすっかり見そこなった。わたしは、どちらかが相手を殺すと確信していた。そして、それを描くことができるように、待ちかまえていた。それが起こると心底から確信していた。過去は酷使されたレコードで、割れた傷のところで同じ音を繰り返すことしかできず、地上のどんな力も針のついたアームを持ち上げることはできない、と。わたしは完全に確信していたので、彼らはわたしの体の上で踊ったり、歩いたりした。彼らは忙しかった。独創的で、複雑で、変わり得る人間だったので、忙しかった——人間的だと、あなた方は言うだろう。他方、わたしは予想のつく人間で、孤独のあまり混乱して傲慢になり、わたしの空間と見方が唯一の存在するもの、あるいは重要なものだと考えていた。わたしはお節介をし、指でこねて形を作っているうちに、ひどく刺激されて、やりすぎ、明白なものを見落とした。わたしは街路を眺め、石で圧倒され圧倒している建物に戦慄をおぼえ、外を眺め、いろんなものをのぞきこめるのがとても嬉しく、自分には閉ざされた心のポケットで行なわれていたものを却けた。

わたしは三人を見た。フェリスとジョーとヴァイオレットを。彼らはわたしには、ドーカスとジョーとヴァイオレットの鏡像のように見えた。わたしは、彼らがする重要なことはすべて見たと思い、見たものを基礎にして、見なかったものを想像することができると考えた。彼らは、なんと変わっていて、なんと憑かれていたことか。危険な子供たちのように。わたしは、そう思いこみたかったのだ。彼らが他のことを考え、他の感情をもち、わたしが夢見たこともないやり方で自分たちの生活を結びつけているとは、一度も思いつかなかった。ジョーのように。この瞬間までわたしは、本当に彼は何のために涙を流したのか確信はもてないが、ドーカスひとりのためではなかったことを知っている。彼が悪天候をついて通りを走りまわっている間、彼はドーカスを探しているのだと思い、ワイルドの金の部屋を探しているのだとは思わなかった。あの岩のなかの部屋、一日の大半、太陽の光が射しているところ。誇りにしたり、だれかに見せたり、そこにいたくなるような場所ではない。しかし、わたしはいたい。すでにわたしのために作られている、小綺麗で、同時に広々と開けている場所に行ってみたい。けっして閉じる必要のない入り口、光や華やかな秋の木の葉は入れても雨は入れない、斜めにかしいだ眺望のある場所に。空が晴れていれば月の光が射し、どれかはわからないが星の見える場所。下の彼方には、トリーゾンと呼ばれる川がかならず見える。

わたしは、ひっそりと閉じこもっていたい。人に見られないでそこに住み、みんなを怖がらせた女が残した場所に。女は、人に見られないすべを知っていた。結局、だれが彼女を見るだろう？　岩のなかに住んでいた、いたずら好きな女を？　怖がらないで見ることのできるのは、だれだろう？　彼女の見返し、見つめる眼を怖がらないで。わたしは気にしない。どうして気にすることがあろう？　彼女はわたしを見て、怖がらなかった。わたしを抱いてくれる。理解してくれる。わたしに彼女の手をくれた。彼女はわたしに触れている。そして、ひそかに解放してくれる。

いま、わたしにはわかる。

アリス・マンフレッドは、木立のある通りから元のスプリングフィールドに引っ越していった。派手な色の服が好きな女性がそこにいるが、おそらくその胸はいま、柔らかいアザラシの革のバッグのようになり、要るものはわずかになっているかもしれない。カーテンとか、冬着る上等なコートの裏地とか。たぶん、夜要るものを与えてくれるだれかの陽気な仲間になっているのだろう。

フェリスはいまだにフェルトンの店でオケ社のレコードを買い、肉屋の店から家までをとてもゆっくり歩いて帰るので、肉は鍋に触れる前に色が変わってしまう。彼女はそうやって、わたしをまただませると思っている。ひどくゆっくり歩けば、近くの人は走っているように見えるから。でも、わたしはだまされない。速度は遅いかもしれないが、テンポは来年のニュースになりそうだから。彼女といっしょにいて振りあげたこぶしが宙で止まろうが、握手のために開かれようが、彼女はだれのアリバイでも、ハンマーでも、玩具でもない。

ジョーはペイダートに仕事を見つけた。もぐり酒場の夜の仕事で、そのため彼は、シティが信じられない空を現出するのを見ることができ、午後の陽光のなかをヴァイオレットといっしょに走りまわることができる。夜が明けてすぐ、家に帰る途中、彼は高架鉄道の階段を降り、もし牛乳配達の車が縁石のところに停まっていれば、夕方の熱いコーンブレッドの夕食を冷ますために、二日目の木枠から一パイント買うかもしれない。アパートの建物に着くと、玄関のポーチの住人が残した夜のごみの断片を拾いあげ、ゴミ箱に入れる。また、子供たちの玩具を集めて、階段の吹き抜けの下におく。もし玩具の間に人形らしきものを見つけたら、玩具の山に居心地よく立てかけてやる。彼は階段を登り、自宅のドアに着く前に、ハムの匂いを嗅ぐことができる。ヴァイオレットは、鍋のなかでふくれあがっているひき割りとうもろこしに味つけするために、ハムをハムの脂のなかで焼くのをやめようとしないからだ。彼は後ろ手にドアを閉めながら、大声で彼女に呼びかけ、彼女は大声で返事をする。「ヴァイかい?」「ジョーなの?」まるでそこにいるのは、他の人間かもしれない、というかのように。また、ジョーの代わりに、無遠慮な隣人か、顔ににきびのできた若い幽霊がきたのかもしれない、というかのように。それから、二人は朝食を食べ、しばしば眠る。ジョーの仕事のため――ヴァイオレットの仕事のためでもあるが――と、他のいろいろな事情もあって、二人は夜眠るのをやめ、その時間の無駄を、いつでもからだが要求するときに摂る短い眠りと取り換え、ひどく気分がよくなったことにも驚かなかった。一日の残りは、何であろうと好きなことをして過ごすことができる。たとえば、美容師の仕事がすんだあと、彼はドラッグストアで彼女と会い、彼女はヴァニラ・モルトを、彼はチェリー・スマッシュを飲む。

二人は百二十五丁目を降り、七番街を横切り、疲れたら、どこでも気に入ったポーチに腰を下ろして休み、一階の窓敷居に寄りかかっている女と、お天気のことや、若者の不品行についておしゃべりをする。あるいは、コーナーまでぶらぶら歩いていき、遠くを見はるかす眼をした男たちの話に耳を傾けている群衆の仲間入りをする。（二人はこれらの男たちが好きだ。ヴァイオレットは、彼らのうちのだれかが、自分の立っている木の箱や、こわれた椅子を傾かせるのではないか、または、グループのうちのだれかが演説者の感情を害すようなことを叫ぶのではないかと心配するけれど。またジョーは、遠くを見はるかす眼が好きで、いつも彼らを応援し、ちょうどいいときに激励の言葉をはさむ）

ときどき二人は、電車に乗ってはるばる四十二丁目に出かけて行き、ジョーがライオンの階段（ニューヨーク市立図書館を飾るライオン像のことか）と呼ぶものを楽しむ。あるいは、七十二丁目をのんびり歩いて、新しい建物を建てるため地面に穴を掘っている男たちを眺める。深い穴はヴァイオレットをおびえさせるが、ジョーは魅惑される。二人とも、それを恥だと考える。

しかし、彼らは多くの時間を家で過ごし、いろんなことを解決し、何度も何度も聞きたいささやかな個人的な話をお互いに話しあうか、ヴァイオレットが買った小鳥で大騒ぎする。彼女はその鳥を安く買った。具合が悪かったからだ。ほとんど餌を食べなかった。水は飲むが、餌は食べようとしない。ヴァイオレットが特別に混合して用意した鳥餌も、役に立たなかった。鳥は、彼女の顔に目を止めずにその後ろを眺め、彼女が鳥かごの格子の間からチッ、チッとか、ルルという声をかけても、頭をまわさなかった。だが、前にも言ったように、ヴァイオレットは不屈でなかったら、何の価値もない。彼女は、鳥は寂しがっているわけじゃない、と推測した。一群れの他の鳥のなかから買ったとき、すでに悲しがっていたからだ。だから、もし食べ物も仲間も宿も鳥にとって重要でなかったら、音楽より他に愛せるもの、必要なものはあるはずがない、とヴァイオレットは断定し、ジョーも賛成した。それで、ある土曜日、二人は鳥かごを屋上に持っていった。そこでは風が吹き、シャツの後ろを大きくはためかせてミュージシャンたちも吹いていた。そのとき以来、鳥自身にも、二人にも、小鳥は喜びになった。

ジョーは真夜中に働かなければならないので、二人は夕食後の時間を大事にした。ジスタンやスタックやスタックの新しい妻、フェイと賭けホイストをやっていない場合、または、だれかの子供たちのお守りの約束をするとか、マルヴォンヌが誠実であるふりをして実は二人を裏切っていたことで気まずい思いをしないよう、ゴシップをしに彼女を来させていない場合、彼らは二人だけでポーカーをした。キルトのかかったベッドに行く時間になるまで。二人はまもなくそのキルトを解いて、元の端切れに戻し、サテンの縁のついたすてきなウールの毛布を買うつもりだった。たぶん淡青色だ。煤が飛んできたりなんかするので、それは冒険だったが、ジョーはとくに青が好きだった。彼はその下にすべりこんで、彼女にしがみつきたがっている。彼女の手を取って、それを自分の胸に、お腹の上におきたいのだ。彼は暗やみのなかで彼女といっしょに横たわりながら、二人の体がその青いものに取らせる形を想像したがっている。ヴァイオレットは、それがどんな色であろうと気にしない。自分たちのあごの下に「全然問題ない」サテンの並木道があって、二人の溶岩を冷やしてくれているかぎりは。

彼女のそばに横たわって、彼の頭は窓のほうへ向き、ガラスを通して、暗やみが細い血の線をつけた肩の形を取るのを見る。ゆっくり、ゆっくり、それは、翼に赤い刃の入った鳥の形をとる。その間ヴァイオレットは、彼の胸に手をおく。それが陽光に照らされた井戸の縁であるかのように。そして、その下のほうで、だれかが彼らみんなに配ろうと贈り物を集めている（鉛筆、ブル・ダラムの煙草、ジャップ・ローズ石鹼）。

かつて一九〇六年、ジョーとヴァイオレットがシティに来る前のある夕方、ヴァイオレットが畑に鋤を残したまま、小さな細長い小屋に入ってきたことがある。昼間の暑さはまだ驚くほどだった。彼女は仕事着と色褪せた袖なしのブラウスを着ており、頭にかぶった布といっしょに、ゆっくりそれを脱いだ。炊事用ストーヴの近くのテーブルの上には、エナメルの洗面器があった——青と白のまだら模様で、縁の方々が欠けている。そこの、四角いタオルの下においてあるのは昆虫を寄せつけないためで、洗面器には静かな水がいっぱい張ってあった。掌を上に向け、指を伸ばして、ヴァイオレットは両手を水に浸け、顔を洗った。数回、水をすくっては、はねかけているうちに、汗と水が混ざりあい、ほおと額が冷たくなった。次に、タオルを水に浸け、注意深く彼女はからだを洗った。それから、窓敷居からその日の朝洗濯した白いシュミーズを取って、頭と肩の上に落とす。最後に、ベッドの上にすわって、髪を解いた。その日の朝作った結び目の大半は、頭布の下で解け、いまではコップ何杯分かの柔らかいウールになっている。そのなかに指を這わせると、戦慄が走る。そこにすわり、両手を深く髪のなかに入れて禁断の喜びを感じていると、彼女はまだ重い作業靴を脱いでいないのに気がついた。左足の足指を右足の踵に入れて、彼女は右の靴を脱ぐ。その努力は余分のもののように思え、なんて自分は疲れているんだろう、という穏やかな驚きは、柔らかい、つば広の帽子が落ちてきて中断された。帽子は、彼女がすわっている部屋と同じほどすり切れ、薄黒くなっている。ヴァイオレットは肩がマットレスに触れたのにも気づかない。そのずっと前に、すでに安全な眠りに入っていた。深く、しっかりと色つきの夢に包まれて。苛酷な暑さが、徐々にそのなかに入りこみかけている。「降れ、くだれ、エジプトの地に……」を歌っている近くの家々の女たちの声のように。庭から庭へ、聖句かその変種でお互いに答えあいながら。

ジョーは二カ月間クロスランドへ行っていた。帰宅して戸口に立ったとき、彼はヴァイオレットの黒い少女のようなからだが、ベッドの上にぐんにゃり横たわっているのを見た。彼女は弱々しく見え、片方の左足以外は、どこでも貫通できそうに見える。左足には男靴が残っていたからだ。ほほえみながら、彼は麦藁帽子を取り、ベッドの足元にすわった。彼女は片方の手を顔に当て、もう一方を腿に載せている。彼は、彼女の掌の皮膚と同じ固さの指の爪をじっと見つめ、その手がいかにいい形をしているかにはじめて気がついた。シュミーズの白い袖から曲線を描いている腕は、ひどく細かったが、野良仕事で筋肉がつき、子供のようになめらかだった。彼は彼女の靴の紐を解き、ゆるめて脱がせてやった。それが、夢のなかで何かを助けたにちがいない。そのとき、彼女は笑ったからだ。以前一度も聞いたことのない、明るく、幸せな笑いだったが、彼女ひとりの笑いのようだった。

いまわたしが彼らを見ると、彼らはまだセピア色にはなっていないが、それでも将来の午後の光に当たって鋭角を失いかけている。過去と推測の間で捉えられて。だが、わたしにとって、彼らは現実のものだ。鋭い焦点を当てられて、カチッと鳴る。彼らは、通りを縁取るスズカケの木の下で、指を鳴らす音になっているのを知っているだろうか、とわたしは思う。轟音を立てる汽車が停車駅に入り、機関車が休むとき、注意深く耳を傾けている人にはその音が聞こえる。汽車がそこにいないときですら、つまり、全市がダウンタウンを遮断して、サッグ・ハーバーの何エーカーもの芝生をもつ近隣が汽車を見ることができないときでさえ、指の鳴る音はそこにある。ロング・アイランドの社交界にデビューする娘がはいているT型ストラップの靴、シャンパンより人を酔わせる音楽に合わせて、絹ずれの音をさせながらすべる大胆なショート・スカートのきらめく縁のなかに。それは、これらの娘たちと、彼女たちを支える若者を見守る、年取った男たちの目のなかにある。また、タキシードのズボンのポケットに両手をすべりこませる男たちの前かがみになった優雅な背中にある。彼らの歯は光り、髪はなめらかで、真ん中で分けられている。彼らがT型ストラップの靴をはいた娘の腕を取り、群衆と明るすぎる照明から遠いところへ連れ出したとき、客間で蓄音機が鳴っている間、彼らを照明のないポーチで揺れながら踊らせようとするのは、この指の鳴る音だ。黒い指のカチッと鳴る音は、彼らを〈ローズランド〉へ、〈バニーズ〉へ、海のそばの遊歩道へと駆り立てる。父たちが警告し、母たちは考えるだに身震いが出るところへ。警告と身震いは両方とも、鳴らす指、カチッという音から来る。それから、蔭。他の連中を入れない特定の通りに押しやられ、そこの住民に吐息をつかせ、安堵して眠らせながら、蔭が夢の端に――そこだけ――伸び、あるいは、くすくす笑いの裂け目にすべり落ちる。それは外の、並木道を縁取るイボタの垣根のなかにある。まるでそれがこの部屋を片付け、あの部屋をきちんとするかのように、部屋部屋をすべっていきながら。それは、手首を組み合わせて、縁石の上に一団となって集まり、つば広の帽子の下で微笑を隠す。蔭。保護し、役に立ってくれる。ときには役に立たないこともある。また、あるときは、親切にとどまっているというよりは、むしろひそんでいるように見え、その伸びはあくびではなく、棒で元通りたたきこまねばならない増長となる。それがカチッと鳴る前に、または、たたいたり、指を鳴らしたりする前に。

彼らのうち、何人かはそれを知っている。幸運な人たちは。どこへ行こうと、彼らは、同じ長さの針をもつ魔術師の作った時計のようなものだ。だから、何時かはわからないが、チクタク、カチッ、パチンという音を聞くことはできる。

わたしははじめ、人生は世界がどうにか自己省察できるよう作られてはいるが、人間の件ではつまずいたのだ、と考えた。肉体は、みじめさに羽がいじめされると、喜んでそれにしがみつくからだ。井戸や、少年の金髪にしがみつく。そして、イエスかもしれず、ノーかもしれない指を握るよりは、燃える少女が引き起こした甘美な火を吸い込むだろう。わたしは、もうそれを信じない。何かが欠けている。何か悪いものが。合計額を計算して出す前に、加えなければならない他の何かが。

大人たちが物陰に隠れてお互いにささやきあうのは、すてきだ。彼らの陶酔は、ロバの鳴き声よりは木の葉の吐息に近い。体は媒体であって、肝心なものではない。大人たちは彼方のもの、はるかなもの、それから、神経組織のはるかに、はるかに下にあるものを求めて手を伸ばす。彼らはささやいている間に、カーニヴァルのときに勝ち取った人形、一度も乗ったことのないボルティモア汽船のことを思い出す。彼らは梨を小枝に残しておくが、それを摘めば、そこから梨が消えてしまうからだ。もし自分たちのために取り去ったら、いったい他のだれがその成熟を目にすることができようか。そこを通りかかっただれかが、どうしてそれを見、その味がどんなものか想像できよう？　二人が洗って、外の物干し綱に吊り下げた干し物の蔭に隠れ、または、二人がいっしょに選んでいっしょに使っているベッドのなかで、息をつぎながら、ささやいていれば、片足が一九一六年の辞書の上に載っていても気にすることはない。そして、神の御名において信仰告白を求める牧師の掌のような曲線を描いたマットレスが、毎日毎晩彼らを包みこみ、彼らのささやき声や、昔の愛を消してくれた。彼らはおおいの下に隠れている。もう自分たちの姿を見る必要はないからだ。もう落ち着きを失わせる好色漢の目も、ちらと投げた怒りっぽいまなざしもないからだ。彼らは心のなかで相手に向かい、カーニヴァルの人形や、一度も見たことのない港から船出する汽船によって繋がれ、結び合わされている。それが、ひそやかに交わされるささやき声の下にあるものだ。

しかし、それほどの秘密ではないもう一つのことがある。一人が相手にカップと受け皿を手渡すときに指に触れる部分。電車を待っている間に、首筋のスナップをはめてやり、映画館から陽光のなかに出てきたとき、彼の青いサージのスーツから糸くずを払い除けてやる部分。

わたしは、彼らの大っぴらな愛を羨ましく思う。わたし自身は、秘密の愛しか知らず、ひそやかに愛を分かちあい、切望した。ああ、愛を示したいと切望した——彼らには全然言う必要のない言葉を大声で叫びたいと。わたしは、あなただけを愛してきた、向こう見ずに、全身全霊を他のだれでもないあなただけに捧げた、と。あなたが、わたしを愛し返し、それを示してほしい、と。わたしを抱くときのあなたの抱き方が好き。わたしをあなたにとっていかに近しい者にしてくれたことか。上がったり、曲がったり、いつまでも触れている、あなたの指が好き。わたしは長い間あなたの顔を見つめてきた。そして、あなたがわたしの許を去ったとき、その眼をどんなになつかしんだことか。あなたに話しかけ、あなたの答を聞くこと——それは、えも言われぬ快感だ。

しかし、わたしはそれを声に出して言うことはできない。わたしは生まれてからこのかたずっと、これを待ちつづけてきた、待つよう選ばれたからこそ待つことができるのだ、とだれにも言うことはできない。それが可能なら、言ったはずだ。わたしを作り、再生する、と言って。あなたは自由にそれができるし、わたしは自由にあなたにそれをさせることができる。なぜなら、ごらん、ごらん。あなたの手がどこにあるか、見てごらん。さあ。

訳者あとがき

『ジャズ』。この題名を聞いてすぐわたしの頭に浮かぶのは、アンリ・マチスの切り絵の連作だが、一九四七年に発表されたこのジャズの視覚化は、半世紀近く経ったいまでも実に新鮮に感じられる。ジャズの魂が大西洋をこえてヨーロッパの画家の創作意欲をかきたてたことは、ジャズがいかに世界に大きな衝撃を与えたかの証左であろう。

ジャズがはなばなしく開花した一九二〇年代を、この時代の寵児スコット・フィッツジェラルドは「ジャズ・エイジ」と名づけ、ハーレムの賑わいを世間の人々は「ハーレム・ルネッサンス」と呼んだ。

一九九三年のノーベル文学賞受賞者、トニ・モリスンの第六作目は『ジャズ』と名づけられている。この簡潔にして衝撃的な題名は、この小説のエッセンスをみごとに体現しているように思われる。ジャズは奴隷としてアフリカから連れてこられた黒人たちが、身に備わった舞踊のリズムと、欧米の古い音楽や、民謡や、労働しながら発展させた黒人霊歌やブルースなどを統合して作りあげたものだと言われる。ルイジアナ州のニューオーリンズに生まれ、大戦中歓楽街のストーリヴィルが閉鎖されてからは、シカゴやニューヨークに移って栄えた。とくに一九二〇年代のハーレムで最盛期を迎え、当時のコットンクラブの隆盛は世界の注目を集め、いまでも語り草になっているほどだ。

クラシック音楽が白人の所産なら、二十世紀を象徴するジャズは正真正銘の黒人の音楽である。ルイ・アームストロングやデューク・エリントンの名を知らない人はいないだろう。こうした黒人のミュージシャンが生み出した華々しい業績を、民族意識の強いトニ・モリスンはきっと誇らしく思ったにちがいない。モリスン自身も音楽に詳しく、母方の家族はみんなミュージシャンだった。母の祖父はバイオリンを弾き、母の母は無声映画劇場のピアノ演奏者であり、母自身はオペラやジャズやブルースなどを、家事をしながら始終歌っていたという。したがって、モリスンの作品の言葉が非常にリズミカルで、音楽性に富んでいるのはふしぎではない。彼女の場合、音楽を奏する楽器は言葉である（しかし、これを翻訳で表現するのは不可能に近い）。

モリスンの最新作『ジャズ』では、意識的に音楽のリズムを文体に移そうとする大胆な実験が行われている。ジャズがインプロヴィゼーションを生命とするように、この小説の語りは一見したところ秩序立った構想による展開ではなく、正体不明の中年女性が頭に浮かぶ断片を次々に語っているように見える。しかし、それが作者の側の緻密な計算によるものであることは言うまでもない。最初にこの物語の骨となる三角関係の惨劇が述べられ、これが主旋律であるかのように何度か顔を出し、文体の一部が少しずつ形を変えながら、耳慣れた一節のように二、三度繰り返される。このようにして三角関係の悲劇を歌う一種の哀調を帯びたこの物語曲では、言葉が寄せては返し、返しては寄せ、行きつ戻りつ、たゆたい、やがては次の旋律のなかに溶けこんでゆく。

また、文章に音楽を導入しようとする工夫が凝らされているだけでなく、物語を結びあわせているのも、ときには人や物の間の溝を埋めるのも音楽である。イースト・セントルイスでの暴動で二百人が殺されたことにたいする怒りを表わすのも、冷たく黒く美しい男たちが叩きだす太鼓の音なら、心身を解放し、自由や欲望を感じさせるのも音楽である。どんな問題も解決し、溶かしてくれる音楽、シティが奏で、人々を興奮させると同時に鎮めてくれる音楽。この作品で音楽の占める役割は大きい。

このように技法も野心的で新しいが、作品の背景もこれまでとはがらりと変わっている。これまでの作品はほとんど、土俗的な黒人の共同体か、カリブ海の美しい孤島のように鄙びたところにおかれていたが、『ジャズ』では大都会、すなわち、ニューヨークのハーレムが舞台になっている。それも、一九二〇年代のはなやかなハーレムだ。また、登場人物の回想のなかでは一八八〇年代のヴァージニアの田舎が写され、この二者が絶妙な対照をなす。その意味では、ハーレムが象徴する都会対ヴァージニアの田舎、現在または未来対過去、自由対奴隷制の対照を描いており、両者はみごとな均衡がとれ、作品の出来栄えに大きく寄与している。ある意味では、この作品の主人公は、ここではシティと呼ばれているハーレムだと言えよう。白人の火に焼かれるヴァージニアの農場を地獄の火にたとえるなら、シティは天国であり、個人や共同体の悲劇から逃亡し逃避する安息所となる。

書く以上は一作ごとに新しいものを創造したいという野心と自信にあふれたモリスンだけあって、以上のように『ジャズ』はこれまでとは趣きを異にする新しい面を見せているものの、仔細に見ると重要な点で他の作品との共通点を見いだすことができる。黒人の不幸を生む社会制度が登場人物の心の傷になっている点では『ビラヴド』、ステレオタイプの美醜の判断にもとづく憧れが心の状態を規定している点では『青い眼がほしい』と通じあうものがある。

物語の枠組みは簡単だ。五十歳を越えた化粧品のセールスマンが十八歳の肌の色の淡い娘を恋し、その感情を持続させたいと思って彼女を射殺する。娘の葬式の日に、セールスマンの五十歳の妻がナイフで娘の屍に切りつけるが、周囲の者に取り押さえられて目的を果たさず、わずかな傷をつけただけに終わる。しかし、この事件をきっかけにして、妻は娘についての情報を集めはじめ、いったい夫の愛はどういうものだったのかを探ろうとする。そして、ついに夫婦とも己れの心にひそむ歪んだ憧憬を発見して、それを排除することで和解に到達する。

このように話の筋は単純だが、その意味するところは単純ではない。若い娘を愛したら、そして、その感情を持続させたければ、どうして娘を殺さねばならないのか。また、妻はどうして死者を傷つけなければならないのか。両者とも、その問いを問いかけられると「わからない」と答えるが、それぞれにこの問題を考えなおす過程で浮かびあがってくる構図こそ、作者が描きたかったものであろうと、わたしは思う。

まず、これは喪失と回復の物語である。ドーカスの伯母、アリス・マンフレッドは夫を他の女に奪われたあと、死によって永久に分かたれ、妹夫婦を暴動で殺されたあげく、残されたたった一人のドーカスも、たまたま自分の家に入りこんだジョーに殺される。だから彼女は、軋みあう夫婦の問題について語るヴァイオレットに向かって、腹立たしげに「あなたは、失うことがどういうものか、知らないのよ」と言う。しかし、喪失の悲しみを知っているのは彼女だけではない。みんな、多かれ少なかれその苦しみに耐えている。ヴァイオレットは母を失い、ドーカスは両親を、ゴールデン・グレイは父親を失っているし、ジョーは母から否まれて母を失っている上、自分の仕出かしたことながらドーカスをも失う羽目に陥る。

だが、失うことは永遠の別離であると同時に、何らかの回復への契機となる。この経緯を典型的に表しているのが、ジョーとドーカスの関係かもしれない。ジョーはドーカスを殺すことによって彼女の心を得る。ドーカスは瀕死の床で、親友のフェリスにこう言うからだ。「リンゴは一つしかないわ……一つだけよ。ジョーにそう言って」。この言葉は、彼女がはじめて愛を自覚したことを表している。リンゴはエデンの園の知恵の実であって、この実を味わった至福に比べると、楽園からの追放は何でもない、と言ったジョーの言葉の意味を彼女が理解したことを示しているからだ。そして、もちろんジョーも、彼女を撃ったことと喪失の悲しみを経て、ようやく愛し方のわかる十全な人間となる。こうして彼は、結果的にはドーカスへの愛と喪失を経て、妻との和解に到達する。また、ゴールデン・グレイが自分の民族たる黒人への愛に目覚めるのは、父を失ったことを片腕が切断されたほど苦しいものとして経験したからに他ならない。

だが、この作品の主な登場人物は、なぜこういう経験をしなければならないのか。彼らは三人が三人とも深い心の傷を負っている。化粧品のセールスをしているジョー・トレイスは孤児で、親が赤ん坊を捨てて「跡形《トレイス》もなく」消え去ったため自らこの名前を選んだのだが、あるきっかけから砂糖きび畑にひそむ野性《ワイルド》の狂女が母ではないかと思いはじめる。そのため、三度彼女のあとを追い、姿は見えないながら三度相対峙したにもかかわらず、彼女から否まれた。そのほか、白人の農場主からはこき使われたあげく法外な搾取をされたり、土地を買ったはずなのに見たこともない書類を盾に地主からそれを奪われたり、生活の根拠地を白人から焼き払われたり、さまざまな苦難を与えられるが、そのいずれよりも深い傷になっているのは、この母の否認である。母や父による否認は、第一作や『スーラ』にも現われるパターンである。

それにたいして、妻のヴァイオレットは少女のとき、白人執達吏から家も家財もすべて奪われた衝撃で母が井戸に入水自殺をしたことが心の傷となり、暗い井戸のイメージから逃れることができない。また、ジョー・トレイスの愛人となる十八歳のドーカスには、イースト・セントルイスの暴動で両親を殺されたつらい過去がある。父は暴動に参加したわけでもないのに殴り殺され、母は家に火をかけられて焼死した。その後伯母に引き取られてきびしく育てられるが、子供のときに見た火事が遠因になったのか、伯母や社会に反抗し、禁断の生活に走ることに生きがいを見いだす。こうして彼らは心の傷を癒そうとして沈黙し、不倫の恋に走り、あるいは、肉の生活に憧れ、危険を夢見る少女となる。このような心の傷が、本人の所業によるものではなく、人種差別的な社会制度の結果としての迫害によるものであるのは、『ビラヴド』で描かれる社会制度としての奴隷制が人間の心身に与える歪みと共通していよう。

『ジャズ』に登場する三人は、心の傷が原因となって正常な愛し方ができない人間になっている。だから、愛はいびつな形を取り、悲劇的な経過をたどらざるをえない。では、何が正常な愛を阻んでいるのか。ヴァイオレットは、ドーカスについての情報を集める過程で自分の心の奥を探らざるをえなくなり、かつては奴隷だった祖母のトルーベルが少女時代に話してくれた金髪の少年の幻に恋していたことを知る。金髪の少年と暗い井戸。これが彼女の深層心理に食い込むイメージだった。そして、一生の男だと思って砂糖きび畑のなかで逢っていたジョーは、代理の人間であったことを悟る。「砂糖きびのなかに立って、彼のほうはまだ会ったことはないが、心がすべてを知っている少女を捉えようとし、わたしは彼にしがみついていたものの、彼がわたしの一度も会ったことのない金色の少年だったらいいのにと願っていたのだろうか。そうすると、そもそものはじめからわたしは代用物であり、彼もそうだった、ということになる」

ジョーの場合は、ヴァイオレットを愛したから結婚したわけではなく、彼女に捕まって結婚したに等しい。そして、最後にドーカスの女友達フェリスから、なぜドーカスを射殺したのかと訊かれて、「愛し方を知らなかったから」と答える。親を知らず、苦難の続くつらい人生が彼を愛し方を知らない人間に育てたのだ。だから彼は、生きていくために何度も脱皮せざるをえなかった。また、ドーカスに逢うまでに七回変身したが、彼女の蜜を味わうまでは、あらゆるものの甘美な側を一度も味わったことがないと感じ、彼女といっしょにいると、もう一度新しくなったような感じをおぼえる。彼は、「もしきみが黒人なら、または黒人だと主張するのなら、太陽が昇る毎日、そして太陽が沈む毎晩、きみは新しくなり、同時に同じままでなくてはならない」と言う。これは、黒人であることが強い実存的条件である。

また、登場人物が最初はいずれも外見上の美に捉われている点では『青い眼がほしい』

の主題が繰り返されている。両者とも美醜の問題を扱っているからだ。ヴァイオレットが無資格ながら美容師であることと、ジョーが化粧品のセールスマンだという設定も、外面の美にこだわる登場人物の心理を象徴していると考えることができる。ヴァイオレットの心に巣食う傷も、一部には彼女が世間的な美の基準に捉われていたためである。無意識の奥底で、彼女は黒い肌を恥じ、白い肌に憧れていた。それで彼女は、フェリスとの対話のなかで、自分が他の人間だったらと願って、通りを走り回り、人生をめちゃめちゃにしてしまったと嘆く。そして「だれになりたかったの？」と訊かれて、「白人。淡い色。もう一度若くなって」と答える。ここには、自分のアイデンティティを否定して、青い眼の他者になりたいと願ったピコーラの憧れが繰り返されている。

『青い眼がほしい』に登場する、偽りの春のように美しい、淡い色の肌をしたモーリーンは、『ジャズ』では、淡い色の肌ながらにきびを作っている孤児のドーカスに姿を変えているが、前者がクローディア姉妹に黒人であることが醜いことと同義であることを知らせたように、ドーカスは「いつもだれがきれいで、だれがそうでないかって話」ばかりしている少女として描かれている。肉体としての自分を何よりも大事にしたがるのだ。この点は、トレイス夫妻の美意識と共通していよう。

だが、知ることは救いに繋がる。ヴァイオレットは自分の心が幻に憧れ、自分でないものになりたいと願ってあくせくしていたことを自覚し、自覚が生まれると同時にそのような迷える自分を殺してしまう。そして本当の自分になり、「わたし」の意識が生まれてからはじめて自分の人生を取り戻し、それといっしょに夫の心も取り戻す。これは『ビラヴド』のなかで、ベイビー・サッグズが自分を愛せと説き、法律的にも倫理的にも贖罪を終えたセスに向かって、ポール・Dが「おまえこそ、おまえの最上の宝なんだよ、セス。おまえのほうなんだよ」と語る言葉を思い起こさせる。最後が和解で終わるのも、前作の『ビラヴド』と同じである。

こうして主要人物の三人の過去と心象風景を追っていくと、いつのまにか殺人者や暴力者という忌まわしい影は消えて、愛すべき人間の姿に変わっているのに気づく。これが話者のいう「結果的に違ってきたのは、だれがだれを撃ったか、ってことよ」の言葉の意味であろうか。モリスンの小説では、このように世間の定めた善悪の基準が転倒する例が多いが、ここでもまた、真の意味の殺人者はジョー個人ではなく、ジョーをここまで追いこんだ人種差別的な社会であると言うことができよう。

最後に語りの問題がある。ときどき登場人物自身の独白か対話かが挿入されているものの、この物語はほとんど全体を通じて、ある中年らしい女性の語り手が語っている。しかし、「わたしは、あの女を知ってるわ」と語りはじめた女は、終わりになって「わたしが彼らの話をでっちあげた」と言いだす。何もかもわかっていると思っていたのに、実は彼らに操られていたにすぎない、と言うのだ。これは、作家と作品の関係を言い表したものと考えることができるが、現実の人間の心も現象も不可知だという一つの認識を示しているのであろう。最近流行している「物語論」による考察には好個の題材であるかもしれない。さまざまな意味で、読めば読むほど味わいの深くなる作品である。

本書の訳出にさいしては、ご多忙中にもかかわらず、わたしの質問に快く迅速に答えてくださったトニ・モリスン教授と、ご尽力いただいた編集部の野口百合子さんに紙面を借りて厚くお礼を申し上げる。

一九九四年十月三十一日

文庫版訳者あとがき

『ジャズ』文庫版のため旧訳を改訂したが、次の二点が今後の私の課題になっている。

モリスンは『ジャズ』のヒントを、ジェイムズ・ヴァン・デル・ジーの写真集『ハーレムの死者の書』(James Van Der Zee, *The Harlem Book of the Dead*, 1978) のなかの死んで横たわっている若い女性の写真から得たと言われているが、私はこの本を一九九七年になってようやくイェール大学のバイニッキ図書館で見ることができた。以前私は、どちらかと言うとジョーとヴァイオレット寄りの読み方をしていたが、モリスンの関心が少女の死にあったとしたらドーカスを中心として「エデンの園」や「リンゴ」の問題をもっと分析する必要があろうと、いまは考えている。

次は、遅きに過ぎるかもしれないが、音楽と文学の響きあいの問題であり、これを日本語との関係でどういうふうに解決するかという難問である。序でに言うと、私がトニ・モリスン書誌を編纂した一九九八年の時点で、多少とも『ジャズ』を論じたり分析したりした英文文献は二百二点を数えた。従って、現在では優に五百点は超えていると思われる。これらの英文文献のうちめぼしいものを紹介することは紙面の都合上不可能だが、あえて一点を選ぶとすれば、私は次の論文を挙げておきたい。『ジャズ』の文学と音楽との関係をみごとに分析し、解説しているからである。

Rodrigues, Eusebio L. "Experiencing *Jazz*." この論文は一九九三年に *Modern Fiction Studies* 39号に掲載されたが、のちに Nancy J. Peterson の編著 *Toni Morrison: Critical and Theoretical Approaches.* ならびに Linden Peach の編著 *Toni Morrison.* にも転載されている。

いつの日か読者の方々がこのような論文を参照されながら、モリスンの創造した真に独創的な文体を原書で味わってくださるよう切に願っている。

また、本書の出版に関しては永野渓子氏にお世話になった。紙面を借りてお礼申し上げる。

二〇一〇年一月十五日

1973年　第二長篇『スーラ』発表。全米図書賞の候補となる。
1976年　イェール大学の客員講師となる。
1977年　第三長篇『ソロモンの歌』発表。全米批評家協会賞、アメリカ芸術院賞を受賞。著名読書クラブ〈ブック・オブ・ザ・マンス・クラブ〉の推薦図書となる。
1981年　第四長篇『タール・ベイビー』発表。この年、《ニューズウィーク》誌の表紙を飾る。
1983年　ランダムハウス退社。
1984年　ニューヨーク州立大学の教授となる。
1987年　第五長篇『ビラヴド』発表。ベストセラーとなる。各界より絶賛を浴びるが、全米図書賞及び全米批評家協会賞の選考にかからなかったことから、多くの作家より抗議の声が上がる。
1988年　『ビラヴド』がピュリッツァー賞受賞。
1989年　プリンストン大学教授となり、創作科で指導を始める。
1992年　第六長篇『ジャズ』発表。評論『白さと想像力——アメリカ文学の黒人像』発表。
1993年　アフリカン・アメリカンの女性作家として初のノーベル賞受賞。
1998年　第七長篇『パラダイス』発表。『ビラヴド』がオプラ・ウィンフリー／ダニー・グローヴァー主演で映画化。
2003年　第八長篇『ラヴ』発表。
2006年　プリンストン大学から引退。《ニューヨーク・タイムズ・ブックレビュー》が『ビラヴド』を過去25年に刊行された最も偉大なアメリカ小説に選出。
2008年　第九長篇『マーシイ』発表。

トニ・モリスン　年譜

1931年　2月18日、クロエ・アンソニー・ウォフォードとして、オハイオ州の労働者階級の家族に生まれる。

1949年　ワシントンD.C.のハワード大学文学部に入学。大学時代にクロエからミドルネームを短くしたトニに変名。

1953年　ハワード大学卒業。英文学の学士号を取得。その後、ニューヨークのコーネル大学大学院に進学。

1955年　コーネル大学大学院で英文学の修士号を取得。修士論文は、ウィリアム・フォークナーとヴァージニア・ウルフの作品における自殺について。卒業後は、南テキサス大学で英文学の講師となる。

1957年　ハワード大学で英文学を教える。

1958年　ジャマイカ人の建築家で大学の同僚ハロルド・モリスンと結婚。その後、二児をもうける。

1964年　離婚。ニューヨーク州シラキュースに転居し、出版社ランダムハウスの教科書部門で編集者となる。

1967年　ランダムハウスの本社に異動となり、アフリカン・アメリカンの著名人や作家による出版物の編集を手掛ける。

1970年　デビュー長篇『青い眼がほしい』発表。批評的成功を収める。

1971年　ランダムハウスに勤務しながら、ニューヨーク州立大学の准教授を務める。

本書では一部差別的ともとれる表現が使用されていますが、これは本書の歴史的、文学的価値に鑑み原文に忠実な翻訳を心がけた結果であることをご了承下さい。

本書は一九九四年十一月に早川書房より刊行された〈トニ・モリスン・コレクション〉の『ジャズ』を文庫化したものです。

ハヤカワ epi 文庫は、すぐれた文芸の発信源（epicentre）です。

訳者略歴　1931 年生，早稲田大学大学院文学研究科博士課程修了，
同大学名誉教授
著書『アイヴィ・コンプトン＝バーネットの世界　権力と悪』
訳書『青い眼がほしい』『スーラ』『パラダイス』『ラヴ』『マーシイ』モリスン（以上早川書房刊）他多数

〈トニ・モリスン・セレクション〉

ジャズ

〈epi 59〉

二〇一〇年二月　十　日　印刷
二〇一〇年二月十五日　発行

（定価はカバーに表示してあります）

著　者　トニ・モリスン
訳　者　大《おお》社《こそ》淑《よし》子《こ》
発行者　早川　浩
発行所　株式会社　早川書房

郵便番号　一〇一 - 〇〇四六
東京都千代田区神田多町二ノ二
電話　〇三 - 三二五二 - 三一一一（大代表）
振替　〇〇一六〇 - 三 - 四七七九九
http://www.hayakawa-online.co.jp

印刷・中央精版印刷株式会社　製本・株式会社フォーネット社
Printed and bound in Japan
ISBN978-4-15-120059-5 C0197

＊本書は活字が大きく読みやすい〈トールサイズ〉です